書下ろし

長編サスペンス

悪漢刑事《わるデカ》、再び

安達　瑶

祥伝社文庫

目次

プロローグ

その日は、朝から無駄に暑かった。

夜から降り続いた雨が上がり、夏の太陽に照らされた歩道からは、むせるような熱気が立ちのぼって、陽炎《かげろう》のように揺らめいている。

鳴海《なるみ》市の中心には、菅田瀬川《かんだせがわ》という小さな川が流れている。はるか昔、終戦直後には小川の名にふさわしい清流だったが、今やドブと化して、どろりとした黒い水が淀《よど》んでいる。昭和の雰囲気を色濃く残す鳴海市は、未《いま》だに下水道が整備されていないから、この川が浄化されるのは次の元号に変わる頃かもしれない。

このドブ川から味気ないコンクリートの護岸で隔てられた広場が、鳴海バスターミナルだ。そこには朝から多くの人が集まっていた。

かつてあった町一番のデパートが潰《つぶ》れ、幹線道路に面したその跡地に作られたターミナルだ。

格好つけて言えば、シティセンター。だが実態は、寂《さび》れたシャッター商店街の中心に、ぽっかり空いた更地《さらち》にしか見えない。

申し訳程度に植えられたヤシの木が、ろくな手入れもされないまま、くたびれた姿を晒《さら》しているのが、いっそう場末の雰囲気を醸《かも》し出す。

死んだような街だが、それでも人は生きて行かねばならない。生きるには金が必要だ。地元にまともな職場がなければ、遠くまで通勤するしかない。

私鉄はなくJRも数時間に一本という鳴海のような田舎《いなか》では、バスは重要、かつ唯一の実質的な公共交通機関だ。日中は人通りも少なくてゴーストタウンかと思えるこの町の中心街も、朝と夕方にだけは人の動きがある。みんなバスに乗って四十分ほどの県庁所在地まで通勤するのだ。

四つある乗り場に、次々にバスがやってきて、客を詰め込んでは発車して行く。

それの繰り返しで、順番待ちをする列がようやく短くなってきた頃。

ターミナルの端に動きがあり、何人かがそちらを見た。ざわめきが広がり、何の変哲もない日常の雰囲気が、一瞬にして不穏《ふおん》な気配を帯びた。映画のストップモーションのようにすべての動きが止まり、しんとした。

次の瞬間、意味不明の怒号が聞こえ、行列が乱れた。バス待ちの客はパニックになり、水をかけられたアリのように、右往左往して散り散りになった。と、同時に、どこから湧《わ》いてきたのか、大勢の制服警官と私服警官がどやどやと走ってきた。

混乱していた人の波が引き潮のようにさーっと後退すると、人がいなくなった空間の真ん中に、若い男が一人、取り残された。

その手には包丁のようなものを持って、意味不明な事を喚《わめ》いている。

夏だというのに毛糸の帽子を被った、目つきの鋭い痩《や》せた男。黒いTシャツにクリーム色のジャケットを羽織って下はジーンズ。足にはサンダル。覚醒剤常習者のような異様な雰囲気を発散しているが、それは、追いつめられたゆえの事かもしれない。

殺気に満ちた若い男を警官が取り囲み、輪をじわじわと狭《せば》めようとしているが、男が包丁を振り回すと、ぱあっと広がる。それを何度か繰り返した。

「ねえ、何見てるの?」

その様子を起き抜けのような中年男が窓越しに眺めている。そこにベッドから半分眠ったままの女が声をかけてきた。切れ長の目をした男好きのする女だ。

「面白いんだ。どうやらシャブ中らしいイカれた野郎と、オマワリの腰が引けてて話にならないがな」

「ちょっと暑いからさ。窓閉めてよ。エアコン効かないじゃない」

まあもうちょっと待て、と窓際の男はタバコをふかした。

二人がしけこんでいる安ホテルはラブホテルとビジネスホテルの兼業で、バスターミナルに面している。

「どうやらイカれた若い男が、オマワリに追われてバスターミナルに逃げ込んだ。いや、バスから降りてきたところをパクられそうになって逃げたのかもな。まあとにかく、オマワリがドジ踏んで身柄の早期確保に失敗したってことらしい」

ふうん、と気のない返事をしながらも、女は、男の気を引くようにシーツをめくって肉感的な脚を露出させた。三十過ぎの熟女らしい、もちもちと脂《あぶら》の乗ったいやらしい太腿だ。

「さすが佐脇《さわき》チャン、腐ってもオマワリだよね。『みがらのそうきかくほ』かあ。ふうん」

裸のまま窓にもたれている男に、フェラチオが上手そうな肉感的な唇を動かして、ベッドの女は皮肉った。

「でも、そんな大捕り物やってるってのに、あんたは行かなくていいの?」

「おれは非番だからな。そういや昨日、なんだか捕り物の準備してたようだけど、おれには声掛からなかったし。だからまあ、大手を振って高みの見物だ」

佐脇と呼ばれた男は、色の入ったメタルフレームの眼鏡《めがね》越しに、眼光鋭く眼下を眺めつつ、うそぶいた。

髪油をたっぷり使った髪は、昨夜の激しい情事の跡を残すように乱れている。剃《そ》り残しのある濃い髭面《ひげづら》も、やさぐれ加減を増していて、鋭い面立ちに迫力を加えている。

窓外では、しばらく包丁を持った若い男と警官隊が睨《にら》みあっていたのだが、やがて、動きが出た。しびれを切らした男が走り出して、自分の行く手を塞《ふさ》いだ制服警官に切りかかったのだ。

うわっ、という悲鳴が響き、襲われた警官は首を押さえて蹲《うずくま》った。負傷した同僚に駆け寄る者、うろたえてパニックになる者たちで、包囲陣は一瞬にしてガタガタになった。

その隙《すき》を、逃亡者が見逃す筈《はず》はない。

ぶんぶん包丁を振り回すその気迫に呑まれたものか、警官隊は距離を詰められない。だが、へっぴり腰の中にも多少根性のある者はいて、逃亡者を確保しようとして飛びかかった。

が、窮鼠《きゅうそ》猫《ねこ》を嚙《か》むというべきか、その警官も頬を切られてその場にひっくり返った。

さらに一人が立ち塞がったが、腕を切られると悲鳴を上げて身を引いた。

今や警官隊は完全に腰砕けになっていた。安ホテルの窓から遠目に見る佐脇にもハッキリ判るほど、バラバラになった警官たちの士気は落ちて、戦意を喪失《そうしつ》していた。

「……ダメだこりゃ」

佐脇が呟《つぶや》いたその瞬間。逃亡犯は、一気に警官隊の包囲陣を突破すると、そのまま走り去ってしまった。ちょうど幹線道路の信号が変わり大型トラックが通行してきて、その陰に隠れる形になってしまったのも警察にとっては不運だった。

緊急配備！　という声と、救急車、大至急！　という声が交錯《こうさく》して、現場は大混乱に陥《おちい》った。

佐脇の位置からは、逃亡犯人が走り去る姿がはっきりと見えていた。

「ねえ。佐脇チャンは射撃が上手いんでしょ。国体で優勝した事もあるって、この前自慢してたじゃん。逃げてるの、どうせ悪いヤツなんでしょ？　ここから撃てないの」

いつの間にかベッドから起きてきた女が、佐脇の横に立ち裸体を押しつけてきた。こんもりと盛り上がった豊満な乳房が、佐脇の背中でぷにゅっと潰れる感触がある。

「そいつは無理だ。お前、刑事は常に拳銃を持ってると思ってるだろ。しかし非番のオマワリは丸腰なんだよ。それに、ここからじゃ拳銃の弾は届かない。狙撃用のライフルでも使わないとな。しかも敵はさかんに動いてたから、命中させるのはまず、無理だ」

佐脇は妙に楽しそうに不可能な理由を並べ立てた。

「だけど佐脇チャン、アンタが出て行けば犯人なんか、すぐ捕まえられるでしょう？」

「バカかお前」

佐脇は苦笑した。

「オレはスーパーマンじゃねえよ。ただのエロオヤジさ」

そのエロオヤジは、言葉の通りに女の乳首を摘《つま》んだ。

「そんなことより、すっかり目が覚めちまった。起き抜けのイッパツ、やろうぜ」

佐脇は裸の女を、そのままベッドに押し倒した。

「おれはああいう捕り物を見ても興奮するんだ。ヘンタイだからな」

佐脇は女に舌を絡《から》めながら、巨乳を揉《も》みしだいた。

「ああ、こ、これよ……」

女は躰をよじらせて正直な反応をみせた。

乳房の山麓を舐め、頂《いただき》に軽く歯を立ててやると肩と腰がくねる。バストをたっぷり愛撫しながら指を下半身に移して秘部に這《は》わせると、女は全身を震わせた。

「あんた、空き巣狙《ねら》いの佐脇って呼ばれてるけど、評判にウソはないわね。亭主が出張中の女を狙うの、ホントに上手いわ」

「出張中？　物事はハッキリと言え。お前のロクでもない亭主は刑務所でお務めの最中だろ。ぶち込んだ当の本人であるオレに婉曲表現使っても意味がねえ」

佐脇はそう言いながら、とろりとした本気汁が湧き出した女芯に肉棒を宛てがい、ぐっと突きあげた。

「ひいいっ」

彼女の熱い淫襞は佐脇のシャフトにぴったりと貼りついて、素晴らしい締まりを見せた。

非番の刑事も、ぐいぐいと腰を使った。

「あああああ、も、もっと。もっと激しくしてぇ！」

「三十させ頃って言うが、お前、ホントに好き者だよな」

「ナニ言ってるの……佐脇チャンが貞淑《ていしゅく》なワタシを無理矢理に」

バカな事を言うなと、佐脇はガンガンと抽送しつつ、ちゅうちゅうと音をたててうなじや乳房を愛撫しまくった。

「あああぁ。ワタシ、あんたに女にされたのよね」

「バカかお前。それじゃお前は毎晩二回も三回も女になるってのか」

佐脇はプロの女よりもむしろ、素人《しろうと》をプロに仕立てて賞味するのが好きだ。この女も、出来の悪い亭主が仮釈放で出てくるまでの生活のためと称して、佐脇がいわゆる『本サロ』に送り込み、役得で毎晩のように抱いているのだ。

「ほうら、いけいけ。イってしまえ」

佐脇はペニスを肉襞に押し付けるようにグラインドした。

「ひい。ひいいいッ。ああ、窓開けっぱなしで、声が外に」

「構わん。犯人に逃げられたバカどもに聞かせてやろうぜ」

女は、彼の腰の動きに合わせて自分もくねくねと猥褻《わいせつ》に躰を揺らした。

佐脇の身体の奥底から、熱いマグマがどろりとこみ上げてきた。そろそろ決壊が迫ってきたのだ。

「ああん、イく時は一緒よ」

女も肉体を震わせ、時折全身を弓なりに反《そ》らせて、絶頂が近い気配を窺《うかが》わせた。

さあいくぞ、と佐脇がラストスパートを猛然とかけた、その時。

けたたましい警報のような音が鳴り響いた。

「え？　なに？　火事？」

女は絶頂の寸前だったが、恐怖に襲われたのか我《われ》に返った。

「仕方ねえなあ……」

佐脇は行為を中断して、女芯から抜こうとした。

「電話だ。業務連絡。緊急呼び出しだろ」

「いいじゃない……イッちゃってから掛け直せばぁ」

絶頂の寸前だった女は、ごねた。

「そうもいかない。警察で禄《ろく》を食《は》んでる以上はな」

佐脇は女から離れて支給品の携帯電話に出た。

『佐脇くん！　非番のところ悪いが、至急出てきてくれ』

相手は、鳴海署の新任の刑事課長・君津《きみつ》だった。

「おお、これはこれは課長直々で。で、この呼び出しはアレですか、例の犯人取り逃がしの件だとか？」

『植園《うえぞの》を逃がした件を、お前が、なんで知ってる』

電話の向こうで、声が震えた。

「ああ、あいつ、植園って言うんですか。偶然、現場の近くに居合わせたんで。この件は外されてたし非番だったしで、あいにくの丸腰。おまけにこっちも野暮用の最中だったもんで、お役には立てませんでしたが」

君津はしばらく沈黙した。

『……まあ、至急顔を出してくれ。待ってるから』

言うだけ言うと、相手は電話を切った。

「なぁに？　近所にいた佐脇チャンが何にもしなかったから怒られるの？」

生殺し状態に腹を立てたのか、女の声にはケンがある。

「まあ、お前をイカせてから出るから心配するな。今度の刑事課長は昔からオレとウマが合わないヤツでな」

「そう言うけど佐脇チャンとウマが合うヒトっているのかしら？」

最高に相性のいい部下は居たんだ、一人だけだがな。

そう言おうとして、佐脇は言葉を呑んだ。文字通り、死んだ子の歳《とし》を数えても仕方がない。

「ほれ、オレのはまだ充分硬い。試合を再開するぞ」

佐脇は女を押し倒すと、再び挿入し、激しく突き上げた。

一時間後。

T県警鳴海署の会議室では、凶悪犯取り逃がしについての記者会見が開かれていた。会見に先立ち鳴海署長の望月《もちづき》と刑事課長の君津が、報道陣に向かって深々と頭を下げた。

人事異動で鳴海署に着任したばかりの望月と君津には、事実上、この謝罪が初仕事になった。

「逃走しているのは、植園賢哉《けんや》二十三歳。七月二十日に発生した、草壁《くさかべ》市での強盗致死事件で指名手配されておりましたが、本日朝、鳴海市に現れるとの情報を得て、同人の身柄を確保すべく、署員百人を市内各所に配置して万全を期しておりましたが、予期せぬ事態に立ち至り、取り逃がしてしまった事は誠に遺憾であります。現在、市内全域に非常線を張って、植園の行方を全力で追っております」

刑事課長の君津が、今朝の失態について経緯を説明すると、当然のように記者からは矢のような質問が飛んだ。

「捜査員が多数負傷した上に、まんまと逃走されたのは、装備に抜かりがあったんじゃないんですか？　張り込んでいた警官は警察無線を持っていなかったという話がありますが」

「犯人を刺激しないよう、警官と判るような装備はあえて避けたのが、裏目に出ました」

「警察官はどうして発砲しなかったんですか?」

「朝のバスターミナルと言う、多くの一般市民がいる場所での威嚇《いかく》発砲は危険と考え、最初から拳銃使用は考えておりませんでした。鳴海署としては、市民の安全を第一に、犯人を穏《おだ》やかに確保する事を意図しておりましたので……」

「犯人の植園は、刃物で被害者を殺害していますよね? 当然凶器を持っているとは考えなかったのですか?」

「考えてはおりましたが、植園を特定して身柄を拘束する前に、当人が暴れ出してしまい、結果的に所期の目的を達成出来ませんでした」

淡々と弁明する君津の横で、新署長の望月もただただ頭を下げるばかりだ。

君津は痩身長軀の、渋い二枚目だ。

会議室の端から見物していた佐脇は、この大失態に汗ひとつかかず、しれっとしている君津の顔に改めてむかついた。

格好つけやがって。あいつは昔からこういう奴だったよな。プロの仕事は出来ないくせに、立ち回りばかりが巧《うま》くてよ。

そう思うと腹立ちがつのるばかりだ。

その隣の望月も、整った顔立ちで穏やかな、いわゆる「お公卿《くげ》さん顔」。やんごとなき雰囲気を漂わせ、外見だけを言えばいかにも貫禄がある。署長に据えておくには、まさしく打ってつけだろう。だが、釈明の内容がドジそのものなだけに、そのギャップがたまらない。

笑いがこみ上げてきて我慢出来なくなった佐脇は、会議室から出て廊下で思いっきり嗤《わら》った。

「……なに笑ってるんです？」

声をかけてきたのは、旧知の記者で、地元ローカルテレビ局「うず潮テレビ」の吉井《よしい》だった。

「鳴海署トップの初仕事が、カッコ悪い言い訳かよ。ドジな部下を持つとお偉方《えらがた》も大変だ」

佐脇は口元を歪《ゆが》めた。

「まあそうですが……今朝の張り込みの指揮をとったのは君津さんだそうですね。まあ、そのドジの張本人が謝ってるんですから」

吉井は佐脇から取材で得た情報のウラを取ろうとしている。

「あ、そうなの？　この件、オレは完全に蚊帳《かや》の外だから判らんのよ」

「佐脇さんとは昔から因縁があるんですよね、君津課長は。ところで、望月署長とは？」

話を振られた彼は、ふふんと鼻先で嗤った。

「幾らなんでも、おれは警察のお偉いさん全員と敵対関係にあるわけじゃねえよ。望月っての県警は、全国の警察でも有名な、閨閥《けいばつ》がモノを言うところだそうですが、望月署長はその中でもサラブレッドと言われる毛並みだそうで。ブヨブヨのゴム人形みたいな顔してるけど、県庁の中枢とか政界経済界との繋《つな》がりもガッチリで、あの人に逆らうと県警じゃ生きていけないとか……」

「ウチの県警は今まで関わりあいになった事がない」

吉井は、佐脇がニヤニヤ笑っているのを見て、口をつぐんだ。なにか悪い事を言ってしまった時、この悪漢刑事《わるデカ》はニヤニヤ笑いながら反撃に転じるのだ。

「毛並みで事件が解決したり犯罪が減ったりすればサイコーなんだがねえ。ま、出世の役には立つか」

「いやしかし、それだけ隠然たる力があるって事でしょう？」

「そんな出世エリートが、どうしてこんな田舎警察に来るんだ？　町のデカイ警察署長をやって本部に戻って要職を歴任するってのがフツーだろうが」

「それはほら、問題の多い鳴海署を見事平定して、その手柄を土産《みやげ》にってヤツじゃ……」

吉井は、言ってしまった瞬間マズイと言う顔をした。

「まあ、そうかもしれんな。標的はおれか」

意外にも佐脇は問題発言を軽く受け流した。

「それより、オタクの局には出物の新人女子アナとかいねえのか。紹介しろよ」

いつもの猥談に持ち込んで、佐脇はへらへら笑いながら会議室をあとにした。

第一章　ヤバい女

「安心しな。今月も来月も手入れはないから」

「そりゃ有り難い。毎度すンません」

時代劇の悪代官さながらの横柄な態度で酒を呷《あお》る佐脇の傍《かたわ》らで、これまた悪《わる》の廻船問屋然とした風采の上がらない小太り男・田上《たがみ》が揉み手をしていた。

「この前のンは根こそぎやられましたんで、往生しましたわ。半年営業出来ンかったンは痛いイタイ。そやけど佐脇さんのおかげでなんとか首の皮一枚つながりましたワ」

田上は芝居がかった手つきで、封筒をうやうやしく佐脇に献上した。

すぐに中身を確認した刑事は、ニヤリとした。

「いつもより増量中、か」

「同業者は他所《よそ》の土地に流れましたけど、ウチだけはおかげさんで、こうして隠れ営業出来てます。これもすべて佐脇さんのお目こぼしっちゅうことで、そのお礼も含めまして」

「売春だけにオメコぼし、ってか」

イヤイヤこれはヤラレましたと、小太り男・田上は幇間《たいこもち》のように額《ひたい》を叩いて道化に徹し、佐脇をヨイショした。

佐脇がシマ扱いしている「ちょんの間」地帯は、港に近い旧市街の二条町《にじょう》にある。T県の表玄関として港に人やモノが溢《あふ》れて繁栄を極めた時代はもちろん、寂《さび》れ果てて、昔の光今いずことなった現在も、この手の売春地帯はしぶとく生き残っている。

この辺を仕切るのは地元暴力団の鳴龍会《めいりゅうかい》で、この風采の上がらない田上も準構成員だ。佐脇は組の幹部・伊草《いぐさ》と親しいが、頻繁に会うのはこのご時世、問題がある。それで、田上が間に入る。取り締まる側と取り締まられる側が会うのは、捜査の必要上、問題ない。

一般民家の茶の間のような空間は、いわゆる「特別室」だ。普通の客は「待合室」で順番を待つが、佐脇は特別待遇で、個室に案内されて酒と肴《さかな》を振る舞われ、取り締まる側の特権で堂々と賄賂《わいろ》を受け取る。

「新しいコが入ってますんでっけど、どうですかおひとつ」

田上は「在籍女子従業員名簿」と書かれたアルバムを取り出した。要するに娼婦の顔写真が並んでいるのだ。

「瑠璃《るり》、言いますねん。つい最近までカタギの仕事してたんで、スレてませんよ」

田上が示したのは、二十代半《なか》ばの地味めな女だった。整った顔立ちだが愛想笑いもなく、無表情に近い。髪は肩までで普通の化粧。客にアピールするための写真のはずだが、下着姿とかヌードではなく、シャツにブラウスというまったくの普段着だ。そのへんで撮ったスナップ写真のように見える。

この写真で見る限り、たしかにこういう場所で男を相手にするよりも、オフィスの方が似合っている。銀行のカウンター越しににっこり微笑《ほほえ》まれたら、かなり魅力的に感じるだろう。

「普通のお姉ちゃんでしょう？　せやけどそれがエエんですわ。男いうのんは、素人が好きやから」

プロの方がテクニックは確かだし、客を喜ばせる術を心得ている。しかし何故か、客は素人を好む。本物の素人がこういう場所で客を取ったりするはずはなく、たとえ名目が「援助交際」でも、風俗と堅気《かたぎ》の仕事のどちらが本業か判らない兼業売春婦であることが多いのだが、アルサロの昔から、ばりばりのプロよりも『素人女のアルバイト』と名乗った女のほうがウケるのだ。

「ワタクシ考えますに、最近、ほれ、ツンデレとか言うやないですか？　ツンツンした女のほうがそそるとかいう。その点、素人女っちゅうのんは、こういう事ホンマは嫌やけど、仕方なく男の前で服を脱いでる、けど客のテクニック次第では燃えに燃えて本気でイカせる事が出来るんやないか、とか、客としてはそういうふうに期待するんやろね」

田上はシレッとした顔で付け加えた。

「ま、所詮、男のファンタジーですけどね」

「いいよ。おれもそのファンタジーってヤツを味わってみたい。このコ呼んでくれ」

複雑な事情がありそうな女だ。まあ、こういうところで躰を売る女にそれなりの事情がないはずはないのだが。

はいはい少々お待ちを、と応じた田上は、ニヤリとした。

「さすがですな、佐脇さん。このコ、上手な客が相手やと、本気でイクんですわ。他のコは素人ながら手管を覚えて、イク芝居しよりますけど、このコは本気でイクんですわ。相手が上手いと、でっけど」

自分でも商品を『味見』してみたのか、それとも客からの評判を聞き知ってのことなのか、関西から流れて来た下っ端ヤクザの田上は下卑た笑みを浮かべた。

「お客はそのへん、よーく知ってますわ。瑠璃サンはここに来てすぐに売れっこになって、毎晩順番待ちで。オメコの皮が擦り切れる、言うてますわ。これでも見て、ちょっと待っとってください」

田上はDVDをセットして部屋を出ていった。

テレビに映し出されたのは、本格的な盗撮物だった。温泉旅館の脱衣場や露天風呂、さらには個室までが映され、カップルが抱き合っている。最近は貸切風呂も増えたので、カップルは思う存分痴態を曝《さら》せる。よくある露天の岩風呂や檜《ひのき》風呂で、若いカップルや中年のカップルが、抱き合い、愛撫しあい、セックスしている。日本庭園を気取っているのか、安物の松が枝をくねらせている岩風呂が印象に残った。

盗撮モノに興味がある訳ではないが、上下左右に部屋から漏れてくる他人の行為の物音が5・1サラウンド状態で響く中、佐脇はビールを呷りながら所在なくDVDを眺めた。一枚目のDVDが終わり、出されたビールも飲んでしまい、つまみも食い終わり、二枚目のDVDを見終わっても、瑠璃という女は姿を見せない。

悪徳警官とヤクザの違いは、ひたすら我を通すかどうかだ。

何か気にくわない事があると、ヤクザは己《おのれ》の面子を立て、相手を恐れ入らせるために、暴れる。しかし悪徳警官は相手の事情も理解して、忍ぶところは忍ぶ。だから今だって、売れっ子の瑠璃は忙しいのだろうと察して、我慢して黙って待つ。相手が商売して、そのアガリを掠《かす》めるのだから、商売は繁昌《はんじょう》してもらわないと困るのだ。

しかし、その我慢にも限界があった。

いい加減うんざりして電話すると田上が飛んできて追加のビールとつまみを置いて平伏したが、肝心の女はまだ空かない。先の客が延長につぐ延長をしているらしい。

「よほど具合が宜《よろ》しかったんですな。相済みまへん」

たしかに、近くの部屋からは、物凄い呻《うめ》き声が響いてくる。声を聞くだけでオナニーが数回出来そうなほど、淫《みだ》らなヨガリ声だ。

「判ったよ。待ってるから」

さらにしばらく経ち、タバコの箱も空になった時、ようやく「お待たせしました」と女が入って来た。

畳に手をついて「瑠璃です。よろしく」と挨拶《あいさつ》をした女が顔を上げると、写真とは印象が違っていた。

「マスターに言われてますので。時間制限とかナシで」

写真では、崩れたところのまったくない、堅気そのものの真面目な女だった。いくぶん陰気で、暗い表情とさえ見えた。

しかし、今、佐脇の目の前にいる女は、はっきりとセックスを感じさせた。上気した頬が紅潮し、目も潤《うる》んでいる。Ｔシャツにデニムのミニというカジュアルな普段着だが、薄い生地を持ち上げるバストの張りは露骨にセックスを感じさせるし、生脚も肉体の火照《ほて》りを見せている。

顔の造作が地味で、あまり印象にも残らない女が性の快楽に全身を火照らせると、これほどまでに妖艶になるものか。

佐脇は、その変貌に少々驚いて、彼女をまじまじと見た。

ついさっきまで隣で何度もイきまくっていたのだから、濃厚な情事の痕跡が残っていても不思議ではない。

だが、瑠璃の全身からは、それだけではない、強烈なフェロモンが噴き出していた。疲れているのかアクメの余韻が残っているのか、だるそうな感じが、言いようのない淫靡《いんび》さを感じさせるのだ。

「どうします？ 廊下の突き当たりにシャワーがありますけど。それともオシボリで？」

瑠璃はノーブラの胸を突き出すようにして佐脇に躰を寄せた。乳首が勃《た》って、Tシャツの薄い布をくっきりと突き上げている。

「ああ……もういいよ。待ちくたびれて、なんだかその気を失った」

セックスはタイミングが重要で、気勢を殺《そ》がれてしまうと、どんな好き者でもすぐには態勢を立て直せない。よっぽど女に飢えた若い男ならともかく、普段はペニスが歩いているような佐脇も、待つ間にすっかり醒《さ》めてしまったのだ。

「一時間もオアズケ食らったら、大人はシラけるぜ」

「ごめんなさい……じゃあ、どうしましょう」

瑠璃は、佐脇の股間に手を這《は》わせてきた。

「元気にさせましょうか？」

「……ずいぶん、手管に長《た》けてる感じだな。早くもベテランの風格というか」

「ああ。お客さんもあのタイプね。マグロな素人が好きな。何も知らないウブな女の子を、ここをどこだと思ってる、みたいに嬲《なぶ》って犯したいのね」

図星を突かれた佐脇は、にやにやした。

「まあ、オレの守備範囲は広いんだけどね。あんたの写真を見て、こんな普通の女の子がいるんならと思ったワケだ」

はいはいと瑠璃は頷《うなず》いた。

「あの写真撮ったの、もう半年も前の事だから。人間って成長するし、女は特に、環境に順応する生き物ですよ……」

いつまでもスレてない素人女でいる訳がないでしょ、と瑠璃は言いたげだ。

「毎日何人相手すると思う？　私目当てに来る客は張り切るから、どうしたってイカされちゃうし……カラダにエンジン掛かっちゃうと、すぐイッちゃうし……毎日何回もイッてれば、いつまでも勃起したアレを見て顔を赤らめてる方がおかしいでしょう？」

まあそうだな、と佐脇は瑠璃にビールを勧めた。

美味《おい》しそうに一気に飲み干す彼女は、かなり蓮《はす》っ葉《ぱ》に見えてしまう。瑠璃の仕草のすべてがセックスを商売にする女特有の媚態《びたい》に感じてしまい、Tシャツに寄った皺《しわ》を見ても、またちょっとした視線の動きにも、柄にもなくどぎまぎしてしまう。

海千山千の佐脇のような男さえ童貞中学生のような気分にさせる瑠璃は、相当の手練手管を身につけているのだろう。むしろ今は、素人から脱皮した飛び切りのプロ女として、売れていると考える方が自然だ。

瑠璃は、佐脇がなにを考えているのかすべてお見通しという顔で、お代わりしたグラスを空けると、なんだか落ち着いちゃったと笑い、佐脇のつまみにも手を伸ばしてきた。

「私、別に、複雑な事情でこの商売を始めた訳じゃないんです。でも、お客さんには、かわいそうな身の上話を想像させる方がウケるから。親が作った借金のカタに売り飛ばされた、とか、恋人が実はヤクザでセックス中毒にされた、とか……。でも、ホントは自分で選んだわけで」

「でも普通、金が絡まないとカラダを売らないだろ？　まあ、セックス大好きで趣味と実益を兼ねてってこともあるだろうし、自分を痛めつける意味で、女として一番厳しい商売を選ぶ場合もあるだろうが」

「どれも違うかな。私、ＯＬやってて貯金もそこそこあったし、スジの悪い恋人もいなかったし、まあ処女ではなかったけど……」

瑠璃は、佐脇を値踏みするような目で見た。

「お客さん、もしかして警察関係の人？」

ズバリ訊《き》かれた佐脇は、「どうしてそう思う？」と応じた。

「マスターが大事にする人は、組の上の人か警察の人だけだから」

「鳴龍会の伊草とはマブダチだけどな」

「そうか。やっぱり、アンタ警察なんだ」

そう言った瞬間、瑠璃の表情は何とも言えず苦いものになって、すっと立ち上がった。

「私、警察大っ嫌いだから」

「どうしたんだ急に？」

警官だという理由で嫌われるのには慣れている佐脇だが、この展開には戸惑った。

「警察ってさ、全然役に立たないくせして偉《えら》そうにするだけだから。アンタだってそうでしょ。ヤクザと同じ真似《まね》して、みかじめ料とか取ったりして。最悪じゃない」

「そりゃそうだが……」

瑠璃のそのあまりにキツイ口調に、もしかして、と思う事があった。

「おい。あんたがこの稼業を始めるキッカケに、警察が絡んでるのか？」

「あら、気になる？　おたくら警察の人は、お偉いさん絡みの事件は熱心にやるけど、フツーの女がどうなろうが関心ないんじゃないの？　そのへんの女がどんな目に遭ってもさ」

いやオレは違うぞと佐脇は言いかけたが、やめた。警察全体として、そう言われても仕方のない事をやっているのは事実だからだ。

瑠璃は、ふん、と鼻先で嗤《わら》うと部屋を出ていってしまった。入れ違いに田上が飛んできて、佐脇を縋《すが》るように見上げた。

「佐脇はん！　堪忍や。この通り！　申し訳ない」

切腹でもするかという勢いで這いつくばると、額《ひたい》を擦《こす》りつけて土下座した。

「あの女、急にキレる事があるんで扱い難《にく》いんやが、売れっ子なもんやさかい、こっちも強い事言えんようになってしもうて……」

「まあいいよ。ヤクザも警察も似たようなもんだ。こっちは親方日の丸な分、タチが悪いのも事実だしな」

いやいやいやいや、と田上は佐脇を必死の形相《ぎょうそう》で取りなし、万札を数枚握らせた。

「これでもっとエエ女と遊んでください」

来るものは拒《こば》まない佐脇は、悪びれず金を受け取った。

「オヤジ。あの女はどういう経緯でこの店に来たんだ?」

「はあ。自分から来たんですわ。かといってオメコ大好き! ちゅう好きもんでもなかったし、男に連れられて来たとかと違います。金に困って、という風でもなかったですわ。

……店に来た時、履歴書出そうとしたんですわ。こんな商売に履歴書要らんと言うたら仕舞いましたけど。たしか、信用金庫勤務とか書いてありましたわねえ」

「男に棄てられて自暴自棄とか。いや……」

元々真面目な女がポッキリ折れて、という事も考えられないではないが、佐脇は思った事はあえて言葉にせず、黙って頷いた。

もう夜も更けていたが、佐脇は署に戻った。古いアパートに帰っても、どうせ酒を飲んで寝るだけだ。しかし今夜はそういう気分にもならず、無芸無趣味のこの男は、一番落ち着ける場所に舞い戻ったのだ。

「おう。こんな時間までナニやってる?」

喫煙自粛令もなんのその、蒸気機関車のようにタバコをふかしてデスクワークをしているのは、同僚の光田《みつだ》だ。何か臭いものでも嗅《か》いだような不愉快そうな表情のまま、書類と格闘している。

「佐脇サンか。アンタはいいよな。いつも自分の子分に面倒な事下請けさせてよ……」

警官の仕事の中で一番多いのは事務仕事、特に書類作成だ。証拠品等関係カード、捜索差押書、検死調書、逮捕状請求書、鑑定処分許可請求書、留置調書、供述調書……などなど、一件の捜査書類を積み上げるだけで、軽く一メートルを超えることも珍しくはない。年々事件は増えるのに、必要な書類の数が減ることはない。

「最近の若いヤツは事務仕事に長けてるから、佐脇サンの手下はさっさと仕事を済ませてご帰還だ。先輩手伝いましょうかの一言もない。可愛くないねえ」

渋い顔をいっそう渋くさせた光田は、いっそう毒づいた。

「部下は上司に似るって言うけど、まさにその通りだな。KYってんだろ、ああいうの」

佐脇と光田は仲が悪い。いや、鳴海署刑事課の中で、佐脇は完全に浮いている。中学生や高校生が誰かを完全に無視する「シカトいじめ」ではなく、下手な事を言うと「バカかお前は」とばっさり斬られるので、みんな佐脇が煙たくて話しかけるのが怖《こわ》いのだ。その点、佐脇に減らず口を叩かれても応じてくる光田は、奇特な存在とも言える。

「ま、オレは派手なスタンドプレーなんか出来ないから、地味な事件をかき集めて、コツコツやるしかないんだけどね」

佐脇も光田には苦笑するだけでマトモに応じない。

自分のデスクに佐脇も座り、備品として貸与されているノートパソコンを取り出し、警察庁のデータバンクに入ってみた。少し考えて検索の範囲を、このT県に限定してキーワードを入力すると、たちどころに目指す事件が見つかった。

今から三年前、決算期で残業して帰宅が遅くなった信用金庫のOLが、不良グループに拉致され輪姦されたと、口頭で告訴の申し出があり調書が作成されたが、一年後に取り下げられていた。

告訴を受理したのは、ここ鳴海署だった。

佐脇は書庫に入って、関係書類を引っ張り出した。警察署も役所だけに、過去の書類はきちんと管理されている。

告訴人は事件の被害者である樋口怜子《ひぐちれいこ》二十三歳。鳴海信用金庫四条通り支店勤務。医者の診断書なども添えられていて、写真を見れば、さっきの二条町の「ちょんの間」の女・

瑠璃その人だと判った。

手がかりは充分にあって、犯人の「体液」という遺留品もあった。しかし捜査はいっこうに進展しなかったことが、書類からも窺《うかが》えた。

犯人の特定が難航した訳ではない。捜査自体をしていないのだ。

告訴され、被害者調書を取ってから一年。事件は店晒《たなざら》しも同然の状態だった。

被害者の瑠璃、こと怜子が告訴を取り下げたのは、警察にやる気がまったくないと感じたからだろう。それはさっきの彼女の怒りで判る。

彼女を拉致して輪姦した連中のトップが、また政治家か誰かの馬鹿息子だったということなのだろうか？　それとも同時期に、警察の総力を結集して当たらねばならないような大事件が起きたので、手がまわらなくなったのだろうか。

三年前の事なら覚えているはずだ。

佐脇は思い出そうとしたが、この三年の間に鳴海署管内で起きた大事件といえば、当時代議士だった和久井健太郎《わくいけんたろう》のロリコン買春、そして警官殺しの末自殺した（ことになっている）和久井の馬鹿息子の件以外には、何も思い当たらない。この件は、ほとんどすべてを佐脇が片づけたのだから、他の刑事はヒマな日常をおくっていたはずなのだ。

単純なサボりか、意図的な捜査忌避か回避か。

いろいろ思案しながら担当した刑事の名前を確認した佐脇は、「なるほどね」と呟《つぶや》いた。

＊

「相次ぐ不祥事にたとえ県知事がご立腹でも、福利厚生行事は福利厚生であります。ということで、鳴海署恒例の慰安旅行は予定通りであります。良き伝統は守らねばなりません」

温泉旅館の大広間の舞台でマイクを握っているのは、警務課の庶務係長・八幡《やわた》。年二回の宴会を仕切るのに命を懸けている。

今回の慰安旅行も、任期満了で次の選挙が迫る県知事が世論を恐れて中止になりかけたが、八幡の獅子奮迅《ししふんじん》の働きで、こうして無事開催にこぎ着けた。と言っても鳴海署の全員が参加している訳ではない。各部署の有志、という形だ。

「今回は、新署長の望月警視と新刑事課長の君津警部の就任祝いも兼ねております。新署長と新刑事課長の初仕事が、例のナニになってしまったのはまことに残念至極でありましたが、災《わざわ》い転じて福となす、という言葉もございます。望月署長、君津課長、よろしくお願い申し上げます！」

やんややんやと声援を送る、浴衣《ゆかた》姿で半分出来上がった部下たちに、上座に座る望月署長と君津は軽く頭を下げた。この二人だけが私服のままだ。

「では、乾杯とさせていただきます。もう面倒だから、乾杯の音頭はワタクシが取っちゃいます。署長、課長、ご就任、おめでとうございます！」

小柄なメガネ男の八幡は、あくまでも調子よく如才《じよさい》なく、宴会を仕切り、乾杯となった。

「あいつが優れてるのは、お偉いさんに余計な挨拶を一切させない事だな」

佐脇は、隣にいる若い男・水野《みずの》に話しかけた。彼は今風に整った、清潔感漂うイケメンだがガタイは良く、体育会系熱血派で直情径行という、刑事になりたて三ヵ月の新人だ。

「佐脇さん、おれはこういう慰安旅行とか宴会とかって、刑事に昇進してから初めてなんですけど……偉い人がいるとなると、気を遣いそうですね」

「オレだってお偉いさんの退屈な話は好かねえよ」

好かないのは全員らしく、鳴海署トップと事実上のナンバー2に挨拶させるタイミングを与えず、一同は勝手に飲み食いと懇談《こんだん》をし始めた。話す内容は、オヤジが居酒屋で愚痴《ぐち》っているのとまったく変わらない。駄目警官たちは仕事のしくじりや上司の悪口——これは近所にいる当人に気付かれないよう極めて洗練された形に変形され、判るものだけに判る符牒《ふちよう》と化しているので、数人がばか笑いに興じている。そんなグループがいくつか出来て、まとまりというものがまったくない。

かと思えば、如才なく望月の前に飛んでいって平身低頭お酌をする者もいる。署内の序列を弁《わきま》えたその男は、新署長に充分愛想を振りまいてから君津に酌をした。

「見ろよ水野。ウチの署の現状が手に取るようだぜ」

大広間の宴会場では、客の世話をする仲居が何人か、忙しく立ち働いている。次々に空けられるビールや酒を補充し、料理を順次出していく。

ほとんどが中年のオバチャンだが、その中に一人だけ、若くて清楚《せいそ》な美人がいた。安物ながら紺無地の着物をキレイに着こなしたその姿は、「馬子にも衣装」ではなく「弘法筆を選ばず」という言葉を思い出させる。

彼女を目で追うあまり見惚れたようになって、佐脇が無意識に空になったグラスをいじっていると、脇からビールが差し出されてゴボゴボと注《そそ》がれた。

「ダメじゃないか水野。ぼーっとしてないで気を配れよ。いつまでも学生気分が抜けないヤツだな。佐脇サンはお前の直属上司じゃないか」

さっきまで舞台上で宴会を仕切っていた八幡がいつの間にかやって来て、お酌《しやく》していた。

水野は、広間を見渡して落着きがなく、妙にソワソワしていて挙動不審だ。隣の上司のグラスが空になったのも判っていない。

ついさっきまで普通だったのに、おかしな野郎だ。だが、酒に弱くてもう酔っているのだろうと佐脇は解釈した。

「いや、いいんだ。オレは手酌で呑むのが好きだから」

「あれれ？　ヘンだよな。佐脇サンが部下に優しいなんて」

八幡の目は、部下を死なせたショックが尾を引いてるのか？　と言っている。

「まあ、石井《いしい》君は優秀だったからな。県警の中でも部下にはとびきり厳しい佐脇サンが、目をかけてたんだから。だから水野、お前も頑張らないと」

先輩にさりげなく注意されても、当の水野は「うっす」と声を発してよく判っていない様子だ。

「まあそういうなよ。今の若いヤツはオレたちオッサンとは違うんだから、接し方を考えないとな」

「ますます佐脇サンらしくないなあ。石井君は叱《しか》る必要がなくて、逆に佐脇サンの方が叱られてたけれど……」

「まあ、この水野だっていいところは多いんだよ。事務処理は几帳面《きちようめん》にやるし、パソコンやネットだって使えるし、頭だって悪くはない」

佐脇が弁護するには訳があった。

今日、この宴会に来る前に、生活安全課の婦警、篠井由美子《しのいゆみこ》が相談に来たのだ。

彼女は、去年殉職した佐脇のかつての部下、石井の婚約者だった。

違法薬物の密売を内偵中、前代議士のバカ息子に殺されてしまった石井の仇《かたき》は一応、取ってやった。とは言え、佐脇には片腕以上の存在だった石井が帰ってくる訳ではない。ましてや婚約者だった篠井由美子にはそれ以上の悲しみがある訳で、以後、佐脇は由美子に何かと気遣っていた。

そしてようやく悲しみも癒《い》えたのか、由美子は、大学を出て県警に入り交番勤務をしていた水野と同じ案件を担当して親しくなった。それを知った佐脇が、彼女に「新しい恋をしろ」と勧めたのだ。

そういう経緯もあって、最近うまくいかなくなったと相談された佐脇は、今度こそ彼女には幸せになってほしいと、親身に相談に乗った。

私にきちんと向き合ってくれない、真面目に考えてくれていない、と訴える由美子に、あんたみたいないい女をないがしろにするとは水野はとんでもない野郎だ、と佐脇は怒り、今晩の宴会の席でヤツから本心を訊き出してやると約束したのだ。

それもあって、水野には慎重に対処するつもりだった。佐脇としては、自分が原因となって水野が腹を立て、由美子との関係も壊れてしまうのを恐れたのだ。

「まあ、コイツもね、経験を積めば人間の機微《きび》も判る『いいお巡りさん』になるよ。オレが水野の年の頃にはこいつよりもっと空気が読めなかったし、相手かまわず衝突しまくりだったからな」

「衝突しまくりは今もそんなに変わらないと思いますけどね。変わったところもあるけど」

やさぐれた今と違い、熱血で優秀な警官の使命感にあふれた司法警察官の鑑《かがみ》と言われていた若い頃の佐脇を知っている八幡は、話をそっちに持っていこうとする様子だ。

「まあ、そういう話は」

佐脇は、八幡のグラスにビールを注いだ。

「石井は石井、コイツはコイツだ。比較するのは止めようや、な」

やめろ、と言っている目を見た八幡は慌てて頷いて話題を変えた。

「知ってます、佐脇さん？　ほら、ウチは庶務だからいろいろ話が聞こえてくるんですけどね、この前取り逃がした犯人の植園。アイツには前科《まえ》があるって事」

「草壁市の強盗致死じゃなくてか」

「そのもっと前の。やつが未成年時代にやったことです。例の少年法六十条のタテマエで、少年時代の犯罪に触れてはいけないんで、記者会見でも記者クラブでもまったく口にしませんけど。私自身が調べた訳ではないから、確認してないんですけど」

八幡は署内の事情通として知られている。捜査のミスから人事情報、果ては署員の不倫、借金まで、地獄耳のようになんでも知っている。もちろん、ガセも多いのだが。

「おれは知らなかったな。前科があるなら内部《なか》で知れる事だろうに」

「少年時代の事をいちいち持ち出さなくても、強盗致死だから……」

そもそも佐脇は植園の件にまったく噛《か》んでいないから、捜査情報が流れてこなくても当然なのかも知れない。自分が興味を持った事には嫌われても鼻を突っ込むが、そうでなければ上から命令されてイヤイヤ仕事をこなすのが、この男のやり方だ。

「少年事件は何かと扱いが面倒だしな」

佐脇はビールを呷った。

「マスコミの連中は、どの線で煽《あお》ればウケるか、その嗅覚は天才的だからな。鬼畜植園！で植園当人を吊るし上げるのか、それとも、そんな鬼畜をえんえん野放しにしている警察批判で行くのか、あるいは凶暴な植園を矯正出来なかった司法の責任を追及するのか……」

「上は、警察批判になるのを恐れてますね。当然ですけど」

八幡情報によれば、植園は少年時代に、年上の女性に薬を飲ませて監禁レイプした前科があるらしい。悪質な準強姦事件として家裁から逆送致されて実刑判決を受け、少年刑務所で服役したらしい。

「草壁市の強盗致死も、被害者は三十歳の女性だよな。アイツは年上の女が好きなのか」

「マザコンじゃないですかねえ〜」

水野が横から割って入った。ガタイに似合わず酒が強くはないのか、顔を真《ま》っ赤《か》にした水野はすでに出来上がっている。

「おい、誰かコイツに一気呑みとかさせたのか？」

佐脇は周囲を見渡したが、水野の隣にいた光田は顔を横に振った。

「こいつ、自分でガバガバ呑んで勝手に酔っぱらったんだよ」

「馬鹿かお前。体育会の合宿じゃねえんだぞ」

「いやだって、佐脇さんは話し込んでるし、手持ちブタさだから呑むしかないでしょ」

「それを言うなら手持ち無沙汰だ」

「まあ、どうでもいいじゃないですか。それより、男ってのはロリコンとマザコンの二種類しかいませんからね〜」

完全に出来上がった水野は、へらへらと笑った。

「じゃあオレはどうなる？　女に関しては全方位外交というか八方美人というか、自慢じゃないがストライクゾーンは滅茶苦茶広いぞ」

「それは単に女好きなだけじゃないすか」

酒乱の癖《へき》があるのか、上司である佐脇に、水野は言いたい放題だ。

舞台では勝手にカラオケ大会が始まって、酔っぱらった連中がマイクを奪いあうようにして歌い始めている。水野はそれに参加しようというのか、舞台に突進していった。

酔っ払いどものリクエストを聞いてカラオケの機械を操作しているのは、さっきの美人仲居だった。清楚な上に知的でさえある美貌に笑みを浮かべる姿はなかなか魅力的で、普段はカラオケをしない連中までもが曲目リストを繰り始めた。

周囲の関心が舞台に集まったので、佐脇と八幡には密談に打ってつけの環境になった。

「その植園の件ですがね、ヤツは今度の刑事課長の君津サンと、どうやら浅からぬ因縁があるようですぜ」

ほう？ と佐脇は刺身を頬張る口を止めた。

「植園の少年時代の一件を担当したのが君津サンらしいです。あの人、前任地は草壁署でしょ、草壁署管内で起きた植園の強盗致死事件も君津サンの担当だったけど、人事異動で刑事課長に昇格の上、ウチに来た訳です。あの人、たしか三年前にもウチにいたんですよね？」

佐脇と君津は刑事課の同僚だったが、たたき上げの佐脇と違って、君津は国立四大出の『エリート』だ。望月署長の娘と結婚して閨閥《けいばつ》入りしたが、毛並みの良さをひけらかす事はなく、人当たりの良さと腰の低さで、上にはきわめて評判が良い。要するに、立ち回りと世渡りのうまさは抜群の男だ。

「アイツ、仕事が出来ないのを腰の低さでごまかしてたんだよな。おれの知ってる限りでも、けっこう誤認逮捕とかしてたしな。だけど今度は刑事課長か」

佐脇がもっとも嫌いなタイプだ。

「まあ、なんせバリバリの実力者・望月署長の娘婿ですからね。あの二人は、いわば持ちつ持たれつの関係で、二人ともども手を取りあって、出世街道まっしぐら、ってとこですかね」

八幡はビール瓶をマイクに見立てて演歌歌手の真似をして見せた。

「で、ヤツらは業績を上げていっそうの出世をしたいが、その熱意が空回りして現場の評判はきわめて悪い。そうだろ?」

情報通のお株を佐脇にとられた八幡は、「どうして知ってるんですか」と声を上げた。

「オレだって世渡りは考えるさ。今度の飼い主がどんなヤツか、オレなりに調べてみた。どんな芸を見せれば喜ぶ馬鹿なのか、な」

佐脇は、この前調べたばかりの瑠璃こと樋口怜子輪姦事件がろくに捜査されないまま有耶無耶《うやむや》になってしまった件を思い出した。あの事件の担当が、他ならぬ君津だったのだ。

「点数に結びつかない地味な事件は平気で手を抜くような野郎が、現場で評判がいいはずがないよな」

こんな話をしているとはツユとも思っていないのだろう、望月と君津は酒で顔を真っ赤にして、茶坊主どものお酌を受けている。

「望月署長はね、とにかく部下のミスを嫌うんです。監督責任を問われるのが嫌だから。あの人は自分の経歴に傷をつけるのを一番嫌うんです」

情報通として負けたくないのか、八幡は競《きそ》うように新情報を出した。

「だけど、人間、ミスはつきものじゃないですか。捜査の勇み足とかまあ、いろいろ。そういう時、望月署長はどうすると思います？　部下のミスは自分の責任と庇《かば》うどころか、ミスそのものを揉み消しちゃうんですって。誤認逮捕なんかしちゃったら、間違われた相手に金を摑《つか》ませて、黙っててくれよと口止めしたり」

「いいんじゃないのか」

佐脇はニヤリと笑って冷め切ったトンカツを口に運んだ。

「結果的には部下のミスをなかった事にしてくれるんだから、いい上司じゃないの」

「そりゃ違うでしょう、佐脇サン！」

いつの間にかカラオケから戻ってきていた水野が、いっそう酔ってろれつの回らない口調で絡んできた。

「そりゃダメ刑事にはいい上司でしょうよ。けど、お宮入りした事件の被害者とか冤罪《えんざい》の犯人とかは、たまったもんじゃないじゃないですか！」

「それはもちろんその通り。正論だ」

佐脇は水野の据わった目を正面から見返した。

「おれは青臭いとか言わないよ。正論はいつも青臭いもんだ。だけどお前、同じことをシラフの時も言えるようにしろ。な」

水野は、へへへと笑うと座椅子にもたれて寝てしまった。

座が乱れてきたので、佐脇は大広間を出て風呂に向かった。この後のお決まりのパターンとしてはストリップが始まって本番ショーに発展するか、半裸のコンパニオンが多数登場してお触りサービスから、同時多発本番ショーに発展するのだ。宴会の客が警察であっても変わりはない。いや、この温泉で宴会をやる以上、エロが入らなければ意味がない。

鳴海署御一行様が慰安旅行に来ているのは、県内有数の観光地、湯《ゆ》ノ谷《たに》温泉だ。昔、鳴海が海運で景気が良かった頃は「鳴海の奥座敷」と呼ばれて賑わったものだが、今は鳴海と共倒れで、不振の極みだ。県外にもっと気の利いた温泉があるし、自然を愛《め》でるにしては渓谷美も何もないただの田舎の景色だし、すでに歓楽温泉街という手垢《てあか》がつき過ぎている。大都市から交通の便が良い老舗《しにせ》温泉地が、団体旅行が流行《はや》らなくなって軒並み閑古鳥《かんこどり》が鳴いているのと同じく、この湯ノ谷温泉も寂れてしまった。

だが大きなホテルが廃墟となって暴走族の遊び場と化している中、この旅館『湯ノ谷プラザホテル』は、なんとか生き残っている。いや、それどころか、昨年は新館を増築して大いに繁盛している。

数年前までは落ち目の老舗『湯ノ谷館』だったが、新しいオーナーが屋号を『プラザホテル』に替えてなりふりかまわぬ商売を展開してから、一気に盛り返した。

経済構造の変化で斜陽になった温泉地の中で、たいした金もかけずに一軒だけ千客万来という革命的経営が出来ているのは、「例の禁じ手」を使っているからにほかならない。『湯ノ谷プラザホテル』は、過激なセックスサービスを売り物にしていた。セックス・コンパニオンの出入りを黙認する旅館は多いが、ここは黙認にとどまらず旅館側が全面的に売春婦であるコンパニオンや性行為を見せる本番ストリッパーをサポートし、常駐させて客にサービスを提供しているのだ。

完全な売春防止法違反だが、地元経済振興という『大局的見地に立った配慮』により、警察からはお目こぼし状態になっている。街中で堂々と賭博場を開いているパチンコ屋や売春の場であるソープランドが公認も同然なのだから、この旅館だけ挙げるのも法の下のバランスを失する……という奇妙な論法で、警察内部では「違法行為が行われていると知りえない」状態にあるという事になっているのだ。

噂《うわさ》によれば、ここのやり手オーナーは、前の持ち主を博打《ばくち》に誘い込み闇金融と組んで旅館を借金のカタに取ったというから、ヤクザ筋であるのは明らかだろう。観光協会や商工会議所、県庁と県警の幹部といったあたりにも強力に食い込んでいる。要するに潤沢な資金で賄賂《わいろ》をばら撒き、セックス接待で骨抜きにしているのだ。

プラザホテルが成功し、摘発もされないという現実を見た他の旅館の経営者たちも続々と真似をし始めて、今や湯ノ谷温泉といえば歓楽温泉街という表現さえ生ぬるい、いわば性風俗温泉街と化していた。

そんな温泉街の、堕落の元凶ともいえる旅館に慰安旅行に来るのだから、鳴海署とプラザホテルの蜜月は、署長が交代しても安泰なのだろう。

大広間から温泉に向かう廊下を歩いていると、帳場からでっぷり太った、精力の強さが頭髪を融《と》かしてしまった感じの中年男が出て来て、佐脇に最敬礼した。

「これはこれは、裏の鳴海署長！　当ホテルのオーナー、檜垣《ひがき》でございます」

いかにも一筋縄では行かない感じの男は、大声で佐脇を持ち上げた。

「ヤメロ。本物の署長が来てるんだから。気ィ悪くするだろ」

見え透いたおだてに乗らない佐脇は、にべもなく檜垣をいなした。

「はいどうも。佐脇さんは港の方ばかりおいでになってからに。ウチにも来てくださいな。サービスに相務めますさかいに。ウチにもエエ娘、なんぼでもおりますデ」

「いや。あんまり手広く汚職に励むのもな。出る杭は打たれると言うだろ」

「そやったら佐脇さんはとっくに引っこ抜かれてますがな。まあ、よろしゅうに」

檜垣は、でっぷりした腹を折り曲げて挨拶すると、転がるように大広間に向かった。本物の署長・望月と密談するのだろう。

湯ノ谷の温泉は、これといった特徴のある湯ではない。無色透明無味無臭の単純泉で、昔は二十五度以上の湯が湧いていたが、近年は温度も下がって、ほとんど井戸水を沸《わ》かしているのと変わらない。

それでも、流行りを意識して、「屋上庭園露天風呂」というものが設置されている。鉄筋コンクリート五階建てのビルの屋上に、岩風呂を作ったのだ。

その露天風呂の脱衣場に足を踏み入れた佐脇は、既視感のようなものに囚《とら》われた。真新しい板壁や床、安物の脱衣籠《かご》、年代モノの体重計に見覚えがあった。

以前、何度かこの旅館には来た事はあるが、新館が出来てからは初めてだ。昔の風呂は、何の変哲もない檜風呂、それも屋内の狭い風呂だったのだ。温泉ブームなど影も形もなかった頃の話だ。

首を捻りながら露天風呂に浸かった佐脇だが、露天の岩風呂の上に張り出した松の、その枝ぶりを見て、ようやく思い出した。

そうだ！　これと同じ景色を、盗撮ものの裏ＤＶＤで見たのだ。

それはすなわち、品格を完全に失ったとはいえ、老舗の旅館で盗撮が行われているということだ。正義感の強い警官なら見過ごしに出来ないかもしれないが、佐脇は違う。

彼にしてみれば盗撮など、ほぼ被害者の無い犯罪に等しい。有名人が盗撮されるのとは違って、一般人の場合は顔さえはっきり判らなければ、事実上何の問題も起きない。盗撮された当人も知らず、見た人も誰が映ってるのか判らなければ、被害者がいない事になる。

とはいえ、このホテルでいかがわしいビデオが撮られている事実を檜垣に突きつければ、多少はウマイ汁が吸えるかもしれない。

風呂から上がった佐脇は、湯殿の受付カウンターで貰《もら》った精力剤をぐびりと飲み、公衆電話を探した。この前行ったたちょんの間のオーナー・田上に連絡して例の盗撮ＤＶＤを保管しておけと命ずるのだ。今もっている携帯電話は自前の物だから、『悪事』には使いたくない。天使のように大胆に、悪魔のように細心に、という言葉があるではないか。

おおっぴらには出来ない話なので、ロビーの電話は使えない。最近は公衆電話が減ったとは言え、こういう古い旅館なら何処かにあるだろうと、人気《ひとけ》の無い場所を探して佐脇は旅館の中を歩いた。

この旅館というかホテルは老舗だけあって、過去に増築を繰り返している。本館新館の他に別館や宴会場、離れなどが広い敷地に点在していて、全てが廊下で繋がっている。

さすがに違法エロで売る繁盛旅館だけあって、どこに行っても人がいる。

佐脇はいつしか従業員の仮眠所や布団部屋、物置などの集まった一画に迷い込んでしまった。

仕方がない。佐脇が自前の携帯電話を取り出して、通話をしようとした時。

女が怒鳴《どな》る声が聞こえた。それも、かなり腹に据えかねた、感情を怖いくらいに抑えた重いモノだったので、佐脇は思わず聞き耳を立てた。こういう他人のいさかいを無責任に盗み聞きするのは楽しい。

「あんた、檜垣社長に色目使っちゃって。一人だけいい目を見ようたって、そうはいかないんだからね！」

「ホントよ！　お高くとまっちゃって。ちょっと顔がいいと思ってサ」

どうやら一人の女を大勢が責め立て、吊るし上げている様子だ。男の前では上辺を取り繕《つくろ》うが、所詮女なんて裏へ回ればこんなもんだ。

佐脇はニヤニヤした。責められている方が逆上してキャットファイトに発展するのを期待したが、その女は、意外にも淡々としている。

「たしかに社長とは寝たけれど……」

「なっ！　何を言うのよ、この泥棒猫」

「でも、あなたも泥棒猫は同じでしょう？　社長には奥さんがいるんだから。それに私から誘ったわけでもないし。あまりしつこく言われるし、断ってクビになるのも困るし」

してみると急先鋒らしい女はどうやら檜垣社長の愛人か。しかも、あまり頭も良くないらしい。

そんなに大事な男なら浮気されないようしっかり見張っておけばいいじゃない、首に縄でもつけてつないでおけばと、冷静なほうの女にポンポンと落ち着いた声で言い返されると、仲居らしい女は絶句してしまい、うーと唸《うな》るのが精いっぱいだ。他の連中も「なにさ」とか「よく言うよ」とか間《あい》の手のような事しか口に出来ない。

佐脇は、責められている女のクールさに興味を惹かれ、声がしてくる納戸のような部屋の襖《ふすま》を少し開けて、覗《のぞ》き込んだ。

そこには、さっきの宴会で給仕をしてカラオケの世話もしていた、あの美女がいた。彼女が古株の仲居たちに責められているのだ。

「美寿々《みすず》ちゃん。あたしたちだってもう我慢出来ないからね。新入りのアンタにいいようにされて堪《たま》りますか」

やっておしまい、とリーダー格の女は仲居たちに命じた。まるで大奥のいじめだ。

佐脇はわくわくしてその成り行きを眺めた。思いがけず美女がいたぶられ責められる、SMショーさながらの光景を見物できそうだ。いくらエロ旅館とはいえ、ガチンコのSMショーともなると、さすがにレパートリーには入っていない。

佐脇の期待にたがわず古株の仲居たちは一斉に襲いかかり、美寿々と呼ばれた美女を押し倒して、たちまち帯を解き、着物の前をはだけさせた。

「あの人をこのカラダでたらしこんだんだね……」

「ふん。男好きするカラダだね。ここに来るまで、あっちこっちでいろんな男を骨抜きにしてきたんだろ」

女たちは容赦なく美寿々の女体を嬲《なぶ》った。魅力的な曲線を描く美乳をもみくちゃにして乳首を爪の先でくじり上げ、やがて下半身にも迫った。

本式の和装は湯文字をつけるものだが、今は普通にパンティを穿《は》く。美寿々はラインを気にしてか、Tバックを着けていた。

「ほうら、この女。色気過剰なのよ。どんなオマンコ持ってるか、見てやろうじゃないの」

女たちにTバックのショーツを毟《むし》り取られ、寄ってたかって両足首を摑《つか》まれて、無理やり左右に広げられても、美寿々はクールなままだった。

「ねえ、あなたたち、高校の時からこういうことやってたでしょ。集団で寄ってたかって。まるでコドモそのものよね。進歩がないっていうか、中身がコドモのままのオバサンって、最低最悪ねえ」

しおらしくしていればまだしも、火に油を注ぐような事を言い続ける美寿々は、完全に女たちを煽《あお》っているとしか考えられない。

「なにをっ！」

ぴしり、と音を立ててリーダー格の女が美寿々の頰を打った。

「よーく判った。アタシらもこのままじゃ気が済まないんで、アンタのそのロクでもない道具を使えなくしてやるよ」

女は宴会場でミニ鍋用の固形燃料に火をつける、携帯用のバーナーを取り出した。脅《おど》すように何度も火をつけて見せている。美寿々をなんとか屈服させようとしているのだが、頭を下げて先輩への恭順の意を示そうとする気は、美寿々にはまったくないようだ。

なんて女だ……と佐脇は思わず呟《つぶや》いた。

業《ごう》を煮やしたリーダーが、ついに美寿々の秘毛にライターの火を近づけた。

ちりちりという音とともに、スルメを焼くような匂いが漂った。

「ドテを丸焼きにしてやろうか？　毛の後は、中身もきっちり焼いてやるよ。このチャッカマンはオマンコの中に入るからね、焼け火箸《ひばし》なんか要らないんだよ」

事態がここまで進むと、さすがの佐脇も見て見ぬふりが出来なくなった。傷害事件を発生させて警察の仕事を増やすことはない。

「そこまでだ、ねえさん方。それ以上やると犯罪になるぜ」

襖を勢いよく開けて踏み込む。

驚いた女たちは悲鳴を上げ、雲を霞《かすみ》と全員が転がるように逃げて行った。

あとに残された美寿々は、特に恥じらう様子もなく淡々と仲居の着物を羽織《はお》って袖を通し、慣れた手つきで帯を結んだ。

「ねえさん。クールだね」

ただでは済みそうもないケガをするところを助けてもらったというのに、美寿々は大して有り難くもなさそうな表情で佐脇を見た。

「いや、だからって、別に恩に着せるつもりはないんだが」

礼を強要しているように取られるのも嫌なので、佐脇は立ち去ろうとした。

「いえ、着せてくれていいんですよ。とんだところをお助け戴き有り難うございましたって、時代劇みたいに礼を言うべきですよね。ごめんなさい」

挑発的な美寿々の言い草に、佐脇はむっとした。恥ずかしいところを見られて不貞腐《ふてくさ》れているのだろうが、出来の悪い小娘じゃあるまいし、オトナの態度ではない。

「じゃ、あんたに感謝の気持ちがホントにあるなら、誠意を形にして見せてもらおうか」

負けじと佐脇もヤクザのような言い回しをして見せた。

「言っとくが、金じゃないぞ。オレはリッチじゃないが身の丈以上の金は要らないからな」

彼の顔を冷ややかな目で眺めていた美寿々は、いったん締めた帯を解こうとした。

「そういうことなの。じゃ、ここでする？　それとも……あんた、お客さんよね？　ここに泊まってるんでしょう？　お部屋に行く？」

そうだな、と佐脇は考えた。

別段抱きたくて言った訳でもなく、ただこの女の鼻っ柱を折ってやりたいだけだった。とはいえ、その気になってじっくり見ると、なかなか男好きのする容姿ではある。楚々《そそ》とした美形だし、さっき見てしまった裸身も曲線に富んで、なかなか抱き心地が良さそうだ。バカみたいな巨乳より、サイズは小さくともキリッと引き締まった美乳が好みだ。

「ここだと落ち着かないな。どうせならじっくりやりたいもんだな」

美寿々はうっすらと笑って、「いいわよ」と応じた。取りようによっては人を見透かして、バカにしたような笑みだ。

「オレは、離れの柚子《ゆず》の間に泊まってる。あんたの都合のいい時間に来てくれ」

「柚子の間……いいお客さんみたいね」

ここで言う「いいお客さん」とは、人格ではなく金離れの事を指す。

「仕事が終わるの、けっこう遅くなるけど、それでいい？」

談合が成立して、二人は布団部屋を出た。

久々の、予期せぬ刺激の到来とあって、水と空気と女は無限にあると思っている佐脇も、ちょっといい気分になった。こんなくだらない慰安旅行に付き合った甲斐《かい》があった、と言うものだ。

廊下を歩いていると、右肩にどん、と言う衝撃を感じた。見ると、若い男が首を傾げて立っていた。茶髪に顔《ガン》グロ、しかも酔っているから顔色はさらにどす黒く、目は血走って口を歪《ゆが》めている。それがニヤニヤ笑っているのだと判るまで、数秒かかった。

「ンだよ、この野郎。ぶつかっといてゴメンナサイもなしか」

「この廊下は広い。オレは真っすぐ歩いていた。ぶつかってきたのはお前だろうが」

佐脇はギロリと睨《にら》み返した。その眼光の鋭さに、相手は一瞬たじろいだが、ここで負けては舐められると言うチンピラ特有の心理が働いたものか、一歩前に出てきた。

「ンだと、この野郎。ああ、お前はアレか。今夜、なんか、警察の宴会があるとか言ってたよな。こんなエロ旅館で、警察が宴会かよ。お前もオマワリだろ。顔にそう書いてあるもんな。で、アレか。どうせお前もそのへんで非合法な買春してきたんだろ。オレらがやったら捕まるけど、お前らオマワリがやったらＯＫか。まあ、包丁持って振り回すアホ一匹も捕まえられない腰抜け警察だもんな。根性腐ってるのは当然か」

男は佐脇の鼻先で嘲笑した。

「まあ、お前の言う通りだ。ウチの警察は腐ってるよ。もうダメだ。どうしようもない」

佐脇は口では殊勝に言いながら、男の足を思い切り踏んでやった。

「おい、痛えよ。足、退《ど》けろ」

そう言われた佐脇は、わざと足を捏《こ》ねた。

「痛えっつってんだろうが、おら！」

若い男は拳を振り上げたが、佐脇は軽くその腕を払ってしまった。

「お前、どこのもんだ。鳴龍会か？　あそこも人材不足らしいな。お前みたいな出来損ないでも構成員にしないと、組織の維持が出来ないのか」

「うるせえ。面倒くさいこと言ってんじゃねえよ」

若い男は、佐脇の横腹にパンチを入れようとしたが、これも軽く払われ、腕を摑まれるとそのまま捩《ね》じ上げられた。

「おい。ここで騒ぎを起こすと、お前はアニキに怒られて面倒な事になるんじゃないのか？　この辺でやめとく方が利口だと思うがな」

「ばーか。そんな利口なら、最初っからヤクザなんかやってねえよ」

男はまだ自由が利く足で蹴《け》り上げようとしたが、これも佐脇に軸足を払われて、あっけなく廊下に尻もちを突いてしまった。

「じゃ、そういうことで。オレは宴会で忙しいんだ」

さっさと行こうとした佐脇に、男が足を絡ませてきた。

そのまま倒れ込むと見えた佐脇だったが、体勢を崩しながらも振り上げた足が、逆に男の横っ面《つら》を蹴った。

「ぐえ」

男はふっ飛んで廊下の壁に頭を激突させると、そのままへたり込んだ。

「どうした。救急車でも呼んでもらうか？」

「う、うるせえ」

男はふらふらしながら立ち上がり、意地でも負けられないとばかりに摑み掛ってきた。

口の中を切った様子で、唇から血を流している。

「もうやめとけ。お前は酔ったら力を発揮できないタイプだろ」

そう言いながら、鳴海署の誇るワルデカは、男の茶髪を摑むと、顔面に膝《ひざ》を命中させた。

「ごふ」

男は折れた歯を吐き出した。

「しょうがねえなあ。今、財布持ってないから、お前んとこの伊草に言って、治療費貰っとけ。後から埋め合わせしておく」

伊草の名前を聞いた男は、ビクッとして、佐脇を改めて見た。その目は、さっきの嵩《かさ》にかかって見下すものから、恐る恐る見上げる目線に変わっていた。

「あ、あんた、副会長を知ってるのか?」

「アイツ、副会長にまでなったのか。こりゃ相当鳴龍会もいよいよ人材払底だな。まあ、伊草はマシな方だがな」

その話しぶりを聞いていた男は、震え始めた。

「あ、あんた、もしかして、さ、さ……」

「ワタクシ、佐脇と申しますが、なにか?」

ひーっと咽《のど》の奥から悲鳴を上げながら、男は廊下を素っ飛んで逃げて行った。

「なんだ……人を化け物か幽霊みたいに」

そう言いつつ、ヤクザに恐れられるのは満更でもない。

ちょんの間オーナーの田上にも連絡を済ませた佐脇は、上機嫌で本館に戻ってきた。

すると、ロビーでは顔を真っ赤にした水野が浴衣をだらしなく着て、ソファにぐったりともたれていた。

「最近の若いヤツは、みたいな事は言いたくないが、なんだ、お前のその浴衣の着方は。ちょっとは考えろ。グダグダじゃねえか」

「だって佐脇さんが戻ってこないし、宴会は乱れてきて居辛くなるしで、酔いを醒《さ》まそうと思って風呂に入ったんですよ」

「そうか。本番ショーが始まったか」

オヤジは露骨に欲望を剝《む》き出しにするが、水野の世代は潔癖でセックスの欲望を表に出さない。だから抑制し過ぎて淡泊になったり、生身の女が苦手になるのかもしれないが。

「実は佐脇さんに相談があるんです。どうもその、板挟みになってしまって」

「おいでなすったか」

篠井由美子から相談を受けた事をつい匂わせてしまった佐脇に、水野は無反応だった。

「イケメンも大変だな……おい、ちょっと待て。板挟みだって?」

水野は聞き捨てならない事を言った。

「はい……実は、この旅館に、いるんです……その、好きな女が」

女に対する経験値の少ない、要するにウブな男が、手練《てだ》れの女に惚《ほ》れてしまうことはよくある。だからこういう場所で若い刑事がコンパニオンに優しくされてトリコになる事もあるだろう。しかし、水野の相手は由美子じゃなかったのか？

篠井由美子が佐脇に相談した事などツユほども知らない水野は、あろうことか、「ちょっと、その女に会ってもらえませんか」などと頼んできた。

「自分で言うのもナンですけど、おれは経験不足なんで……女には大ベテランと定評のある佐脇さんに品定めしてもらおうと思って。いや、首実検？　まあとにかく、おれが付き合うに足る女かどうか、見て欲しいんです」

水野は水野なりに、人生経験や女性経験の不足を自覚しているのだ。しかし、佐脇は死んだ右腕・石井の婚約者だった由美子に責任を感じている以上、部下の軽率な言動を認める訳にはいかない。

「お前は、生活安全課の篠井と付き合っているんじゃなかったのか？」

正面切って言われて、水野は目を丸くした。

「え。どうしてそれを」

「鳴海署で、オレに秘密に出来る事は何もないのだ。いや、とにかくだ、最近のお前は挙動不審だと篠井に相談されててな」

ああ、と水野は頷いた。思い当たるフシがあるのだろう。

「篠井の事は前から知ってるんだ」

「ええ。亡くなった石井さんと婚約してたんですよね」

「知ってるならそれでいい。とにかく、刑事の女房にするなら篠井ほどいい女はいないぞ。まだ会ってもないのにこう言っては失敬かもしれないが、こういう場所で知り合う女より、いろんな意味で確かだ」

だが、水野は苛立《いらだ》たしげに首を振った。

「篠井さんとは、まだ何もないんです。手も握ってない。極めてプラトニックなというか、男女の関係にはなってませんから」

女を買う時は素人を好むくせに、惚れてしまうのは玄人、というのも男の哀しき性《さが》だ。ヤバイと判っているから逆に燃えるのは男も女も同じだろうが、セックスと保護本能を同時に刺激されると、男は妙な騎士《ナイト》精神を発揮してしまうのかもしれない。

「……篠井さんは、おれ抜きでもやって行けるしっかりしたヒトだと思うんです。でも、彼女は……おれがしっかりつなぎ止めてないと、何処《どこ》へ行ってしまうか判らないんです。そういう危うさがある彼女をなんとか出来るのは、おれしかいないんです」

水野は力説した。典型的な症状だ。

だめだこりゃ、と佐脇は諦めかけた。女に骨抜きになった男には、何を言って聞かせても無駄だ。

ならば、由美子も、こんな単純バカな男より、もっとしっかりした男を摑まえる方が幸せになるんじゃないか、と思わないでもない。

「あ。あの人です、佐脇さん」

水野が、佐脇の腕を摑んだ。

水野が指さしているのは、宴会場からお膳を山ほど抱えて下げてきた仲居だ。だが、その女を見て佐脇は仰天した。それが、他ならぬ、さっきの美寿々という女だったからだ。

「どうです？　こんな旅館に置いとくにはもったいない美人でしょう？　掃《は》きだめに鶴って言うか。彼女は仲居さんであってコンパニオンじゃないですし。その上、なんか幸薄《さち》そうな、なんていうか、演歌の世界みたいな雰囲気があるじゃないですか」

「まあ、それはそうだが……」

佐脇は、水野を品定めするようにしげしげと見た。

この直流男がこんなにのぼせ上がっているのは、間違いなく肉体関係があるのだろう。しかも、かなりの頻度《ひんど》で、かなりの濃厚さで。

「お前……愛だ恋だと言うが、もうヤってるんだろ？　どれくらいの付き合いなんだ」

「そりゃ、おれもコドモじゃありませんから」

篠井由美子とは完全プラトニックだと言った男が胸を張った。

「知り合ったのはほんのこの前なんです。でも、一気に関係が深くなりまして」

由美子は警官として先輩だから、気後《きおく》れする部分もあったのかもしれない。それで気楽に付き合える女に気を許してズルズルと、というパターンか。

「しかしあの女は、お前みたいな初心者には難易度が高すぎるんじゃないか？　ドラマのお気に入りヒロインを選ぶのとは訳が違うんだぞ」

佐脇はやんわりと、あの女はダメだヤバイ、と匂《にお》わせた。

さっきの仲居たちの言葉が本当なら、美寿々はこの旅館の社長と関係がある。水野とは二股だ。水野はセックスの快楽を純粋愛と勘違いしているのだろうが、美寿々が水野を愛しているから関係を持っているとは素直には考え難い。もちろん例外はあるだろうが。

水野は問題はあっても部下だし、なにより篠井由美子が水野に捨てられて泣くのを見たくない。そんなことになれば、死んだ石井に申し訳が立たない。

それはそれとして、お膳を抱えて歩いていく美寿々の後ろ姿を眺めていた佐脇は、彼女に女としての興味を持った。紺の着物の裾から覗く白いふくらはぎが、そしてすっきりしたうなじが、清潔なくせに濃厚な色香を垣間《かいま》見せる。

着物ゆえ曲線をあらわに見せはしないが、ぷりぷりと小気味よく動くヒップを見送るうちに、猛然と欲情が湧き出すのを感じていた。

若い連中とホテルの外の店に繰り出した水野を見送り、佐脇は自室に戻った。大広間での乱痴気騒ぎに参加するほどのストレスはなく、公開の席で桃色遊びをする趣味もない。

他の連中は広い部屋に五人とか六人の相部屋の合宿状態になるのだろうが、そういうのが嫌いな彼は、自腹で離れを取っている。

美寿々を待ちながら一人でビールを飲むうちに、全館躁状態の「快楽の館」も、さすがに零時を過ぎると徐々に静かになっていった。庭を挟んで伝わってくる嬌声も減り、午前二時近くになると蛙の声さえ聞こえるようになった。

眠っていた。

テーブルに肘《ひじ》を突いて、佐脇はいつしか眠りに入っていたが、ドアのノックで目が覚めた。

「来ないと思ってたぜ」

ドアの外にはお仕着せの仲居服ではなく、私服に着替えた美寿々が立っていた。

「遅くなると言ったでしょう」

ちょんの間の瑠璃の時は完全にやる気を無くしたが、今は違う。

部下が惚れている女を味見するというチャレンジが気に入ったのだ。

美寿々は、着やすくて脱ぎやすい、ずるずるのワンピース姿だ。ラフで無警戒で、あまりに普段着な格好は、この旅館の中では、逆に『日常のエロス』とでも言うのか、新鮮さを感じさせる。

この離れには、専用の露天風呂が付いている。山間《やまあい》の温泉地で、眼下には鳴海市街が見渡せるが、たいした夜景ではない。

「風呂でも入ろう」

美寿々は嫌がる様子も見せず、部屋に入り、さらりと服を脱いだ。そのつもりで来たのか、ワンピースの下は全裸だった。

さほど広くない専用露天風呂に、二人一緒に浸《つ》かった。

「背中でも流しましょうか？」

「いや、いいよ。そんなことより」

湯に浸かり、次第に火照《ほて》っていく美寿々の女体は魅力的だった。

脂《あぶら》の乗った柔らかそうな肌や見事な美乳、そして豊かに膨らんだヒップとその谷間は、まさに食べごろの女盛りだ。形の良い美乳の頂きにある薄紅い乳首も、引き締まった下腹部と華麗な太腿《ふともも》も、その合わせ目に覗く黒ぐろとした叢《くさむら》も、すべてが最高だ。

佐脇は、そのまま美寿々を抱き上げて風呂の縁に寝かせ、下半身を押さえ込むと、両脚を左右に大きく広げさせて、その股間に顔を埋めた。

「単刀直入って感じね……」

美寿々は、それが性格なのか、冷静さを崩さずに言った。

「オレはなんでも、まだるっこしいのが嫌いなんだ」

佐脇が両手で秘唇を広げると、米粒ほどの肉芽が姿を見せた。それに舌を這わせて愛撫を始めると、すぐに美寿々は反応した。

「あ、ああん……」

舌先で秘核をころころと転がされただけで、腰をくねらせ、女壺からはとろとろと熱い蜜も溢《あふ》れてきた。

プロの女は感じる演技がうまい。客をイカせるのが仕事だが、そのたびに自分もイッていては身が持たない。

この旅館では、「仲居」と言っても素人のままではいられまい。そして、美寿々は本気で感じていた。

「上手ね、お客さん」

彼女は、着衣姿だと清楚だが、裸になって行為を始めると、成熟して肉の悦びを知り尽くした牝《めす》のフェロモンが放たれて、なんとも淫猥な空気を醸《かも》し出す。

佐脇はクンニしつつ指を女芯に奥深く差し込むと、とろとろと熱い肉汁が内腿に滴《したた》った。

いつもはワルデカと称される佐脇も、今はエロデカとなって、ひたすら指と舌を使って美寿々を感じさせようとしていた。

「ね、ねえ。このままイってしまいそう……」

「イけばいいじゃないか」

「それは……恥ずかしいの」

自分だけイってしまう姿を見られるのが恥ずかしいのか。

そういう反応に、佐脇は新鮮なモノを感じた。ちょんの間の瑠璃はすっかりスレてしまっていたが、美寿々はこの世界で揉まれながらも、まだスレてはいないようだ。

彼の指先が柔肉の中で暴れると、美寿々は声にならない呻きを洩らし、腰をリズミカルに震わせた。

「あ。あはあああん……」

彼女の目は憑《つ》かれたように潤《うる》み、全身も紅潮してふるふると震え始めた。

女芯を弄《いじ》る佐脇の指は、熱く火照った肉襞にくいくいと締めつけられた。

「いっ、い、い……あああああん」

彼女の躰はがくがくと揺れ始めた。

「あああッ！　イキそう……イキそうっ！」

絶え間なく躰を弓なりに反《そ》らし、痙攣《けいれん》を繰り返した美寿々はそのまま凝固すると、一気に絶頂に駆け上がった。

クンニと指戯を前戯代わりにした佐脇は、そのまま彼女にのしかかった。

何もされずとも、エロデカ佐脇のモノは臨戦態勢になっていて、濡れそぼった女壺にずぶり、と根元まで入った。

「ひ。いいいいい……」

佐脇のエネルギッシュで激しい突き上げに、美寿々もさっきまでの冷静さをかなぐりすてて、思いきり乱れた。腰を左右に大きく揺らし、背中はぐいぐいと反り返った。

佐脇がどん、と大きく抽送してやると、いやあっと声を上げて美寿々は下半身をくねらせた、その拍子にバランスを崩して、二人は結合したまま露天風呂の中に落ちた。

それでも、そのまま二人は露天風呂の中で激しく絡み合った。佐脇の膝の上に美寿々が乗る体位で、彼が下から突き上げてやると、そのたびに美寿々の美乳がお湯からざばっと持ち上がり、ほの暗い灯りに一瞬濡れ光ったかと思うと、再び沈む。

白い大理石のような肌と、薄桃色を掃いた乳頭が、お湯のしずくを散らしていた。

佐脇の首筋に華奢《きやしや》な細い腕がからみつき、美寿々は白い喉元をそらせて、よがり泣き悶《もだ》え狂っていた。

うなじに貼りついたおくれ毛が、ぞっとするほど色っぽい。

しかも……彼女は、名器なのだ。細かな肉襞がぞわぞわと敏感な男の先端に攻めてきて、さらに熱く濡れた果肉全体が、波状的にくいくいと締めてくる。これ以上の道具の持ち主は、そうはいないだろう。

「いいぞ。たしかにあんたは最高の女だ」

男と深い関係になる事に慎重な篠井由美子とは対照的に、簡単に躰を許して、しかもクールな外見とは一転して、情熱的に燃える美寿々。この女に水野がハマってしまったのも無理はない。

佐脇は腰を使いながら納得した。

ストロークを取ろうと、肉茎が抜け落ちるほど腰を離し、反動をつけて一気に突き上げる。その一撃を食らった美寿々はがくがくと全身を揺らせる。まるで性器から短剣を突き刺されて、串刺しになったかのような反応だ。

佐脇は、美しい曲線を見せる乳房も思い切り、容赦なく揉み上げた。

「あああ……あんあん……」

美寿々はせつない声をあげてのけ反った。

その唇を塞《ふさ》ぐように、佐脇はディープキスをした。ちゅっという音が響いた。普通の温泉旅館なら周囲を憚《はばか》るところだが、ここならばセックスに関する限り、すべてオーケーだ。

全身のすべての性感帯を翻弄《ほんろう》された美寿々は、官能の波に溺《おぼ》れていた。

そろそろか、と相手の反応を冷静に計っていた佐脇はフィニッシュに突入して、抽送をいっそう激しくした。

美寿々は、ひいひいひいと躰を弓なりにのけ反らせるばかりだ。

「ああ、イクイクっ……イッてしまうッ……」

そう言い終わらぬうちに、彼女は全身を反らせて、ほとんど息絶えたかと思わせるように、硬直した。

強く女芯も収縮して、佐脇は、爆発した。先日のちょんの間でオアズケを食って以来の放出だ。

魂まで噴き出すかのように思いっきり射精した佐脇は、やがて美寿々を抱きかかえたまま風呂から出た。

「このまま浸かってたら、ふやけて死んじまう」

さすがに脱水状態になりかかり、ふらふらしながら部屋の冷蔵庫にたどり着いた佐脇は、ビールを二本出して栓を抜き、美寿々にも渡してやると、そのままぐびぐびと飲み干した。

ひと心地ついた二人は、ふたたび足を湯につけて、寛《くつろ》ぎ、まったりとした。

「ここで仕事してますけど、こういう感じでゆっくり和《なご》むのは、初めてですね。この部屋も、掃除には入った事ありますけど……」

「ここで働くのは結構大変なんじゃないのか？　さっきもちらっと見てしまったけど、あんた、美人だから周りからのやっかみも大変だろ」

美寿々はビールを飲み干して答えをはぐらかそうとしたが、ちょっと考え込んだ。

「……ほかに行くところもないし、我慢するしかないですね」

「だけどあんたは若いしキレイだし、頭も良さそうじゃないか。ここよりもっといい条件の仕事はあるだろ」

「だから、ほかに行くところがないんですってば。私は、前科者だから」

彼女は、酔いが回ったのか、潤んだ瞳でドキッとする事をさらりと言った。

「私ね、元は教師だったんです。高校教師。で、生徒と淫行したとか言われて……逮捕されて留置場に入れられて裁判で有罪になって」

激しいセックスのあと、上気して頰を染めた美寿々は、理知的な顔に色香が漂う、極めてクールでセクシーな魅力に溢れている。こんな教師が学校にいれば、そして、やりたくて堪らない盛りの高校生なら、積極的に誘ってくるのは当然だろう。いや、淫行で有罪と言うからには、彼女のほうが生徒を誘ったのか？　美寿々は実は、とんでもない淫乱なんだろうか？

「まあ、こんな事を言っても信じてくれないでしょうけど、『冤罪《えんざい》』なんです。私は嵌《は》められてしまったんです」

美寿々は男子生徒に人気があったのだが、それが仇《あだ》となってワル達のグループに輪姦され、その後も脅されて関係を強要されていた。しかし、その事実が露見しそうになった時にワル・グループのリーダーが、教師の権限で美寿々に脅され無理やり関係を持たされた、と訴え出た。その結果、彼女は「淫行」をしたとされて失職し、起訴され有罪判決が出た。そんな経緯を美寿々は淡々と語った。

「本当の事だから。調べればすぐに判りますよ。残ってる資料は、すべて私に不利なものばかりだと思うけど」

「しかし……事実がまったく逆なんだったら、どうしてそれを主張しなかったんだ？　裁判なら弁護士だってついただろう？　控訴するとか方法は幾らでもあったろう」

彼女は取り調べ段階で自供して、裁判でも事実を争わなかったらしい。

「教師として、真実をすべて明らかにすると、生徒の将来を傷つけてしまうと言う事を、どうしても考えてしまって……」

「だけど、輪姦というのは立派な犯罪だろ。それと生徒を庇《かば》うのは、次元が違うんじゃないか？」

「そうかもしれませんが……」

「そうに決まってるだろう！」

教師のくせに法に対する知識も理解も足りない美寿々に苛立って、佐脇は声を荒らげた。

「それは、世間は、美人教師が純真な高校生をたらし込んだと言えばセンセーショナルだし、生徒の側もそれに乗って、被害者面してってガンガン言い募《つの》ったんだろうな。けど、あんた、自分で自分を守らないでどうするんだ?」

美寿々は月も出ていない暗黒の空をしばし眺めて、返事の代わりにビールをまた飲んだ。

「なんかね、最初から、私が生徒をそそのかして、食いまくってたっていうハナシが出来上がってたみたいなんです。刑事さんも検事さんも私の言うことは全然聞いてくれないし、『それはこうなんだろう』って、ウソの、私からすればまったく出鱈目《でたらめ》のストーリーに持っていくんです。警察と検察は、私が淫行をしていたという線でがっちり固まってしまったみたいで、弁護士さんも、ここは折れて情状酌量を求めた方が良いと言うばかりでした。誰も味方になってくれないのに、裁判なんて戦えませんよ。弁護士すら私の言うことを聞いてくれなくて、『はやく終わらせて第二の人生を歩んだほうがいい』って」

そんな状況に絶望してしまい、美寿々は投げやりになって罪を認め、控訴もせずに判決を受け入れたのだと言った。

「で、あんたは独身で身軽だから、割り切ってやり直そうとしたわけか?」

「私、結婚してたんです。いえ、正確には今でもしてるんですけど」

美寿々は意味深に微笑んだ。

「だけど、夫も、夫の両親も、私を責めるだけでしたね。参考人として事情聴取されてる段階で離婚を切り出されましたよ。けどね、私は断じてやってないんです!」

憤りが甦《よみがえ》ったのか、美寿々はほとんど叫ぶような声で言った。

「そうか。一度は割り切ったけど、やっぱり割り切れなかったってワケだな。だったら、あんたの名誉回復をするためにはいろいろ手段はあるんだが。再審請求するとか、相手の連中を民事で訴えるとか、事の顚末《てんまつ》を手記にして、どこかの週刊誌に売り込むとか……」

佐脇は具体的な助言をしてみたが、美寿々の怒りは募るばかりのようだ。

「いえ。そういうのは、もういいんです。また裁判したりする元気はもうないし、誰も私なんかに力を貸してくれないし。どうせこんなエロ旅館で仲居をやって、社長の愛人だって言われるような、堕《お》ちた女なんですから、私は」

だが美寿々は、そういうネジ曲がった自分の境遇をむしろ愉《たの》しんでるんじゃないか、という気が、なぜか佐脇にはした。

理不尽な悲劇のヒロインになって自分を慰める。いわば精神的オナニーをして、それで気が済んでしまうのだ。

「じゃあ、それでいいんじゃないの。あんた自身がそれで納得してるんだからな。自分の無実を証明する気はなくて、そうやってグジグジと愚痴《ぐち》っていたいだけなんだろ」

イライラしてきた佐脇は、突き放すように言ってしまった。

が。

美寿々は、クールな怒りから一転、顔に手を当てたかと思うと、泣き出した。

「判ってない……お客さんは男だし、どうせ、私みたいな女は見下してるんでしょう」

「だからそれは違うだろ」

いきなり方向違いな事を言われた佐脇は呆れた。

「おれが怒ってるのは、あんたがナニをしたいのか、まるでハッキリしないからだ。見下すとか見下さないとか、勝手に被害妄想に走るんじゃないよ」

しかし、佐脇が何か言うごとに、美寿々の泣き方は激しさを増し、ついには号泣し始めた。酔いも手伝ったのだろう、今まで封印していた感情が一気に堰《せき》を切って噴き出したような、身も世もないような号泣だった。

「誰も判ってくれないんだわ！　この世の誰も！」

佐脇は彼女の肩を抱き寄せようとした。が、それもカンに障《さわ》ったらしく、美寿々は彼を突き飛ばし、殴《なぐ》りかかってきた。

この女に、これほど激しいものが秘められていたとは。

佐脇は驚くと同時に、強い興味を惹《ひ》かれた。彼が興味を持つと言う事は、ほとんど惚れたと言う事になる。

「じゃあ、こういうのはどうだ？　あんたは、自分が汚れた女じゃない、潔癖な女だと言う事を、世の中に知らしめたいんだな？　そして、あんたを犯したガキどもというより、むしろ自分を貶《おとし》めた警察や検察を糾弾《きゅうだん》したいんだろ？」

美寿々は泣きじゃくりながら、頷いた。

「そうなんだな？　じゃあ、方法は簡単だ。冤罪を晴らせばいい」

佐脇はそう言うと、ビールをぐびりと飲んだ。

「だから……そんな簡単な事じゃないでしょう！　アナタ、法律も知らないくせにイイ加減なこと言わないでよ！」

美寿々は泣き腫《は》らした目で佐脇を睨《にら》みつけた。

「オレな、一応、法律関係なんだよ。その……あんたが憎んでる、警察関係だ。今日、宴会で来てる。大広間でも、あんたと会ってるんだが」

それを聞いた美寿々はさすがに驚いたようだった。

「鳴海署の？」

「ああ。札付きのデカで、窓際の、誰からもよく思われていない人間のクズってやつだ。お互い、似た者同士。ウダウダ言ってるだけじゃ埒《らち》が明かないから、オレが手伝ってやる」

美寿々は、思いがけない展開が急には理解出来ない様子で、ぽかんとしている。

「だから。オレがあんたの冤罪を晴らしてやる。判ったか」

気圧《けお》されたように美寿々は頷いた。

もしかしたら、水野にも同じことをお願いしているかもしれない。だが、あの青二才よりも自分のほうが絶対にうまくやれる。

佐脇は、『一盗《とう》二婢《ひ》』の法則は本当だと思っている。こうして水野の女を盗《と》ってしまったわけだが、後ろめたい分、極めて愉しい。盗にして婢。しかも大いにワケありの婢。佐脇は犯罪者がらみの女が元々好きだが、それは警官と弱い立場の犯罪者という、いわば身分の違いがあるから刺激的なのだと今、腑に落ちた。しかも美寿々は夫や恋人が犯罪者なのではなく、彼女自身が前科者なのだ。佐脇にとってこれ以上の女がいるだろうか。

「じゃあ、そうとキマったら、もうイッパツやるか」

佐脇は彼女に再びのしかかった。

第二章　潰《つぶ》し合い

慰安旅行の二日目。乱痴気騒ぎのあげく、朝も遅くまで寝ている他の連中を尻目に、佐脇は早々と朝食を済ませて湯ノ谷温泉をあとにした。

日本旅館の善し悪しは朝食で決まる、と佐脇は思っている。そんな断言が出来るほど旅行している訳ではないが、経験上、朝飯が美味《うま》い旅館は清掃もゆきとどき、サービスも総合的に悪くない。だが、この「湯ノ谷プラザホテル」に関しては、ファミレスの和朝食《わちょうしょく》御膳のほうがはるかに美味いと言えた。エロ旅館に何を求めるんだ、てなもんだ。

考えてみれば、どこにいても佐脇は、酒と女さえあればいい。鯵《あじ》の干物が冷えていようが、温泉卵が固かろうが、特に腹は立たない。そんな彼だから、旅行もさほど慰安にはならない。しかも、車で一時間も掛からない斜陽の地なら尚更だ。

無芸無趣味の佐脇だが、彼の好きな事はセックス以外にもある。警察という権力を笠《かさ》に着て愚《おろ》かな連中を締め上げる事だ。それが楽しみで、歴代の署長や県警上層部と摩擦を起こしつつも、刑事の身分をなんとか維持してきたのだ。

ヤクザも、幹部になれば知恵者が揃《そろ》う。今の世の中、頭も良くなければ組織の運営と言う重責は果たせない。そういう連中と頭脳を振り絞って丁々発止《ちょうちょうはっし》やるのも楽しいし、かたや無鉄砲なチンピラを足蹴にしボコボコにして「鍛《きた》えてやる」のも楽しい。

「一盗二婢」が座右の銘である佐脇は、チンピラの彼女を目の前で犯してやった事もある。こうなると、どっちが悪党なのか判らないというものだが、桜の代紋を背負っている限り、佐脇のほうが強いのだ。刃向かえば公務執行妨害で現行犯逮捕出来るし、拳銃だって合法的に所持出来る。そして……警察は身内には蜂蜜のごとく甘い。それは異端の佐脇に対してもそうだ。千丈の堤も蟻穴《ぎけつ》より崩るというヤツで、警察の組織と権威を守るためには、たとえ獅子身中の虫、警察内部ではガンのような存在であっても、組織は一体となって庇《かば》うものなのだ。

ゆえに、警察に居るかぎり、佐脇はほぼ完全に守られている。そして彼の特権的身分は、定期的に多少の手柄を挙げ続ければ維持される。

これが、佐脇流完全無欠の、楽しい人生を送る方法だ。

とは言え、警察と言うところは、簡単には休みが取れない。仕事と無関係な事をするには、今日のような日に動く必要がある。

自宅に戻って仕事用の安物スーツに着替え、愛車フィアット・バルケッタを駆って県庁所在地のT市に向かい、地方検察庁に行った。

地味な車ばかり止まっている検察庁の駐車場で、佐脇の真っ赤なイタ車は充分に目立った。

実力のなさをカバーするようにゴテゴテしたつくりの県警本部、古ぼけてしょぼ過ぎる鳴海署とは違って、同じ田舎の出先機関とは言え、検察庁はきわめて質素な、役所の典型のような建物だ。悪く言えば冷たく、無機的な感じがする。

しかもこのT地方検察庁は事件が少ない事もあってか、規模自体が小さい。そして建物に合わせたわけでもないだろうが、ここの検察官は全体に官僚風で妙に小粒な印象があり、迫力のある、いわゆる鬼検事のタイプはいない。一方、用事があって出向いてきている刑事は、その柄《がら》の悪さで、すぐにそれと見分けがつく。

佐脇は、柄の悪い刑事の典型として、知り合いの検事に会おうとノシノシ歩いた。

「おや佐脇さん。慰安旅行じゃなかったんですか」

顔見知りの検察事務官、飯山三郎《いいやまさぶろう》が声をかけてきた。

「弱小ローカル署の行事なのに、よく知ってるな」

飯山は、またまた冗談をという大げさな表情を作って見せた。

「知るも知らないも佐脇さん、今、注目は鳴海署に集まってますよ。取り逃がした容疑者を逮捕もしてないのに、よくまあ慰安旅行出来るなってウチじゃあもっぱらの評判で……まあ、県警は独特なカルチャーがありますからね」

飯山は佐脇の出方を見定めるような顔になった。検察事務官という商売は、上司の顔色を的確に読み取らないとやっていけない。

「そうか。やっぱり叩《たた》かれてるか。だが昨夜は別に管内で凶悪事件は起きてないよな。いっそ慰安旅行の最中に何かあれば、上の連中にもいい薬になったろうに」

「まあ、そんな場合の責任を問われないように、署長と刑事課長は昨日の夜のうちに戻って、署に顔を出したそうじゃないですか。アリバイ工作」

なるほど、あの二人は保身にだけは抜かりがないし、そのあたりは飯山も良く知ってるな、と佐脇は素直に感心した。

「望月さんは、この後、本部に戻って警務部長をやって、堂々たる花道を飾る予定の人ですからね。その辺、ぬかりないですよ」

各県警本部長は警察庁に採用されたキャリアでなければ就任出来ない。各県警採用の現場たたき上げの警察官はごく少数の例外を除いて、県警トップに昇りつめることは出来ないのだ。

本部長以外の県警上層部も警察庁キャリア組で押さえられる場合も多い中、人事を握る警務部長は本部長に次ぐ地位で、県警採用者の事実上の最高ポストなのだ。

「警務部長をやれば、後々まで影響力を残せるし睨《にら》みも利かせられる。実力者の望月サンならでは、ではありますねえ」

「そうなのか。あのオッサン、そんなに偉いのか」

「イヤだなあ。佐脇さん、それ、事情に疎《うと》すぎですよ。まあ、佐脇さんはそういうアレコレに昔から無頓着なのは知ってますけど」

佐脇にしても、望月が県警のエリートで常に主流派で、陽の当たる場所ばかり歩んできたことは知っている。それは閨閥ばかりではなく、立ち回りが異常に上手いからだ。

「なんせ望月サンは『無失点主義』を実践してますもんね。大きな得点は挙げないけど失点だけは絶対にしない。堅い守りでツマらないけど上から見れば信頼が置けますよね。そのキャリアの最終仕上げ段階だから、腹心の君津サンを特別に呼び寄せたんでしょ。普通、同じ署を行って来いする人事はしないじゃないですか」

君津はここ三年、草壁署と鳴海署を交互に転勤する形になっている。本来なら鳴海署以外のところに行くはずが、誰かの強い意向で鳴海署に戻ってきたと考える方が自然だ。

でね、と飯山は話を続けようとしたが、佐脇がそれを遮った。

「悪いが、ちょっと調べたい事があるんだ。入るよ」

事情通にありがちな、知ってることを誰かに話したくて仕方がない性分にいつまでもつきあってはいられない。

佐脇は書庫に入って、裁判記録を探した。被告事件終了後の裁判記録は、裁判を担当した、第一審の裁判所に対応する検察庁が保管している。

美寿々には「オレがあんたの冤罪を晴らしてやる」と約束はしたが、早速動き出したのは、別に美寿々に義理立てしたのではなく、単に彼女の身の上話が面白かったからだ。ああいう女には虚言癖がある事が多い。そのウソを暴《あば》いておけば、今後の付き合いの参考にもなるだろう。嘘を指摘して弱みにつけ込むのもよし、あの女に惚れている水野に有益な助言も出来るだろう。が、万が一、ウソではなかった場合――これは、極めて面白い事になるではないか。

さほど時間もかからずに、美寿々が言っていた事件の裁判記録は見つかった。

証拠採用されている美寿々及び「被害者」である男子高校生たちの供述調書を、ざっと読んでみた。いわゆる突っ込みどころ満載という代物《しろもの》で、佐脇はあきれ果てた。

こんなものが、よくまあ裁判で使われたものだ。

問題の淫行事件は、沼尻《ぬまじり》賢哉（当時、県立南山《なんざん》高校三年生）からの、『自分の通う高校の教師である美寿々に誘惑され、ホテルに連れ込まれた』という告訴で『露見』した。

そして事件の『証拠』とされたものが、高校生の所有する銀行口座への振込記録だった。西松《にしまつ》美寿々の名前で三十万円が振り込まれていたのだ。

くだんの高校生・沼尻の供述はこうだ。

「出席日数が足りないことで担任の美寿々から呼び出され、実は単車で接触事故を起こしてしまい、その賠償金をつくるためにバイトをしていると正直に述べたところ、そのお金は先生が何とかしてあげるから学校にはいらっしゃい、と言われ、口座番号を聞かれたので教えた。即座に振り込みがあり、賠償金は完済。だが、その後美寿々から呼び出され、一緒にホテルに行くことを強要された。驚いて断ると、だったらあの三十万はすぐに返せと言われ、仕方なくホテルに行った。その後もたびたび関係を強要され、他の男子高校生を紹介するよう命じられ、それに従ったが、美寿々には夫があり、怖くなったので親を通じて警察に相談した」

美寿々が言っていた輪姦事件も記されているが、初期段階であっさりと否定されている。それを抜きにしても、この沼尻賢哉の供述は不自然極まりない。カネだって沼尻が脅《おど》し取ったと考える方がすんなり来るではないか。

だいたいがやりたい盛りの男子高校生なら、たとえ年上で自分の担任でも、女からセックスを持ちかけられて「据膳」が食える状況に何の文句があるというのか。しかも美寿々はかなりの美人で、おまけに名器の持ち主だ。女に免疫のない高校生が……いや経験があったとしても、美寿々とセックスしてトリコにならなかったというのはホモでもない限り、あり得ない。関係を続けたいと願いこそすれ、それを断ったり、ましてや親や警察に相談するなどということがあるだろうか。少女が中年のヒヒオヤジに関係を強要されるのとはまったく違うのだ。

万が一、この男子高校生が潔癖症か女性恐怖症で、年上女から関係を迫られるのが嫌だった、という場合もなくはないだろう。しかし、その種の供述はどこを探してもまったく出てこない。つまり、この男子高校生はセックス自体を拒《こば》んではいないのだ。

　美寿々は佐脇には、ワル・グループに輪姦され、その後も脅されて関係を強要されていた、と言った。その悪事を隠すために、被害者と称する沼尻賢哉が事実とまったく逆の「淫行」をでっち上げ、美寿々の何らかの弱みにつけ込んで事件にしてしまい、「輪姦」の事実を封印したのではないか。

　そう考えれば、この事件の真相も見えてくるような気がする。だが、それが事実であると言う証拠は、どこにもない。

　事件の裏に何かがあるのは間違いない。だからと言って、美寿々が言う事をすべて真に受けるのも危険だ。潔癖症とかの理由以外にも、沼尻賢哉にはすでに彼女がいた、あるいは、逆に沼尻の側が美寿々に横恋慕し、かなわぬ思いから彼女を陥《おとしい》れたという可能性も考えられる。

　今どきのガキを取り巻く事情は、おれが高校生だった頃より複雑になってるからな……。

　当時高校生だった自称淫行被害者・沼尻についても、この調書に登場する他の高校生についても調べてみなければなるまいと考えつつ、さらに調書を読み進んだ。

　美寿々は当初、淫行については事実無根だと供述していた。だが、今から五年前の六月十四日の未明に、ホテルの近くのコンビニの防犯カメラに映っていた彼女のものらしい画像、及びホテル入口の防犯カメラに、被害者と一緒に映っていた自分の画像という動かぬ証拠を見て観念し、全面自供に及んだということになっている。

防犯カメラのビデオ映像から抜き撮りされた写真が数枚、証拠映像として添えられていた。

それには、帽子とサングラスを被っている女性の姿が、かなり鮮明に写っていた。背格好は美寿々と一致している。だが、帽子とサングラスのせいで、顔の全部が写っているわけではない。だが、その帽子とサングラスが、美寿々の所持しているものと同じ種類のものであることが決め手となった。新婚旅行で彼女が夫と撮った写真も証拠として提出されており、それには同じ帽子とサングラス姿の彼女が写っていたからだ。

その帽子とサングラスは紛失したと美寿々は供述している。

これは決定的な証拠とはいえない。

美寿々は嘘はついていない、と佐脇は直観した。

警察と検察は、不自然な状況と事実を強引に繫《つな》げてストーリーを作っている。

裁判で証拠採用された供述調書だけでも、不自然さが読み取れる。起訴段階では刑事はさらに多くの調書を取っているはずだ。その変遷を全部読んでみれば、どんなトンデモな取り調べが露呈するか判ったものではない。

そして調書の作成者の名前を見て、佐脇は、やっぱり、と思った。

刑事課長の君津が、五年前の任地、河出《かわで》署時代に担当したと判ったからだ。

佐脇と君津は、鳴海署で一緒に勤務した事がある。その頃から、徹底的にソリが合わなかった。彼の捜査手法・捜査指揮の方針で激しく対立したのだ。

強引な捜査・取り調べについては佐脇も他人の事をどうこう言えないが、君津は予断に基づく捜査をするのが目に余った。

かなり初期の段階でストーリーを作り、それに沿って捜査を絞り込む。その手法なら最小の努力で最大の効果が得られるし、早期に立件に持ち込める。ただし、その『予断』が正しければ、だ。

刑事であれば、これまでの経験や先輩からの教えで、事件のパターンは予測出来る。単純な事件なら、大体はそのパターンに当てはまる。人間の考える事はほとんど同じで、強盗傷害のような単純犯罪の場合、独創的で前人未到な手口や動機は滅多にあるものではない。

ただし、犯罪によっては複雑な局面を持つものがある。一見、単純な事件に見えて、実はウラがあるという事も稀《まれ》ではない。特に性犯罪は単純な粗暴犯と一緒には処理出来ない。複雑な感情が絡んでくるからだ。

しかし君津は美寿々の事件を、どうやら間違ったパターンに当てはめてしまったようだ。

女性の側《がわ》が淫行を隠すために輪姦されたと言い張った、と君津は、真相を逆に読んでしまったのではないか。男女の情痴のもつれが原因の事件では、女が被害者になりすます例は山ほどあるからだ。

この事件では、「被害者」の男子高校生・沼尻と君津の思惑が一致して、淫行事件がでっち上げられた可能性のほうが高い。

「これ、ちょっと借りるよ」

書庫からいくつかのファイルを持ち出した佐脇は、飯山に声をかけた。本当はきちんとした手続きが必要なのだが、警察と検察の日常的な関係の中で、そのあたりは、かなりナアナアでこれまで来ている。

「最近上がうるさいんで、貸し出しには正規の手続きをしていただかないと……ああ、この事件ですか」

ファイルの背表紙を見た飯山はニヤリとした。

「ちょっと話題になりましたよね。美人教師が生徒を食った、って。君津さん、またも御手柄って感じで」

君津は、県警内では「オトシの君津」と呼ばれ、地方検察庁でもウケは良い。独断専行なスタンドプレーが目立つ佐脇とは違ってオトナなので、県警内での人間関係も良好だ。

望月と言う強い後ろ盾の存在もあって、結果、順調に昇進し、今や君津に意見する人間は誰もいない。この飯山にしてもそうだ。

「おやおや飯山先生にしてからが、あの君津サンをずいぶん買ってらっしゃるんですな」

そう言ってやると、飯山は失敗した、という顔になった。

「ま、外面《そとづら》がいいってヤツはいるからね。君津サンは、あの、いかにも熱血漢の正義漢みたいな見てくれでトクしてるよな。おれは悪党ヅラだから。いやまあ、悪いのはツラだけじゃないけどね」

飯山はどう返事をしていいのか判断出来ず、へらへらと笑って誤魔化《ごまか》した。どうせこの男も、『評価の定まった安全な悪口』を仲間と言い合って喜んでいるのだろう。

自分も格好のネタにされてると自覚している佐脇は、それを逆手に取ることにした。相手に後ろめたさがあれば、心理的に利用出来る。

「じゃあ、これ、しばらく借り出すから。別に借り出し証とか、いいよな?」

飯山はハイと言うしかない。

ファイルをいくつも抱えた佐脇は、その足でこの事件の所轄であり君津の五年前の任地である河出署に向かい、同様の手段で送検までの捜査資料を持ち出した。と言っても、この事件は物的証拠に乏しく、資料のほとんどが供述調書なのだが。

佐脇は、君津の誤認捜査をいくつか知っている。あまり大きな犯罪ではなかったし、未成年の犯罪もあったので、起訴猶予や執行猶予になるケースが多く、したがって表沙汰になる事もなく、誤認逮捕された当人も泣き寝入りだ。

だが、美寿々の事件はそうではない。この事件は地域の大スキャンダルになって美寿々の家庭は崩壊し、美寿々の人生も大きく狂ってしまったのだ。

＊

「見違えたな。同じ人とは思えない」

佐脇は鳴海市内のラブホテルで美寿々と密会した。別に誰かの目を忍ぶ訳でもないが、と思った時、水野の事が頭に浮かんで苦笑した。

美寿々の休みの日に、呼び出したのだ。旅館ではお仕着せの着物を着ているが、普段は洋服ですよ、と彼女は笑った。

「でもね、お客さんに呼び出されたら誰にでもホイホイついていくような女だと思わないで。佐脇さんだから、出てきたんだから」

彼女は住み込みで働いている。旅館と、その裏手にある貧相な従業員寮を往復する毎日だ。

佐脇は、例の件も気になるが、とにかく美寿々を抱きたかった。それほど彼女の『吸引力』は抜群だった。

「オレは、約束は守る主義なんでね。今日は休みなんで、あんたの事を調べてみた。あの事件の担当だった出来の悪い刑事がいるよな？　君津って名前のデカだ。そいつがすべてのガンだと思う。この件はもうちょっと時間をくれ」

「あ……本当に調べてるの？」

美寿々は意外そうな顔をした。

「ウチの旅館、警察関係の宴会はけっこうあって、女の子なんかいろいろ相談するんだけど、『よし、オレがなんとかしてやる』ってヒト、みんな口だけで」

「だから、オレは違うんだ。それとも何か？　あんたを抱きたい口から出まかせで、オレが約束したと思ったのか」

ご挨拶《あいさつ》だな、と言う代わりに、佐脇は美寿々の肩を摑んで抱き寄せると、いきなり胸を摑んだ。

「こうしてラブホの部屋に入ってしまったんだからな。騙《だま》されたとかそんなつもりはなかったとか言えるのは、せいぜい女子高生までだ。あんたが言ったら頭がおかしいって事になるよな」

「……判ってるわよ。そのつもりで来たんだから」

美寿々は自分から佐脇に唇を重ねてきた。

彼の手が美寿々のスカートの裾に掛かり、じわじわとたくし上げていくと、彼女の長くて白い、すんなりした脚が露《あら》わになった。

彼の手は無遠慮にふくらはぎから膝、太腿を撫で上げ、さらに容赦なく股間に迫った。

「なんか佐脇さん、おかしいわ。セックスに飢えた若いコみたい。この前だって……」

二人はもつれながらベッドに倒れ込んだ。

佐脇はもう格好をつけず、本能の赴《おもむ》くままに行動した。美寿々のスカートを完全にめくり上げると、下着を引きずり下ろした。

陰毛が濃い女は情も濃いと言われるが、美寿々の秘毛は狭く密集していた。

彼の中指は、遠慮会釈なく、彼女の秘裂に、ずぶりと押し込まれた。

「あ……」

美寿々の女芯は、すでに熱くぬめっていた。

「私も、この前のが、良かったんです……とっても感じちゃって……」

佐脇は空いている指で両の秘唇を摘み、しきりに擦りあげた。

指先を秘腔の中に深々と挿入した。そこはすでに蜜を溢れるほどにたたえている。この女も、あの事件以来、男出入りが激しくて、結果、すぐ濡れる躰になってしまったのか。

「はああっ！」

佐脇の指遣いは巧みだった。指先が敏感なGスポットをいきなり捉《とら》えた。

柔らかく潤った果肉の中で、ひときわこりこりとした、恥骨の裏にあるワンポイント。ここを指先で強くくじられると、重苦しさを伴った官能にあっという間に飲み込まれる。ペニスでゆるゆると擦りあげられるのとはまた違った、暴力的な快楽といってもいい。

「はうっ。はうううううっ……。い、いきなりですか」

「男のアクメは回数制限があるが、女は無制限だろ。出し惜しみせず、ガンガン行こうぜ」

彼は美寿々の両脚を持ち上げて、膝が頭の脇に来るまで押し曲げた。

上向きに『ご開帳』の形にされた彼女の秘部を、彼は空いている片手で左右に押し広げ、なおもＧスポットを責め続けた。

急激に盛り上がる官能のせいか、秘門がきゅうっと口を窄《すぼ》める。白濁した、いわゆる本気汁が外に洩れてくる。

佐脇の指遣いは性格を反映して攻撃的だ。力で捩じ伏せるように、ぐいぐいと掻き乱す。しかしＧスポットにはその方が効くのだ。

沸き起こる欲情に耐えかねたのか美寿々は、腰をもじもじさせ始めた。

「どうした。もう入れて欲しいのか？」

美寿々は何度も頷いた。

佐脇はニヤリとして服を脱ぐと、下着から硬直しているペニスを取り出した。

「その前に、舐めろ」

わざと乱暴に命じ、立ったまま彼女の顔に凶棒を突きつけた。

起き上がった美寿々は従順に躰を屈め、肉茎を口に含んだ。

ソレをしゃぶりながら佐脇を上目遣いに見る表情には、ねっとりとした濃厚な色気がある。舌捌《さば》きもそれに比例して、巧みそのものだった。

口に含んだ肉茎を潤している唾液は、まるで男のモノが美味しいご馳走でもあるかのようにあとからあとから湧いてきて、男の敏感な部分を熟知する舌先は緩急自在に蠢《うごめ》いた。

時には攻め込み、時には焦らす美寿々の舌捌きに、佐脇は大いに満足した。

舌先が動くたびに、肉棒はぴくぴくと蠢動する。美寿々は焦らすように舌を離す。かと思えばいきなりカリの部分に巻き付けてくる。すぼめた口の肉が温かく柔らかく、まるであそこの柔肉のようにペニス全体を包み込む。

「ううむ。あんた、なかなか巧いじゃないか」

あの旅館では、コンパニオンと仲居は別だと言ったが、それはタテマエだ。完全な素人にしては、美寿々のフェラチオは堂に入り過ぎている。

まあそんな事はどうでもいい。この女と深い関係になる訳でもないし。

均整が取れ、豊かな曲線を描くこの肉体は抱き甲斐がある。張りつめて美しいラインを描きながらもふくよかな乳房。きゅっと引き締まってヒップの豊かさを強調するウエスト。そして、その熟《う》れ具合を見せつけるように華麗なカーブを描く、腰から下半身へのライン。むっちりした太腿……。

美寿々は、セックスの相手としては最高の女だ。

佐脇はそのまま彼女を押し倒して挿入した。

しとどに濡れそぼった女芯は、するりと彼のモノを奥まで飲み込んだ。

「ああ……あれからずっと、欲しかったの……佐脇さんのコレが」

おべんちゃらでも、そう言われて嬉しくならない男はいない。佐脇も大いに気を良くして抽送し始めた。

昂《たか》まっているせいか、電気がさあっと佐脇の背中を駆け昇った。それは美寿々も同じ様子で、腰を使うたびにひくひくと、小さく痙攣《けいれん》する。

秘腔の入り口は元々感じやすい場所で、佐脇はそこを集中的に責める。彼の道具は巨大ではないが、充分にソリッドで、美寿々の女芯全体をダイナミックに揺さぶり、同時にコンパクトにピストンする。

「い、いいわ……あ、ああ」

美寿々は陶酔しきった喘ぎを漏らした。

彼女の肌は湿り気を帯び、次第に熱を帯びてきた。と、美寿々の手が彼の背中に回り、脚も絡まって、しっかりとホールドして離さない態勢になった。

「あああ……もっと、もっと激しくっ！」

逞《たくま》しい佐脇のモノがぬぷぬぷと秘門を出入りする。その快感は確実に、美寿々の躰を燃え上がる淫火で燻《いぶ》そうとしていた。

佐脇も、彼女の肉襞の淫らな感覚を、奥の奥まで充分に味わい尽くした。

「いい……これはいいぞ」

彼も美寿々の媚襞の具合をサオの部分全体に感じて、思わず呻いてしまった。

抽送を重ねて肉体が燃え上がれば上がるほどに、肉襞の具合が良くなってきたのだ。

カズノコ天井というが、実際にその名に値する果肉は少ない。しかし、彼女のソレは、細かな肉襞が亀頭にいっせいに絡みついてくるのだ。おまけに彼が攻め込むたびに、柔肉が絡みつき、きゅうっと締めつける。ただきついだけではない。真綿で締めると言うのか、柔らかく、優しく、握り締めるようなタッチだ。

「あああ……た、堪らん」

佐脇としたことが、まるで少年のように果ててしまいそうになった。

なんとか耐えてじっくりと責め上げているうちに、美寿々の女体はますます燃えあがった。キメの細かい肌がしっとりと潤い、反応もより鋭くなってきた。

半眼に見ひらいた瞳も焦点が合わず、うっとりとして頬がピンク色に染まっている。

ひくひくと腿が痙攣を始めた。男根が子宮口に当たると、あふっ！　と声を上げて反り返る。

「お前は淫らな女だな……服を脱ぐ前は、セックスなんてくだらない、みたいな顔をしてたくせに、このザマはなんだ」

そう佐脇に言われても、美寿々は息を弾ませ、腰をくねらせて、官能に身を震わせるばかりだ。

言葉で嬲《なぶ》るうちにも、彼女の中で蠢いている彼の肉棒はいっそう硬くなった。びくびくと、ひたすら快楽のはけ口を求めて彷徨しているようだ。

と、同時に、美寿々も絶頂への階段を徐々に昇りつめようとしていた。

ペニスを締めつける女芯の反復運動の間隔はだんだん短くなってきている。彼が突き上げるたびに、美寿々の反応も大きくなり、激しさを増しているのが判った。瞳も焦点を結ばず、恍惚として潤みきっている。そして全身は濡れたように汗をかき、時おり感電したかのように、ひくひくと細かな痙攣を繰り返している。

「ますます締まって来たな」

美寿々の肉襞の感触を貪《むさぼ》りつつ、佐脇は空いた手で乳首を思いっきり摘んでやった。

「あ、はああっ！」

美寿々は、ひいひいひいと躰を弓なりにのけ反らせた。

「ああ、イくッ……イッてしまうッ……」

女芯がアクメに伴う、断末魔の収縮をしつつあるのがはっきり判った。

「さあ、思いっきり、行けッ！」

佐脇はスパートをかけた。競馬のジョッキーのように半身を浮かせ、がんがんと突き上げて、美寿々の腰や腿をばしばしと叩いた。

が、ここで力尽きた。佐脇はうっという声を漏らして果ててしまった。

ほどなく、美寿々もかくかくと全身を痙攣させて、昇りつめた。

「……ああ」

佐脇が躰を離すと、彼女も、思いっきり堪能したのか、ため息をついた。

「私はね、セックスでストレスを解消するの。こうして思いっきりアクメになって、イヤな事とか忘れるの」

陶酔に顔を火照らせている美寿々に、昔の事を根掘り葉掘り訊ねるのはためらわれた。わざわざこの雰囲気を壊す事もない。

佐脇は、この機会に美寿々にいくつか確認したい事もあったのだが、今日は止めておく事にした。

どうせ、また逢うのだ。逢う口実は後に取って置くほうがいい。

近くで食事でもしようと、佐脇は美寿々とラブホテルを出た。情事の後の余韻を残すかのように、彼女は佐脇に腕を回して躰を密着させてきた。

イイ女に親密にされて、気分の悪い男はいない。女に不自由しない佐脇でも、多少は鼻の下を伸ばしていたかもしれない。

そんな姿を誰かに凝視されるのは、恥部を見られたようで腹立たしい。佐脇は、物陰に息をひそめるように立っている男の姿に気づいた。

線の細い、痩身で容貌の整った、若い男だ。イケメンと言ってもいい。

その男が佐脇に何か物問いたげに、睨むような視線を投げ続けている。

「おい、なにガンつけてんだ！」

地元のヤクザそこのけに声を張り上げてみた。佐脇の経験から言って、これでたいがいの男は逃げてゆく。だいたい、セックスして出てきたところを他人にじろじろ見られるのは不愉快だ。

事によってはただでは済まさない、という不穏な気配を察知したのか、美寿々はその男につかつかと歩み寄った。

なんだ、知り合いなのか。

佐脇が眺めていると、美寿々と若い男は、初めはヒソヒソと話していたが、しだいに声が大きくなって言い争いになった。近くだから、聞き耳を立てなくても聞こえてしまう。

「あの人とは何でもないの。私のことなら大丈夫だから」

「でも……おれは心配なんだ。あいつ、もしかして、刑事なんじゃないの？　警察はもうこりごりだ、一切関わり合いたくないって、あの時、言ってたでしょう？」

「あの人はたしかに警察の人だけど、たまたま湯ノ谷温泉で知りあっただけの人……要するにお客さんだから、あなたが気にすることはないのよ」

「あの男だって、同じ匂いがする……刑事なの？」

「だから……」

美寿々は佐脇のほうを気にしつつ、それでも若い男に辛抱強く宥《なだ》めるようになにやら言って聞かせている。佐脇は二人の様子を不思議に思い、興味も惹かれた。

普段なら、こいつは美寿々のセックス目当てにつきまとうストーカーだと即断して、問答無用に締め上げるところだが、二人の間に漂う雰囲気が、微妙だった。これは、たとえば……姉と弟のような？　姉の行状を心配する弟？　しかし、いくらなんでも、姉の情事の場までやって来るだろうか？

近親相姦？　それならもっと嫉妬《しっと》の感情を剝《む》き出しにするのではないか。若い男の表情からは嫉妬というより、むしろ心から美寿々を気づかう懸念が感じられる。この若い男が弟ではなく、歳下の恋人だとしても同じことだ。

一体、この二人の関係は、どういうものなのか。興味津々で見守っていると、やがて美寿々が戻ってきた。

「あれは、あんたの何なんだ？」

歩きながら佐脇が訊ねると、美寿々は、ベッドの中とは打って変わった、元の物憂《ものう》げな表情で答えた。

「別に誰というほどの相手では……勘違いして宴会コンパニオンにつきまとうお客はよくいるんです。もう慣れましたから」

「それじゃあ立派なストーカーじゃないか。ひょろっとしてよわっちい若造のくせに、けしからんな。締め上げて、二度とあんたの傍に近づかないようにしてやろうか？」

だが美寿々は相変わらず投げやりな、どうでもよさそうな様子のままだ。

「いいです別に。そこまですることはないですから。何にもできないんですよ、彼。あなたが締め上げて、逆に意地になったりされると面倒だから、いいのよ、あのままで」

バスの時間があるからと話を打ち切って、彼女はバス停に走っていった。

置いてけ堀を食った佐脇は、割り切れない。解せない事ばかりだ。

美寿々には危険な香りがする。だが佐脇はいつも、なにか面倒な事情を抱えている女に惹かれるクセがある。普通の、何の問題もない女では刺激が足りないのだ。だから、夫がお務めの最中の「一時的未亡人」であるとか、もしくは犯罪者の彼女に手を出したくなる。最初は権力をちらつかせ、無理やり言うことを聞かせるプロセスが楽しい。刑事である佐脇は、その女の夫や恋人にはいわば「カタキ」にあたる存在だ。当然女には複雑な感情があるのだが、結局は佐脇に抱かれ、肉欲に屈服する。そのプロセスに、何ともいえない、サディスティックな快感がある。だが、つき合い始めて深くなると、支配欲は二の次になる。そういう、不運を背負う女ゆえのセックスの良さがあるのだ。後ろめたさが淫靡さを醸し出すのか、そういう女だから不幸を呼んでしまうのか、とにかく、「ワケあり女」に佐脇は目が無い。

だがその中でも、美寿々はとびきりと言えた。曲線豊かなその女体もさることながら、セックスが「後を引く」のだ。ゲップが出るほどたっぷりやった筈なのに、別れるとすぐにまた会ってやりたくなる。禁断症状のようなものを引き起こすのだ。

童貞にさよならしたばかりのガキじゃねえかオッサンのくせに、と佐脇は自嘲したが、どことなく投げやりで気怠そうな美寿々を思い出すと、下腹部が熱くなってくるのだ。

「こりゃ完全に取り込まれてるな……」

佐脇は苦笑いしながらラブホからほど近い、いつもの旧市街は二条町のフーゾク地区に足を向け、酒の肴《さかな》に地回りのチンピラを揶揄《からか》って少々可愛がってやった。

＊

「聞いてます？　県知事が近々、『県警の刷新』に手をつけるんだそうですよ」

翌日の昼、鳴海署近くのラーメン屋にいた佐脇の横に八幡が座り、耳打ちした。地獄耳のこの男は、地検の飯山同様に、仕入れた情報を他人に話さずにはいられないのだ。だから署内では八幡の事を「共同通信」と呼んでいる。それは当人も承知だ。

「おいでなすったか。いつものことじゃないか」

佐脇は意に介さず、豪快にラーメンを啜《すす》りこんだ。

「いや、今度ばかりは本気らしいんです。なんせこの前、派手に犯人を取り逃がしてますからね。道路の検問、駅やバス・ターミナルの乗降を監視して、川や港にもボートを出すってことはやってて、『鳴海市は封鎖状態だ』とか君津サンは言ってますが」

「そんなの、ザルだろ」

佐脇はにべもない。

「で、昨日の世論調査で、県知事の支持率がまた下がって」

「支持率なんて上がる訳ないだろ。文句言われるのがいやなら辞めりゃいいんだ」

次の選挙は危ないといわれている知事が、いわば県警をスケープゴートにして、「治安の回復」「捜査能力の向上」を打ち出してくる、という噂は、ここ数日、佐脇も複数のルートから耳にしていた。

「しかしまあ、県民としては、警察に文句を言いたくもなるだろうな。ウチはマジに駄目県警だからな」

と、うそぶいた佐脇は、瓶ビールをコップに注ぎ、八幡にも勧めた。

「マズイでしょう！　昼からビールなんて！　またマスコミに叩かれますよ」

「バカかお前。オレが昼飯にビールを飲むなんて、鳴海署に出入りしてる連中はみんな知ってるよ。石原裕次郎《いしはらゆうじろう》は水の代わりにビールを飲んで仕事してたんだぜ。まあ、そういう阿吽《あうん》の呼吸を解さない野暮のために」

オヤジ牛乳をくれと佐脇は所望し、大きなコップで出された牛乳を一気飲みした。

「知ってるか？　こうすると酒の匂いは消えるんだ」

以前にそれを聞いてやってみたけどダメでしたよ、と八幡は口を尖《とが》らしたが、佐脇は笑って丼を抱え、スープを飲み干した。


署に戻ると、水野が飛んできた。

「望月署長がお呼びです」

重役出勤で遅く出てきた佐脇を待たず日常業務で外に出ていた水野とは、入れ違いになっていた。

「ほら、おいでなすったぞ」

同僚の光田が、興味津々、野次馬根性と心配が半々という複雑な表情で佐脇を見た。

「なんの件だ？　植園の件以外、ウチで刑事が出張《でば》っていく事件はないだろ」

「いえ、権現寺《ごんげんじ》の賽銭《さいせん》泥棒の件とか、柳町《やなぎまち》の路上駐車から口論になって暴行事件に発展した件とか」

水野は手帳を開いてもっと他の案件を言おうとした。

「チンケな事件ばっかりだな。こんなの交番で処理出来るだろ。水野、お前やっとけ」

佐脇は面倒くさそうに水野に命じた。

「おいおい佐脇サン。そういう態度がお偉方のカンに障《さわ》るんじゃないんですか？」

光田が面白そうに口を出した。

「クビになるぞ」

「そうそうオレの首は斬れないって。お前も喜ぶのはまだ早いぞ」

佐脇はへらず口を返すと、署長室に入った。

「こうして君とゆっくり話すのは初めてだよな、佐脇くん」

前任の署長だった金子《かねこ》は小心が靴を履いて歩いているようなチンケな小者だったが、この望月は違う。でっぷりした貫禄ある巨体で笑みを絶やさないから、いかにも人格円満で温厚な人物のように見える。しかし、警察と言う官僚機構で生き残り、昇進してきた男である以上、真っ正直な良い人間である筈《はず》がない。実際、望月の目は笑っていなかった。

「この鳴海署は規模のわりには問題が多いとは聞いていたが、着任早々、この不始末に出くわしたのは参った」

椅子に座って大きな腹の上で手を組んで喋《しゃべ》る姿は、いかにも人が良さそうで扱いやすそうに見える。

「前任の金子さんからは、君をくれぐれもヨロシク頼むと引き継ぎを受けた。まあ君は、ウチでも有数のユニークな警察官だ。だがね、私は特別扱いをしない。そのことだけは覚えておいてくれたまえ」

「まあ、金子サンもまったく同じことを言ってたんですが……それは、いいですよ」

いいですよとオレが言うのはヘンか、と佐脇は自分にツッコんだ。

「とにかくだ、私は前任者とは違う。県警本部の中枢に長く居た私が特に、ということでこの署に来たからには、慣習とか不文律とか暗黙の了解とかナアナアとか阿吽の呼吸といったものは、これを機会にすべて一掃する。改革に聖域は設けない」

デブは如何《いか》にきつい表情を作っても、緩んだ印象を与えてしまう。しかし、望月の目は鋭い。

「なるほどね。もしかして、今回の『改革』の標的は、私ですか?」

「改革を実行する上で、その邪魔になる存在があればまず排除する。がけ崩れで道が塞がれた場合、大きな岩を退かすのが先決なのと同じだ。君は君で、いろいろと手柄を挙げている。それは認めるし、評価をする。しかしだ。君は、手柄以上に、この署を食いものにしてきているんじゃないのかね。いいや判っている」

佐脇が反論しかけたのを、望月は手を上げて制した。

「君は、ヤクザを食いものにはしているが、鳴海署の公金を横領したりタクシー券を不正に使ったり交通違反を揉み消してやったり、といった事は確かにしていない。だが、そのヤクザとの付き合いが問題だ。暴対法施行以来、警察官とヤクザの付き合いは慎重にしなければならない。持ちつ持たれつという関係は困るんだ。外部に誤解をもたれるからね」

佐脇は窓の外を見て、聞いていないフリをした。ヤクザから情報が取れなくて、一体、どんな捜査が出来るというのか。一部のバカが使いこなせず逆にヤクザに使われてしまうからといって、全面的に裏社会との関係を切るというのは愚行としかいいようがない。

「どうせ君の事だ。署内にいろいろ情報網を張り巡らせてるんだろう？　隠しても耳に入ってしまうなら今、私自身の口から伝えておこう。今回の改革は、粛正であり浄化である。君のような問題署員を排除するのが目的と思ってもらっていい。言っておくが、勤務態度を改めるといっても、もう遅いよ。佐脇と言えばダーティというイメージが出来てしまっているからね。結論としては、山の中に数年間籠《こも》って、生まれ変わって貰《もら》うしかない。それがイヤなら、警察と言う規律のうるさい組織から自由になればいい」

つまり、佐脇を山間部の駐在所に飛ばす。それが嫌なら辞職しろということだ。

「この人事は七日後に正式に内示する。君が進退を決める時間は充分にあるだろう。この際、自分の人生を真剣に考えてみたらどうだね」

これで用件は終わりだ、というように、望月は手を払った。

「けっこう。しかしながら署長。用済みになれば都合よく保健所送りに出来るおとなしい飼い犬ばかりではないって事は、ご存知ですよね？」

佐脇は不敵に笑って見せた。

「佐脇君。自分で言うのもなんだが、警察と言うところは、毛並みが良ければ出世するほど甘いところじゃない。あんまり私を見くびるな」

「判りました。覚えておきましょう」

佐脇はそう言い捨てると署長室を辞した。

ヨソはどうあれ、T県警では、内示はすなわち決定事項であり、発令までの期間は引き継ぎなどの異動準備に費やされる。内示が取り消される事は、まず皆無だ。

佐脇に与えられた時間は、事実上、内示発表までの七日間だ。

この間に、望月が内示を取り消さざるを得ないようにするしか他に、佐脇が今の「お気楽刑事ライフ」を維持する手段は、ない。

「水野。気が変わった。おれも日常業務処理に精を出すぞ。じゃあ、まず、賽銭泥棒の件から片づけるか。住職に話を聞きに行くか」

署長室から出てくると、望月にいかなる口実も与えないよう、佐脇は動く事にした。

「お。署長にネジ巻かれたか？」

光田が笑った。

「そうだよ。お前はクビだと脅《おど》されたんだよ。さあ、水野、行くぞ」

水野を伴った佐脇が鳴海署を出ると、署の玄関脇に、若い男が立っていた。先日、美寿々につきまとっていた、あの男だ。

オレに付き纏《まと》うとはいい度胸じゃねえか、とばかりに佐脇が近づいていくと、その若者は怯《おび》えたような表情を浮かべて後ずさったが、なんとか踏み留まった。

「……あの人に、近づかないでくれ」

「あ？」

佐脇はつい、ヤクザのような口調で聞き返してしまった。

「なんだお前？　いきなりなんだ」

その若者は驚いたことに目に涙さえ浮かべて、必死の訴えを開始した。

「……あっ、あの人を、これ以上、苦しめてほしくないんだ」

「おい。おれは警察の人間だぜ！　ああ、彼女の前科《マエ》の事で、オレがなにか因縁をつけてると思ってるのか？　それは違う。妙な誤解はするな」

若者は黙り込んだが、その顔には「お前の言うことは信じないぞ」と書いてある。

佐脇は、思わず傍らの水野を見た。しかし、美寿々を抱いた事は男の仁義として、秘密にしておかねばならない。

その水野は、妙に険しい顔をして何かあれば即飛びかかろうと身構えている。

「あのな、デカだっていろいろなんだ。マトモに仕事する人間だっている。過去の捜査が間違いだったと判れば、キッチリ改めようとする人間もいる。言うまでもなく、オレはマトモな仕事をするし、過ちは改めるタイプだ」

そう言ってガハハと笑ってしまうから、言うことに信憑《しんぴょう》性がなくなるのだが。

「お前、前の事件で何か知ってることがあるのか？　だったら話せ」

「は……話すことなんて何もない！　とにかく昔のことは、そっとしておいてほしい。せ……先生、いや美寿々さんだって絶対、そう思っているはずだッ」

若者は声を震わせ、必死に訴えている。

「なんだ、お前は」

水野はそう言うと、若者に向かって一歩前に出た。

「コトを荒立てるな、水野。ここじゃナニだから、そのへんのサ店でも行くか？　あ？今はサ店じゃなくてカフェって言うのか？　まあいい。とりあえずお前の住所氏名、聞いとこうか」

佐脇がポケットに手を入れると、水野がすかさず手帳とペンを取り出して、型通りの職務質問を始める態勢になった。

その途端、条件反射のように、若者は逃げ出した。まさに「脱兎《だっと》の如く」という表現がぴったりの逃げようで、佐脇は呆気にとられた。

財布からでも落ちたのか、彼が遁走した後に、一枚のカードが落ちた。

佐脇は水野に気付かれないよう、さりげなく靴で踏んで隠した。

「おい、待て」

水野は追ったが、足の速さは必死度で勝る若者に軍配が上がった。水野も、事態がよく判っていない様子で途中で追うのを止めた。

「……アレは、何者ですか？」

水野の表情には明らかに不安と動揺と疑念が現れていた。思いがけず美寿々の名を耳にしたからか。

「お前、本当に知らないのか」

「ええ。交番時代もまったく知らない顔です」

嘘をついている感じではない。まあ、あの若者は、いずれ現れるだろう。現れなければこっちから出張ってもいい。

「水野。おれはちょっと別件を思い出した。賽銭泥棒の件はおれたち二人が雁首揃えて行くことでもないだろ。お前、先に行ってこい。後から合流しよう。交番勤務でなかなか優秀だったっていう腕を発揮しろ」

水野を先に行かせて、佐脇は靴を退かしてカードを拾い上げた。それはラミネート加工されたネットカフェの会員証だった。

名前も書いてある。

柳沢修一《やなぎさわしゅういち》。

どこかで見た名前だと思いつつ、佐脇は皮肉交じりに若者のドジさを嗤《わら》って「若いって素晴らしい〜♪」と鼻歌を唄った。

水野も柳沢という若者も戻ってこないのを確認すると、彼は携帯電話を取り出し、メモリーから『環希《たまき》』という名前を選ぶとコールした。

『はい？　タクちゃん？』

相手を確認もせずに少女の声が応えた。環希は以前、暴走族にレイプされそうになったところを佐脇が救ってやった女子高生だ。その恩を着せて、暴走族の内部情報と引き換えに、彼女に執着するその暴走族のトップ・拓海《たくみ》に引き渡したという因縁がある。

久しぶりに連絡を取ったのだが、環希は佐脇の声を聞いた瞬間、すぐに誰だか判ったようだ。

「元気そうだな。拓海とはうまく行ってるらしいじゃねえか」

ファザコンのケがあった環希は佐脇との関係を望んだのだが、その時追っていた事件の情報を得るために、佐脇は彼女を拓海への貢ぎ物にした。だが、それは結果的によかったようだ。

『どうしたんですか、突然』

「バカかお前は。電話ってのはいつだって突然掛かってくるものだろ」

口調はキツイが声は柔らかい。コワモテの佐脇でも、相手が女子高生で、しかも自分が処女から女にした環希とあって、多少は甘くなる。

『佐脇さんは全然変わってませんね。安心しました』

付き合いのきっかけに問題が無かったとは言わないが、今、環希とゾクのヘッド・拓海は上手くいっているらしい。

「聞いてるぞ。お前はすっかり拓海を骨抜きにしちまったそうじゃねえか」

『誰がそんな……まあ、最近のタクちゃんには迫力がないって、みんな言うけど……』

所轄の暴走族情報はほぼ把握している。そのへんは駄目な鳴海署とは言え、やる事はやっている。少年犯罪を扱う生活課の篠井由美子から逐一動きを伝えてもらっているのだ。

それによれば、拓海はすっかり環希とのセックスにハマり、暴走族の活動からベッドでの活動に重点を移行させているらしい。

一見清純無垢で男性恐怖症の環希だが、その外見や雰囲気に似合わず、ひとたびベッドに入ると、恥じらいながらも濃厚なセックスに溺れる。いわゆるツンデレというタイプで、男にとっては理想的な美少女だ。

処女だった環希をそこまで磨いたのは他ならぬ佐脇本人だが、当の佐脇はハタチ以下のコドモはあまり好きではない。

「最近は、どうしてる？　拓海のチームもえらくおとなしいようだが」

『そりゃそうでしょう。佐脇さんがあの時、あれだけ派手に締め上げたんだから、前みたいには走れませんよ』

ミイラ取りがミイラになったと言うべきか、今の環希はすっかり暴走族サイドで喋っている。

『だからヒマなんです。拓ちゃんとはドライブしたり、映画を見に行ったり。まるで普通のカップルみたいに』

「セックスもしてるんだろ、たっぷりと」

それはまあそれなりに、と環希はさらりと受け流した。

ゾクの集会を休む事もあり、実権はナンバー2に移りかけているが、それでも拓海のカリスマ性と激しくキレる狂暴性は恐れられており、まだまだヘッドの威光は衰えてはいない。

「お前、拓ちゃんにべったりなのはイイが、学校は行ってるんだろうな？　宿題やってるんだろうな？　ちゃんと風呂に入って歯も磨いてるんだろうな？」

『なんですかそれ』

環希はドリフを知らない世代だ。しかしその声からは、以前のような自信のなさや不安定さは消えている。おどおどしていじめられていた少女から、成熟した大人の女になりつつある、肝っ玉とでも言うべきものを感じた。

「ま、何事もほどほどにしろってことだ」

『それは佐脇さんも同じでしょ。オバサン相手に毎晩やりまくりで、目の下にクマ作ったりしてないですか？』

以前ならすぐ泣き出した環希とは思えない切り返しは、スレ過ぎた感じさえある。

「まあいいや。お前も成長した事は認めてやろう。で、その大人の女になった環希サンに、ひとつお願いがあるんだが」

環希のツレである拓海の卒業した高校は、県立南山高校。美寿々が勤めていて、『淫行事件』の舞台になった高校だ。拓海のOBとしての人脈で、また、ゾクの情報網で、美寿々がいた頃の学校内の様子を、どんな細かい事でもいいから知りたいのだ、と佐脇は頼んだ。こういう日常のエピソードは、仲間内のネタが多いから、警察の聞き込みではなかなか集められないのだ。

『いいですよ。最近ヒマだし、ちょっと退屈してたところなんです』

環希は簡単に引き受けた。

『タクちゃんも、佐脇さんにだけは一目置いてるから、協力してくれると思う』

「ゾクのトップに認めていただけるとは、恐悦至極《きょうえつしごく》で御座りまする、だな」

電話の向こうで環希は笑った。

『で……だからって事じゃないんですけど……前みたいにヒリヒリする刺激がないんです。ゾクの方にもトラブルがなくて平和そのものだし、タクちゃんも浮気しないし』

環希は女子高生の分際でオジサンにコナかけてきた。無下にそれを拒絶するほど佐脇は無粋《ぶすい》ではない。しかし、今更女子高生と付き合うのは疲れる。大人びてはいても中身がしょせんガキだから取り扱い注意だ。環希のセックスはいいが、エロい熟女とのテクニック抜群のコッテリした一番の方が好みだ。

それになんといってもガキより訳ありの女のほうが、味わいがあるからな、とここで佐脇は美寿々を思い浮かべた。

「まあ、バレた時、タクちゃんの怒りが怖いからな。それともなにか？ 退屈してるアンタのために、オレとタクちゃんが前みたいに一触即発になるのを楽しみたいのか？」

『そんなんじゃないけど……怪我したり事故になったりするのはイヤだから……でも、ちょっとだけなら』

環希の処女を奪い、女として磨いてやったのは他ならぬ佐脇だ。

「製造者責任ってのもあるだろうからな。まあ、アンタが持って来る情報次第では、ご褒《ほう》美《び》もアリってことだ」

『きっとよ！』

ガキの無鉄砲さをあらわにして、電話の向こうの環希は嬉しそうに叫んで電話を切った。

見た目はまったく淫乱のいの字も感じさせないのだが、裸にすると豹変する。そう調教したのは自分だが、若い女に下手にセックスを教えると中毒になっちまうのが玉に瑕《きず》だ、と佐脇は苦笑いした。

環希はいい躰を持っているし、セックスもいい。あの清純な瞳をうるませて、綺麗な頰を赤く火照らせて、弾力ある躰を寄せてきて「抱いてください」と可愛く囁《ささや》かれるのは、男冥利《みょうり》に尽きるし、思い出せば股間も熱くなる。

それはそうなのだが、純情で真面目な分、まっしぐらに来られると往生するのだ。

まあこれも真面目な子を調教した罰ということだろう。

外出して、鳴龍会の幹部・伊草とネタの交換会でも開こうかと思っていた佐脇だが、それよりも、さっき逃げていった『柳沢修一』という男の事が気になって、鳴海署に戻って身分照会をしてみた。

「ほう」

佐脇はモニターの前で思わず声を出した。

『柳沢修一』は実在したのだ。

一九八五年七月十日生まれ、県立南山高校卒、南山電子専門学校卒、技術者専門派遣会社勤務、システムオペレーター……。

本来ならこんなデータベース検索のようなコンピューター関連の作業は水野にやらせるのだが、こればかりは美寿々がらみだけに、ヤツには触らせる事が出来ない。だから佐脇は自分で、つっかえつっかえ、馴れないマウスとキーボードを操作した。

完全部外秘の身分照会データベースには、犯罪者であるかどうかは関係なく、県民のほとんどのデータが入っている。県民の安全のためにご協力をと言えば、身分リストを提供しない学校や会社は、ない。大都会はいざ知らず、田舎《いなか》では警察の名前を出せば、ほとんどなんでも通るのだ。

南山高校の卒業生なら、年齢から逆算しても、この柳沢修一が、彼女の教え子だったとしてもおかしくはない。現に、美寿々の『淫行事件』の調書に名前が出てきたような記憶がある。

美寿々に付きまとい佐脇にまで干渉してくる以上、修一が美寿々の、ただの「客の一人」などではない事は明らかだ。つまり、美寿々は嘘をついたのだ。

そして、嘘をつく理由は？

佐脇は、調べれば調べるほど、過去の美寿々の事件に関する疑問が解消どころか、逆に増えていく事が、面白くなってきた。並行して君津の無能ぶりも、どんどん明らかになってくるからだ。

　本業で抱えている事件も幾つかあったのだが、佐脇はそれらをすべて放り出して、美寿々の調書の読み返しに没頭していた。

「佐脇さん。権現寺の件ですが」

「なんだそりゃ。おれは忙しいんだ！」

　外から帰ってきた水野が報告しに来たが、佐脇は邪魔扱いした。

「佐脇さんがお前やれと言った、賽銭泥棒の件ですよ。現場にあった足跡や賽銭箱をこじ開けた手口などから、ここ数年断続的に起きている同種の事件と同じ犯人だと断定してもいいのではないかと。まったく同じ手口で賽銭泥棒して服役していた諸岡恭二《もろおかきようじ》という男が先月出所しているのですが。この男が捕まっている間は賽銭泥棒が起きておりませんし」

「ああ、そいつを任意同行してアリバイを調べて逮捕状をとれ。お前一人でやれるだろ。おれは忙しいんだ」

　佐脇は簡単な指示を出すと、美寿々の調書読みに戻った。

　じっくりと精査した結果、いくつかの疑問点がハッキリと浮かび上がった。

　まず、美寿々の供述の、不自然な変遷。

教え子たちとホテルに行ったとされる日付が、途中で変わっている。それは被害者側、つまり教え子の高校生の記憶違いという事にされた。淫行の被害者と自称する高校生は、当初、美寿々にホテルに誘われたのは、六月十三日の夜と供述していた。だが、その供述は、証拠の画像が録画された日時と一致しなかったために、日付が変わった、翌十四日の未明に訂正されている。そして美寿々がそれまでの全面否認から一転して、罪を認めて自白し始めたのは、この、日付が訂正された後のことだ。

この日付の変遷には、なにか鍵があるのではないか？　しかし君津はそれについては完全にスルーしていた。

佐脇は、鳴海署刑事課で同僚だった頃の君津と、自分が激しく対立した一件を思い出した。それは、ある単純な事務所荒らしだった。事件としては小さなものだ。

君津は、現場から出たたった一つの指紋を手がかりに、ある少年を過去の補導歴から容疑者だと決めつけた。未成年を密室の取り調べ室で連日厳しく取り調べ、無理やり自供に追い込んだのだ。

さらに現場検証では、荒らした事務所の場所を聞かれた少年が、実際に犯行に及んでいないため、何も言えず立ち往生している様子を佐脇も間近に見ている。にもかかわらず、調書には「ここです。間違いありません」と少年が供述したなどと、君津は嘘八百を書いたのだ。

形の上では、指紋と言う物的証拠に自白調書が揃《そろ》って、裁判には完璧な布陣になった。

佐脇は、容疑者とされた少年に特に同情したわけではなかったが、君津の強引なやり口にも、このようなでたらめが通ったことにもあきれ果て、君津の足元をすくってやろうという気になった。

だから自腹で、現場で採取されたという問題の指紋を、密かに民間の調査機関に鑑定に出してみた。医者にセカンド・オピニオンを求めるようなものだ。

すると驚くべきことに、県警の鑑識が間違っており、指紋は別人のもので、少年は無実であると判明した。

だが、当時の佐脇はそのことを誰にも言わなかった。君津に対するいざという時の切り札として温存しておいた。佐脇にしてみれば、これも警察という組織の中でどの派閥にも所属せず、やりたい放題のことをしている自分の身を守るための「保険」のつもりだった。

無実だった容疑者には気の毒だが、元々警察に指紋のデータが保存されている、それなりの非行歴もある少年だ。君津にロックオンされたのも身から出たサビと諦めろ、と佐脇は割り切った。イキがって悪さをして警察のお世話になるから、こんな時に疑われる。

警察だってまったくのバカではないし、君津にしたところで、相手かまわず無茶苦茶に疑いをかけて捕まえている訳ではない。前歴のない、堅気の市民を無理やり容疑者に仕立て上げるような真似は、警察といえどもさすがにやらない。

そして、当の少年も、やっていないのならとことん無実を主張して、裁判で無罪を勝ち取れば良かったのだ。途中で気力が萎《な》えて泣き寝入りしたのは自己責任だ。

とは言え、佐脇が調べたかぎりでは、当時の美寿々に前科前歴は無い。真面目な高校教師で、夫もいた。非行少年の前科前歴が一つ増えるのとは訳が違う。そんな彼女が強引で杜撰《ずさん》な見込み捜査の結果、教師という職と家庭の両方を失ったというのなら、それは放置すべきではないし、君津の責任は問われるべきなのだ。

そんな事を思いつつ、署内の自分のデスクで、本来の仕事をするフリをして煙草を片手に読みふけっていると、当の君津がやってきた。

「佐脇。ずいぶん熱心だな。何を読んでいるんだ」

佐脇はかねて用意のエロDVDのカタログで調書を隠し、「いやいや、摘発の参考にしようと思いましてね」などとトボケた。

「最近、ヤクザどもがマジに食い詰めて、昔ながらのエロを商売にしようとしてますな。DVDはいとも簡単にコピー出来るんで、格好のシノギのネタってことで」

「そうか。で、カタログの下にある調書はなんだ？　なんの件だ？」

「さあ？　刑事課長殿もお忙しいでしょうから、いちいち下の仕事に口出しされなくても結構ですよ。仕事のやり方が判らない、という事なら教えて差し上げますが」

大人で立ち回りが巧いとされている君津は、佐脇一流の、ヒトを小馬鹿にした物言いをふふんと鼻先で笑って受け流そうとしたが、最後の一言《ひとこと》にはさすがに顔色を変えた。

「相変わらずナメた仕事ぶりだな、佐脇」

打って変わった、ドスの利いた声で言った。

「だが、実績があるからといっていい気になっていると、じきに高転びするぞ」

せいぜい今のうちに楽しんでおくがいいと、捨てぜりふを残すと背を向けた。

「高転びねえ……まさかアンタの口からその言葉が出るとはねえ」

佐脇は君津の背中に声をかけた。

「まあ、こいつはどこぞの駄目県警の話ですがね。よくある性犯罪は放置して、ちょっと目立つ事件も証拠は捏造するわ鑑識は抱き込むわ、聴取は誘導しまくりだわのフルコースで、てめえに都合のいい話を創作するっていう、ほとんど小説家気取りの調書を取ってる人間がまだ転んでないって話ですぜ。それを思えば、まだまだオレも大丈夫でしょう」

君津の背中が、ゆっくりと佐脇に向き直った。激怒しているかと思いきや、その顔には薄笑いが浮かんでいた。

「それは、いったい何の事だ？」

「別にィ」

佐脇はわざと若者口調で煽った。

「どこかの県警の話って言ったでしょうが？　君津課長サン、まさかウチの県警の話だと思ってるんじゃないでしょうな」

「思ってるわけないだろう。そんなヨタ話」

いつの間にか部屋に居合わせた刑事たちの目が、二人に集まっていた。

刑事課の空気が凍りつき、全員が固唾《かたず》を飲んで見守る気配に、君津も気づいた。

「ウチの県警には、そんなことはない。同時に、佐脇。君のような、いい加減な刑事にも居場所はない。そのことはハッキリと言っておく」

ああそうですか、と佐脇は君津の怒りを歯牙《しが》にもかけず、灰皿から吸いかけの煙草を取って深く吸い込むと、君津を馬鹿にするように鼻から吐き出した。

「それと、私の提案で、鳴海署は明日から禁煙になる。今後は自販機の横に作った喫煙スペースでしか吸えなくなるから、そのつもりでいろ」

佐脇は、ここぞとばかり君津に煙を吹きかけてやった。

「自販機ね。署の二階にある、誰でも使えるようにタスポが吊り下げてある、あの自販機の脇に、もったいなくも喫煙所を用意してくださると？　有り難くて涙が出ますな」

「署内禁煙は序の口だ。だがそういうことも含め、すべて変わるぞ。県知事の意向もあるが、ウチはいろいろとヌルかった。その体質を変えていく。みんなも、判ったな？」

君津は今度こそきっぱりと背を向け、部屋を出て行った。

佐脇はふふん、と鼻で笑い、吸っていた煙草を灰皿でにじり消した。

自分などはまだマシなほうで、それこそSL並みに始終もくもくと煙を吐き出している連中が揃っているこの鳴海署で、禁煙なんかしたらどうなるか。一時間おき、いや三十分おきに刑事連中が喫煙所へと足を運ぶようになり、そのとばっちりでただでさえ滞《とどこお》りがちの書類仕事がさらに遅れる。手付かずの案件が増え、世の中を舐めたガキの犯罪やら、ヤリ得の窃盗や軽度の暴行傷害がますます増えるのだ。それは確実に治安の悪化を招く。小さな犯罪を放置すると住民のモラルが低下して、より重大な犯罪を引き起こす。それは犯罪学者による研究でも明らかになっている事だ。

だが、犯罪が増えても君津には関係ない。瑠璃のように犯罪被害に遭い警察にやって来た市民には、何かと難癖をつけて被害届を出させないようにする。それが君津のやり方なのだ。被害届がなければ事件が起こった事にならず、処理案件も減り、書類上は鳴海署管内は平和であると言う事になる。

そんな展開が手に取るように予想できて、佐脇はうんざりした。

この鳴海署で、君津は何を目論《もくろ》んでいるのか。それは、究極の事なかれ主義であり、手間もかからず元手もかからない、もっとも合理的な、成績を上げる手段だろう。

君津と言う男の今までのやり口からすれば、それは充分にあり得ることだ。

君津の存在がもたらす不愉快さなど、せいぜいが蚊に刺されたようなもので、軽く流すうちに、痒《かゆ》みは消える……。

今まではそう割り切っていたが、どうやらその限界を超えたようだ。

うるさい蚊は叩きつぶす。そのためには今、佐脇が手にしている調書こそが切り札だ。

佐脇は決心した。今度こそ、あのおためごかしの、無能なくせに我こそは県警トップの有能なデカと自任している、あの鼻持ちならない男の化けの皮を剝《は》いでやると。

気に入らない相手は潰す。

同じことを考えている人間たちがいることに、佐脇はまだ気づいていなかった。

第三章　地雷集め

佐脇が山間部の駐在所に飛ばされる内示が出るまであと六日。

彼は、出勤して水野と外回りに出た途端に、覆面パトカーから降りた。

「ここから先はお前がやれ。任せた」

と、『雑用』を水野に任せて消えようとした。

「待ってください佐脇さん。権現寺の件はいいとして、路駐の暴行事件はなんとかしてもらわないと……オレの成績にも関わりますから」

水野は泣きを入れて仕事をするよう頼んだ。

「お前もキンタマの小さいヤツだな。オレはもう老い先短い身なんだ。元気なうちに好きにさせてくれ。な」

そう言うと水野の肩を力いっぱい叩いて前方を顎《あご》で示した。早く行けという合図だ。

「佐脇さんは、なんだかんだ言うけど、結局は自分が可愛いだけじゃないですか！」

ムッとした水野は上司に声を荒らげた。

「こういうの、警察官としてあるまじき姿なんじゃないんですか?」

「馬鹿かお前。自分が一番可愛いに決まってるだろ。いいか、自分を守るのは自分しかいないんだ。組織は簡単に一人や二人切り捨てるからな。おれはまだ三十年は生きるんだから、生活を守るのは当然だろうが。もっとよく考えて喋れ」

「それだったら、課長や署長とぶつからずに仕事すればいいじゃありませんか」

水野はあくまで直流な発想を口にした。

「お前、刑事になってたった三ヵ月でもう腐っちまったのか。連中に話を合わせてやってれば安泰かもしれないが、親亀コケたら皆コケたって場合もあるんだぜ」

佐脇はそう言って水野をじっと見た。

「お前を坊や扱いするつもりはないが、刑事部屋で妙な空気に染まるな。あのダメ刑事の光田でさえ自分の流儀を守ってる。お前も早く自分の間合いを……」

話が終わらないうちに、水野はアクセルを踏み込んで車を出してしまった。

よほど自分勝手で非を認めない佐脇にむかついたのだろう。彼は、苦笑しつつ、バスに乗った。

隣接の河出市に来ると、旧知の河出署刑事・四方田《よもだ》を呼び出した。

「あの件ですかあ……今だから言えるけど、いろいろありましてね」

四方田はコーヒーハウスで周囲を見渡してから首を竦《すく》めて、言った。

「君津さんに引きずられちゃったんです。正直なとこ」

四方田は以前、鳴海署にもいたから、佐脇とは顔なじみだ。佐脇は事実上、『鳴海署現地採用の刑事』のような扱いで他所の署に転出しないが、代わりによその警察官が入れ替わり立ち替わり異動してくる。

「オヤジが少女を犯すような明白な事件はともかく、若い女教師とヤリたい盛りの男子高校生の事ですからね、普通は告訴状があってもそれを鵜呑《うの》みにしないで慎重に事実関係を調べますよ。こういう場合、男女の感情のもつれが原因で、往々にして相手を陥れる目的で訴えが出される事がありますからね。男子高校生がそういう陰謀を巡らさなくても、横恋慕した男親とか、ね。とにかくいろんなケースがあります」

四方田の言う通り、振られたり相手にされなかった女が腹いせに相手を痴漢や強姦、強制猥褻《わいせつ》の罪で訴えるケースがまったく無いとはいえない。

「それでも普通はね、こういう件は女性側の言い分を聞きますよ。ましてやあの件では、女教師は逆に、自分は男子高校生たちに輪姦されたと言ってたんですよ。それなのにやっこさん……何だかハナからキメを打っちゃって。あれは西松美寿々が虚偽を言っていると」

四方田は憤懣《ふんまん》やる方ない、という感じで鼻の穴を膨らませた。

「まあ、我々は上には従うしかなかったんで……」

四方田は冴えない中年男だが、その冴えない顔をいっそう冴えない表情で曇らせた。

「自分としては判らないんですよねえ……どうして男子高校生からの訴えをやっこさんが鵜呑みにしたのか」

「でも、捜査はしたんだろ？　調書は読ませてもらったけど、淫行事件の裏付け捜査の見分書とかが異様に少ないんだよな。犯行の日付も後になって一日修正されているし、コンビニやラブホの防犯カメラに映っていた映像にしても、店員やホテルの従業員に西松美寿々の面通しをさせたわけじゃない。あんな、顔もロクに映っていない画像が、よくもまあ証拠採用されたもんだ」

「それは、ほとんどを供述に頼って立件したからです。画像だって西松美寿々本人が、最終的にあれは自分だと認めたんですから。やっこさんは、『これぞ効率捜査の見本だ』とか威張ってましたけどね」

もと上司を「やっこさん」と呼ぶ四方田は、もちろん君津の事を快く思っていない。だからこそ佐脇の呼び出しにも応じたのだ。

「最初にストーリーを立ててその線で捜査するのはいいんだけど、最初の見立てが違ってたらご破算にして組み立て直すのが普通でしょ？　だけどやっこさんは、それをしないんでね」

判決が確定した事件の調書は残されるが、捜査メモなどは処分される。すべての書類を保存しておく場所がないし、適正な捜査であれば本来、その必要もない。だが、この場合、裁判自体が間違っていた事を証明する材料が、ほとんど失われているのだ。

美寿々が佐脇に訴えた未成年淫行の冤罪、そして彼女の身に起きた集団暴行は、今や完全に蓋《ふた》をされてしまった。一事不再理の原則で、美寿々は男子高校生たちに輪姦されたのではなく、逆に彼女の側から誘惑して、教師の立場を悪用した強制により彼らと関係を持ったという、その「事実」の認定は、もはや動かない。

四方田に礼を言って別れると、佐脇は君津に電話を入れた。

「急で悪いんですが、明日、休みます。特に事件もないし、いいですよね？　優秀な水野がいますんで大丈夫です。では、ヨロシク」

『待ちたまえ、佐脇君！』

言いたい事だけ言って切ろうとした佐脇に、君津は怒鳴った。

『君は警察の仕事を気楽なアルバイトか何かと間違えてるんじゃないか？　気ままな欠勤は許さんぞ。ウチには仕事が山ほどある』

「山ほどあるからって決め打ちでテキトーに片づけられちゃ、かなわんのだけどね」

『なに？』

電話の向こうで上司の君津が気色ばむのが判った。

「ま、オレみたいなクビ寸前の落ちこぼれのスジの悪い部下に、いちいちカリカリしなさんな。せっかく出世できてもストレスで早死にしちゃ元も子もない。……じゃあ、そういうことで。明日休みますんで」

急に休みを取ったのは、美寿々の自宅周辺の聞き込みに行こうと思ったからだ。

美寿々の件は、彼女への義理立てとか彼女のために追っているのではない。佐脇自身が興味を持ってしまったのだ。

だいたいの目算はつき始めているが、君津を追い込むには確固とした証拠を揃えなければならない。それを、今日を含めてあと六日でやらなければならないのだ。のんびりはしていられない。

佐脇は言うことだけ言ってしまうとケータイを切り、ついでに電源も落とそうとしたところで、着信音が鳴った。

「うるさいよ！　何度も何度も」

相手が君津だと思い込んで怒鳴ると、環希の声がした。

『うるさくてスミマセン。あの……この前の件ですけど』

何の事だ、と怒鳴る寸前に、彼女に頼んだ事を思い出した。

『ちょっと判った事があったから電話したんですけど……いきなり怒鳴られてムカついた。言うの止めちゃおうかな』

「すまん。人違いをしたんだ。こっちも厄介《やっかい》な事がいろいろあって大変なんだ」

『佐脇サンはいつもそうですよね。いつもいつもオトナの事情がいろいろあって』

文句を言いながらも、環希は、美寿々が教師時代の学校の様子の一端を教えてくれた。

『なんか、すごく色っぽくて美人の先生がいて、男子にすごく人気があって……だけど、事件を起こして、その先生、捕まっちゃったって』

まさに佐脇が知りたかった部分だ。

「おう。それ、ドンピシャだ。そのあたりの事が知りたいんだ」

環希は、美寿々に惚れて気に入られようと勉強を頑張っていた男子生徒の話をした。

『そのコ、それが理由で、その頃ワルで有名だったヤツにシメられてたらしいけど……』

環希は、恋人の暴走族のリーダー・拓海を通して集めた話を事細かく佐脇に伝えた。

その実に興味深い情報を聞きながら、佐脇は、話に出てくる男子学生とは、もしかしてあの男、柳沢修一ではないか、と考えてみた。

なるほど。そうすればいろいろと辻褄《つじつま》が合う。環希はその他にも気になる情報を口にした。『おれのバックには警察がついているから、何をしてもいいんだ』とうそぶいていた生徒がいたというのだ。

「判った。礼を言う。有り難う」

佐脇の素直な言葉に、環希は驚いたような声を出した。

『佐脇サン、ヘンじゃない？　どこか具合でも悪いの？』

「なんだよ。おれが素直に礼を言うと気味が悪いのか」

『お礼の言葉より……この前言った「ご褒美」、期待してますから』

高校生とは思えない事を言って、環希は電話を切った。

＊

佐脇は一度鳴海市に戻ると、愛車バルケッタではなく、行きつけの自動車修理工場で借りたボロボロのライトバンで、再度河出市郊外に向かった。田舎に聞き込みに行くのに、派手な車はよろしくないのだ。

河出市は、美寿々が勤めていた県立南山高校があり、美寿々の自宅もあったところだ。鳴海市より多少は大きな街だが、この前の町村合併で市になるまでは、長い事、河出郡河出町だったところだ。つまり、田舎。

そういうところに聞き込みにいくとなると、夜はまずい。警察が夜来るというのは田舎では大事件だ。すぐに隣近所の噂になる。だが、昼間なら、ブラブラ歩いて世間話の形であれこれ聞き出せる。

市の端っこ、もうじき隣村との境になろうかというところが、美寿々の自宅のある三郷《みさと》地区だ。隣の村は人口は少ないのに面積ばかり広大なのが嫌われて、河出市合併に誘われなかった。お荷物になるのが明々白々な、過疎《かそ》の村だ。

その村に隣接している三郷地区も、一応河出市に属しているのだが、実態は過疎の村とまったく変わらない。

ほんとうに何もない、スーパーの一軒もないような集落。山間部の農村の典型のような地域だ。

佐脇はまず、美寿々の自宅を検分した。

現在は誰も住んでおらず、彼女が時々帰って、風を通すだけらしい。

その家は、雑木林を背にして、田んぼが広がる地域の真ん中にあった。

敷地はそう広くはないが、白い壁にオレンジ色の屋根の、意外にも洒落《しゃれ》た家だ。近所にある他の家は典型的な農家のつくりだから、これが注文住宅であることは明白だ。

こんな場所に、こんなモダンな家。それが美寿々の自宅……。

佐脇は、いろんな意味で驚いた。

庭は雑草が生い茂り、荒れ果てているが、ツル植物を這わせていたらしい木の格子や、薔薇《ばら》を這わせていたらしい白いアーチ、あるいは自然石で囲い、小人や妖精の置物をあしらった、洋風の花壇の跡などがまだ残っている。

その家は、当然ながら、周囲の農村風景からは浮きまくっている。

近づいてみると、白い壁はところどころ汚れ、荒廃した感じがする。どの窓もぴったりと雨戸が閉ざされ、洒落た出窓にも、侵入を防ぐためか、板が打ちつけられている。

裏手の、雑木林に続く勝手口にはドアノブに鎖が巻きつけられ、南京錠で厳重に固定されている。正面にまわって見ると、ドアには鍵が三つ、それも佐脇の見たところでは、ピッキングも合い鍵の複製も絶対不可能な、最新の電子錠が取り付けられていた。

長く留守にするとはいえ、いくらなんでも、この戸締まりは厳重すぎないか。

他所の県で、犯罪者を出した一家の、誰も住んでいない家が放火されたこともあるので、美寿々はそれを警戒しているのかもしれない。

しかし、燃やされるのが嫌なら、どうせ住んでもいない家なんだから、さっさと売って金に替え、この土地との縁を切ってしまえばいいのに、なぜそうしないのか。それも不思議だ。

佐脇は、美寿々の家に一番近い農家に近づいた。

こちらは、いかにも古めかしい、典型的な農家といった感じの建物だ。広い敷地には納屋があり、車が数台停められるガレージには農機具なども置かれている。今停められているのは白い軽自動車だが、空いているスペースには通勤用の車を置くのかもしれない。おそらくは兼業農家なのだろう。

建て増しした部分だけはアルミサッシが入って新しいが、全体的に屋根が大きくて黒ずんだ、圧迫感のある、気が滅入る建物だ。

生け垣の外から佐脇が観察するうち、玄関が開いて、中から幼児を抱いた若い女が出てきた。軽自動車の後ろのドアをあけ、幼い女の子をチャイルドシートに座らせている。ジーンズにTシャツ姿の地味なナリだが、足が長くてスレンダーなところに、腰回りにはほどよく肉がついて、子供を一人産んだ若妻の色気が匂いたっている。

それを追うように、小柄な中年の女が出てきて、若いほうの女にあれこれ指図している。

きついパーマをあてた髪を茶色に染め、上は豹《ひょう》か何かの模様がついたニットで、下はスパッツを穿《は》いている。若づくりで痩《や》せて脚も細いが、年齢相応の衰えは隠せない。ややや長身で均整のとれた若い女とは対照的に中年の女は短軀だ。体形が全然違うので、実の親子ではなさそうだ。おそらくこの家の嫁と姑《しゅうとめ》だろう。

二人の女は何やら言い争いを始めた。そのうちに話がこじれて声が高くなり、生け垣の外にいる佐脇のところにまで聞こえてきた。

「またこんなモノに縛りつけて……タマミちゃんがかわいそうじゃないの！　すぐに、おばあちゃんが外してあげるからねえ。ほんとにひどいお母さんだねえ」

「やめてください、おかあさま！　昔とは違うんです。今はチャイルドシートを使わないとお巡りさんに捕まるし、そもそも、危ないんです」

「危ないことなんかないに決まってるでしょ。シートベルトしてても車なんかぶつかったら終わりじゃないの。だいたいアンタは大げさなんだよ」

姑の口調はドンドン険しくなって、とにかくアタシの言うことを聞け、という感じになってきた。

「最近の若い連中はすぐ、昔とは違うとか言うけど、アタシだって江戸時代に生まれた訳じゃあるまいし、立派に息子を育て上げたんだからね。モーロク婆さんみたいに扱わないで頂戴！」

「誰もそんな事言ってませんよ。とにかく、チャイルドシートがなくて私が免停になったら誰がタマミを送り迎えするんですか？　おかあさまは免許持ってないじゃないですか」

「そんなもの、普通に運転してりゃバレないでしょうに。とにかく、アナタはどうしてアタシの言うことが聞けないのッ！」

言い争いはますますヒートアップした。佐脇は姑の頑迷さにうんざりしたが、ここは姑の違法行為そそのかしを正しておかねばなるまい。

「ええお取り込み中、失礼します。あたしはこういうもんなんですが」

佐脇は屋敷の敷地に踏み込んで、警察手帳を見せた。

「ちょっとこのへんを回ってるもんで。ところでね、チャイルドシートは、こちらのお嫁さんがいうように、お子さんに装着していただかないと困ります。大人なら打撲で済む程度の貰い事故でも、子供さんは死んでしまうことだってありますからね。交通事故減少にご協力下さい」

　突然現れた『刑事』に、嫁と姑はびっくりしてフリーズした。

　佐脇は、夫の親族が嫁に無断で幼児を連れ出したあげく、抱いたまま運転していて衝突事故を起こし、大人は無事だったが幼児は死んで一家崩壊に至ったという、隣県で実際にあった事件を話してやった。

「万が一にもそういうことにならないよう、大人が気をつけようじゃないですか。ここはどうか、ワタシに免じて」

　佐脇がニコニコと作り笑いを浮かべて語りかけると、姑は落とし所が見つかったように頷いた。

「まあ、そういうことなら仕方ないわね。ヨシコさん、行ってらっしゃい」

　ヨシコと呼ばれた嫁は無事、子供をチャイルドシートに乗せる事が出来た。

　佐脇は、姑に話しかけた。

「で、ここから見える、あの家なんですがね」

　田んぼの向こうの、白壁にオレンジの瓦屋根の家を指さす。

「ああ、あのロクでもない家ね」

　姑はさっそく嬉々として食いついてきた。

「まったく、あの家の嫁がとんでもないことを仕出かしてくれたもんだから、近所のアタシたちまで肩身が狭くて困ってるのよ」

「あの……お義母さま、そういうこと、あんまり言わないほうが」

嫁のヨシコが軽自動車の運転席の窓を開けて気掛かりそうに声をかけたが、それは姑を牽制するどころか、余計に燃料を投下する結果になった。

「うるさいわね。アンタはさっさとタマミちゃんを保育園に連れて行きなさいっ」

その剣幕に、ヨシコは、ダメだこりゃと言いたげに首を振ると、無言の抗議のつもりか、エンジンをかけて思いっきりふかした。

「……あの家の身持ちの悪い嫁が、若い男と、それもまだ高校生の男をたぶらかして警察沙汰になったのよ。そのことは当然ご存知よね。また、あの嫁が何かやったの？」

姑は、美寿々の夫と、美寿々には義父母になる夫の両親への同情を熱く語りはじめた。

「美寿々さんのご主人の秀臣《ひでおみ》クンも、消防団でよくやってくれて、ほんとうにいい子だったんですよ。ウチの息子とも仲が良くて。ご両親も一人息子さんだから、とても大切にして見えてね。けっこういい男で、村の女の子にもモテていたから、どんなにいいお嫁さんだってよりどりみどりだったのに、よりにもよって、あんなよそ者の、しかもふしだらな女をもらってしまうなんてねえ」

姑の目は据わり、佐脇をしっかり捕らえて離さない。耳を傾けてくれそうな相手を見つけ、舌なめずりをせんばかりだ。人の噂と悪口が何より好きなのが歴然として、その瞳はギラギラと輝いている。若い嫁の気がかりそうな視線など、もう完全に意識の外だ。

「じゃ、お義母さま、行ってきますから」

嫁のヨシコは佐脇に一礼すると、車を出した。窓を開けたままなので独り言が聞こえた。

「なによ……ギャンブル狂いの、あんなどら息子を『いい子』だなんて」

話に夢中の姑の耳には入らなかったようだが、佐脇は嫁が吐き捨てるように口にした言葉をはっきり聞いた。

「……でね」

邪魔な嫁が行ってしまったのを目で追った姑は、嬉々として話を続けようとしている。

「おかあさん、今、『よそ者』と言われましたが、西松美寿々はこの集落によそからやってきた人間なんですか？」

あの嫁からも後で話を聞かねばと思いつつ、佐脇は、姑に質問した。

「そうそう。よそから来た人なんですよ。あのうちの人たちはみんな」

姑はさらに身を乗り出してきた。

中高年の常として、だらだら脇道に外れまくる姑の話を整理して総合すると、おぼろげながら見えてくるものがあった。

それは、美寿々の一家は都市部からの移住者で、どうやら田舎暮らしに理想を抱き、豊かな自然の中で、庭で花や野菜を育て、人間らしい生活を送れると勘違いしてやって来た人たちらしいということだった。

そういう甘い考えで田舎に移り住んだ連中がどうなるか。

果たして、美寿々の父親は執拗に勧誘されたのだが消防団に入ることはなく、美寿々の母親も一応、婦人会には入ったものの、ほどなく全然出席しない状態になったという。

「よそから来た人は理屈ばかり言うから。昔からのシキタリとか前例とかを無視するんでねえ。そりゃこの村にだって消防車は来ますよ。でも消防団が要らないってことにはならないでしょ。ここに溶け込もうという気があるのなら、まずみんなと同じことをして、汗を流してもらわなきゃあ」

地方新聞の記者だったという美寿々の父親は理屈っぽい性格で、消防署のサービスを受けるのは国民として当然の権利であり、それ以外に消防団に参加する義務などない、消防団に参加しない家が火事になっても消火活動をしないというなら、それは人権問題だ、などと事を荒立ててしまったらしかった。

「ああいう、よそから来た人たちは……田舎に燻《くすぶ》ってるあたしらを馬鹿にしてるんだろうね。あんな赤い屋根の洒落た家なんか建てて、嫌味だったらありゃしない」

赤い屋根？　洒落た家？　それは美寿々が時々戻ってくるというオレンジ色の屋根の建物のことか？

だがそれは美寿々の婚家ではないのか？　と、姑の話を聞いていた佐脇は混乱した。

ここからも見える、水田の中で浮きまくっているあの洋風の家は、美寿々が嫁いだ家ではなく、美寿々の実の両親が建てたものだというのか。

洒落た家と都会からの移住者。だがそのほうが腑に落ちる。

佐脇は問題の家を指さしてきいた。

「では、あの家が、美寿々の実家なんですか？　美寿々の亭主の家ではなくて？」

老婆は話をさえぎられて一瞬不快そうな表情になったが、すぐに前にも増した熱心さでまくし立て始めた。

「そうですよ。あれが、ふしだら女の実家ですよ。だいたいあの女が両親を亡くして天涯《てんがい》孤独《こどく》になったのに同情して、西松君が寂しくないようにとわざわざ一緒に住んでやったというのに、あの女が恩を仇で返してあんな事件を起こしたものだから、気の毒に西松君も、その親御さんたちもこの村にいられなくなって」

「ええと、その『西松君』というのが美寿々のご亭主なんですね？」

「だからそう言ってるでしょう！」

姑は興奮して、ますますまくし立てた。

「西松君の一家は出て行ってしまったのよ。今は何処にいるかも判りませんよ。そりゃ当然でしょうよ。あの家を売りもせず、村に図々しく居座っているあの女とは違って、西松君の一家はまともな神経を持っている人たちですからね。あのふしだら女が学校を辞めさせられて警察に捕まった後じゃ恥ずかしくて、とてもここで暮らせないし、世間様に顔向けもできないでしょうよ」

　黙って聞いていた佐脇だが、頭から疑問符が山ほど噴き出ていた。

　聞けば聞くほど腑に落ちないことばかりだ。あの家が亭主ではなくて美寿々のほうの実家だというなら、そもそもこの村の出身で消防団の中心メンバーでもあったという美寿々の亭主の実家はどこにあるのだ？　さらに美寿々が両親を亡くして天涯孤独という話も初耳だ。というか、美寿々自身はまったく触れなかった。

　さすがの佐脇も、そろそろこの姑の毒気に当てられて辟易《へきえき》しはじめていた。だが、疑問点はクリアしておくのが刑事の習性だ。

「で、西松君のご一家は、そもそもこの村の、どこに住んでいたんです？」

「……それはね、たしかにこの村の人たちだけど……」

　話の腰を折られて不快なのか、言葉を探しているのか、姑は目を泳がせた。

「だからその家はどこにあるんですか？　売ってこの辺から出ていったんですか」

「あ……ああ、そう。そうそう、そうなのよそうなのよ。何もかも売って、ここを出たの。それもこれもみーんな、あの女のせいなんですよ」

　佐脇の言葉に縋《すが》るように答えた彼女は、自分の言っている事が破綻している自覚があるのか、自分でもワケが判らなくなっているのか、突然話を変えた。

「それもこれも、最近の若い女がいけないのよ。性根が悪いと言うか、親の顔が見たいって言うか。うちのヨメだってそうですよ。まったく、何かあるたびに口答えするし、言うことを聞かないで勝手な事ばかりするんだから」

何故か矛先が美寿々から自分の嫁に変わって、ヨシコの悪口を言い始めた。

「まったく今どきの若い女なんて何を考えているんだか。刑事さんにこんなことは言いたくないけど、ウチの嫁だってね」

わざとらしく声をひそめながら続けた。

「女の子しか産めないくせに、村役場なんぞにパートに出てチャラチャラしちゃって。あれはね、きっと外に出て男をつくるためなんですよ。だいたい子供だって誰のタネなんだか判ったもんじゃないわ。刑事さんも見たでしょ。子供を保育園に送ってくのに、どうしてあんな色っぽい格好しなくちゃいけない訳？　カラダの線なんかはっきり見えちゃって、ヨメで母親だってのに、あんなに色気出して、何するつもり？　男を作りたいのに決まってるでしょう！　だいたい、アタシは息子の結婚には反対だったのよ。このご時世に農家に好き好んで嫁ぐ女なんて、どうせ財産狙いに決まってるのよ」

さすがに佐脇の我慢もそろそろ限界に達した。

普段コワモテの佐脇だが、女相手であれば年齢をとわず、いかようにも愛想良くする。

この女にここまで好き勝手に喋らせたのは、とにかく話を聞き出すためだが、「お母さんも大変ですねえ」などと持ち上げるのにも、忍耐の限りと言うものはある。なんせ相手の話には、明らかに妄想が入っているのだから。

「そうですか。お嫁さんは村役場、今は合併して市役所の支所にお勤めなんですね。まあ、いろいろと大変でしょうが、せいぜい脳血管がキレないように、いや、いっそキレちゃった方がいいのかな……まあ頑張ってください。それじゃまた」

相手の話をぶった切るように終わらせた佐脇は、嫁のヨシコが勤めていると言う、市役所の支所に向かうことにした。美寿々の夫について何か言いたそうにしていた、あの嫁からも聞き込みをするのだ。

河出市三郷地区の市役所支所も、水田の真ん中にあった。

駐車場には、さきほど隣家の嫁が乗って行った白い軽自動車が止まっている。

それを横目で見て、佐脇は建物の中に入った。

隣家の嫁・ヨシコがカウンターの中の、窓口にいるのを視界の隅で確認した彼は、記入台から適当な用紙を取って、裏の白紙の部分にさらさらと委任状を書き上げた。

「これで西松美寿々の戸籍謄本を取り寄せてもらいたいんだが」

ヨシコがいる窓口に、警察手帳と一緒に出した。

彼女は佐脇の顔を見上げ、眉根を寄せて即席の委任状を眺めた。

「あの、これ……こういうのはちょっと、困るんですけど」

「どうしてだ？　委任状に、委任されたおれの身分証明書と、書類は揃ってるぞ」

「だってこの委任状、今あそこで書いてたでしょう？　字もみんな同じだし、印鑑のかわりに拇印もダメです。はいこれ。指に朱肉、ついてますよ」

拭き取り用のティッシュを渡してくれたヨシコに佐脇は悪びれることなく、「やっぱりダメか」と笑った。

「職権で見せてもらってもいいんだけど、面倒でな」

しかし彼女は、その手続きがこの刑事の真の目的ではないと判っている風だった。

「もうすぐ昼休みだろう？　あんたにちょっと話を聞きたいんだが。昼飯ぐらいはおごるよ」

と、誘ってみた。

化粧気のない顔に長い髪をひっつめて後ろでまとめ、丸いおでこを出した若妻は少し考えて、お弁当があるので、この近くの公園で食べながらでもよければ、と応じた。

支所の前は広い公園になっている。だが鳴海市とは違って、若い母親が子供を遊ばせる姿は見られない。芝生《しばふ》が植えられ、樹木もよく手入れされ、遊具もそろっているが、あまり利用されている形跡がない。

「おれたち以外に誰もいないね。立派な公園なのに」

「わざわざここに来るほどのものではないし、なんかビミョーに使いにくくてイヤな感じがする公園なんです。まあ、しょせんは土木課が予算を消化するためにつくった公園ですから」

ベンチに若妻と並んで腰をおろした佐脇に、彼女はハッキリ答えた。

「それに、このへんじゃ小さな子供のいる若夫婦は以前から少ないし、今はもっと減る一方ですし、若い奥さんはパートに出てることが多いから」

保育園に空きがあってよかった。姑は自分に預けろというが、それはどうしても嫌だったから……と言いながらヨシコはジャケットを脱いだ。

と、その下に着ているTシャツを持ち上げる胸の膨らみは、かなり若々しい。支所のカウンターごしでは判らなかったが、ジーンズに包まれた太腿もほっそりとして、きゅっと持ち上がったヒップといい、なかなかに均整のとれたいけるプロポーションだ。

若妻は、かわいいキャラクターもののナプキンに包まれた弁当箱を取り出して蓋をあけると、自販機で買った缶コーヒーを手にしている佐脇に、定番の鶏《とり》の唐揚げや卵焼き、ウインナーといったおかずを、弁当箱の蓋に取り分けてくれた。

「よかったらどうぞ。お昼時ですから。子供のお弁当と同じなんで、お口に合うかどうか判りませんけど」

唐揚げは冷凍食品ではなく、きちんと下味がつけられていた。ウィンナーも卵焼きも、何の変哲もないが、やわらかく、上手に焼けている。

同居の姑との苦闘を強いられつつ、このヨメは頑張ってるなと思いながら、佐脇は本題に入った。

「あんたの住んでる近所の、あの家のことなんだが。あんたからも是非話を聞いておきたいと思ってね。今朝の様子では、あの家のことについて、いろいろと知ってそうだったから」

嫁は箸《はし》を使う手をとめ、佐脇をまともに見た。

「うちのお義母さんの言うことを信じちゃダメですよ。あの家のおばさん……美寿々さんのお姑さんと、うちの義母《はは》は井戸端会議仲間、いえハッキリ言ってしまえば嫁いびり仲間でしたから、ご両親と息子さんの肩を持つようなことばかり言ったと思いますけど、それ、みんなウソですから」

「その話、聞かせてくれ」

佐脇は身を乗り出した。ようやくまともな話を聞ける相手を見つけたのだ。

「まず、確認しておきたいんだが、あんたンちの近所のあのオレンジ色の屋根の家は、西松美寿々の亭主ではなく、もともとは美寿々の両親が建てた家なんだよな？　つまり美寿々の亭主は、その家に転がりこんでいたってことか？　しかもジジババを連れて」

「そうですよ。美寿々さんは自分のうちを……言い方は悪いですけど、乗っ取られたも同然でした」

「で、その亭主は、美寿々が事件を起こしたあと、ここを出たと。しかもジジババもろとも。連中は、この土地の人間なんだよな？　だったらここに家があるはずだろう？　美寿々を離縁して、自分たちのうちに戻ればよかったんじゃないのか？」

「あの連中に家なんてありませんよ。ここに来る途中に、建設資材置き場があったでしょう？　あそこが美寿々さんのご主人の実家だったところです。農地も家も、全部借金のカタに取られてるんです」

たしかに、このヨメの家からここに来る間に、資材置き場があった。

家屋敷を取られた後、女を作ってそこに一家で居座ったのだとしたら、話の辻褄は合う。

その借金は誰がつくったのか、どういういきさつで家を取られるほどの高額の借金をしたのか、佐脇がさらに詳しく聞き出そうとした時、ちょうど支所の昼休みの終了を告げるチャイムが鳴った。

ヨシコは美寿々のいなくなった亭主とその両親について、いろいろ知っているようだが、もう昼休みも終わりで、ヨシコには迷惑だろう。

「まだ伺いたい事があるので、是非また会ってください。ご迷惑にならない形で」

と、佐脇は丁寧にヨシコに挨拶して、引き上げることにした。

ライトバンに乗り込んで、佐脇はたばこを吸いつつ、これまでの情報を頭の中で整理した。

どうにも気になるのが、柳沢修一だった。環希の電話リポートにも登場したし、このところどういう理由か知らないが、佐脇の動きに神経質になって探っている様子だ。

ならばこっちから出撃してやるか。奴の虚《きょ》を突くのも一興だ。

佐脇は、すでに突き止めてある修一のアパートに向かった。河出市の街中に近いところだ。

彼は実家を出てアパート暮らしをしている。実家からそう遠くないところなのに一人で住んでいるのは、独立心のためか、親と顔を合わせたくないためか。

アパートに駐車場がないので近くに路駐しようとした佐脇は、安コーポの鉄の階段を降りてくる柳沢の姿を認めた。

彼も、ライトバンのフロントガラス越しに、佐脇の姿が見えたようだ。

血相を変えて逃げるように走り出した。

どうして逃げるのか。

刑事の性分として、逃げるモノは追いかける。佐脇はおんぼろライトバンのアクセルを踏んで、生身の柳沢修一を追いかけた。

彼は、必死で走った。

「おい、止まれ！」

佐脇は窓を開けて怒鳴り、ヘッドライトをパッシングさせ、クラクションを短く鳴らした。しかしそれは逆効果になって、彼の恐怖と防衛本能を著しく刺激したようだ。

公道を走る人間をライトバンが追いかける。いずれ諦めるだろうと、半ば面白がり、半ばサディスティックな気分にもなって、佐脇はアクセルを踏んだ。

が、このナンセンスな状況にやっと気づいたのか、柳沢は道路から外れて細い路地に走り込んだ。佐脇もそのままライトバンを路地に突っ込んだ。愛車バルケッタではこうはいかない。電柱やコンクリートのゴミ箱で車の横っ腹をガリガリと引っ掻きながら、走った。

やがて柳沢は公園の中に飛び込んだ。

こうなったら仕方がない。佐脇は車を捨てて、足で彼を追った。

公園の少し離れた遊具の陰に、奴の姿が見え隠れしている。

そう広くない公園の突き当たりまで追い詰めた。

「おい、どうして逃げるんだ！」

佐脇の声に、柳沢は振り返った。怯《おび》えているのか、削《そ》げた頬はぴくぴくと引きつり、手は震えている。

佐脇はにやりと笑うと、柳沢にずんずんと近づいていった。相手が弱いと、ワルデカの嗜虐《しぎゃく》心が大いに刺激される。

「やあ、柳沢修一クン」

名前を呼ばれた柳沢は驚いた。

佐脇はポケットから例のネットカフェの会員証を出して見せた。

「お前の身元は確認させてもらった」

公園の隅に追い込まれた柳沢は、なおも逃げ出そうか迷った様子を見せたが、佐脇が一歩前に踏み出してきたので、覚悟を決めた様子で息を大きく吸い込んだ。

「……捕まえに来たんですか？」

「何故？　おれはお前に話を聞きに来たんだ」

「嘘だ！　嘘をつくな！」

「嘘なもんか。おれは刑事だから、人に話を聞くのが仕事だ」

修一は震える声で佐脇に言い返した。

「仕事じゃないだろ。あんたは個人的な興味で先生の、いや美寿々さんのことを嗅《か》ぎ回っているんだ。もう何もかも終わったことじゃないか。これ以上、美寿々さんを苦しめるようなことはやめてくれ！」

柳沢修一は、この前鳴海署の前で言った事を繰り返した。

「お前、またそれか？　馬鹿の一つ覚えみたいに。っつーか、お前、馬鹿か？」

佐脇は呆《あき》れて見せた。

こうなったら、自分には美寿々を苦しめるつもりなどない、むしろ逆なのだとこの男に判らせるしかない。

「たしかにお前の言うとおり、おれは美寿々が前に起こしたという事件を、個人的興味で調べている。だがそれは、彼女の無実を晴らしてやりたいからだ」

そう言っても、柳沢修一は無反応だった。理解出来ていないようでもある。

「で、だ。ひとつ、お前に聞きたいんだが、美寿々が高校生をホテルに連れ込んで淫行に及んだなんてタワ言を信じてるか？　おれは信じない。おれは、美寿々がシロだと思ってる。あの日、美寿々はホテルになんか行ってない。そうだろ？」

佐脇は自分の思うところを一気に喋ったが、柳沢修一は安心するかと思いきや、いっそう打ちのめされた様子になった。

「あの日って……六月十四日……。あの日、先生はホテルに行ったんだ。沼尻のやつと。それは、それだけは絶対、間違いないんだ！」

頼む、お願いだ、あの事件はもう終わったことだから、蒸し返すのはやめてくれ、先生だってそれを望んでいるはずだ、という必死の哀願がまたも始まった。

なんなんだ、こいつは。

佐脇は、いい加減うざくなった。

「お前、美寿々センセのいわゆる淫行の、その前にあった、集団暴行事件、そいつにお前もかかわっているよな？　おれが何も知らないとでも思ってるのか？」

君津が作成した警察調書には、沼尻以外に関係した高校生の名前もあった。その中には……。

「そうだ。どこかで見た名前だと思ったが、柳沢修一、お前の名前もあったんだ。という事は、お前も、沼尻賢哉とつるんで西松美寿々を輪姦したんだろ」

修一はぎょっとして後ずさり、公園のコンクリート塀にぶつかった。

その反応に手応えを感じた佐脇は、環希から聞き出した当時のハナシをぶつけてみた。

「お前、南山高校では美寿々のお気に入りだったそうじゃねえか。お前は美寿々に発情して、英語を頑張ってたって？　美寿々もお前を憎からず思っていたってな。だが、それが当時南山でワルの頭目だった沼尻には気に入らなかった。お前を脅して、美寿々を呼び出させたんだろう？　現場の場所と日時を美寿々はハッキリ警察で喋ってるんだ」

問題の集団暴行事件は立件されていない。公式には生徒たちと美寿々との合意のうえの、淫行ということになっている。当然シラを切るか、と思ったが、修一は真っ青になった。

「あれ、あれは……」

修一は視線を激しく彷徨《さまよ》わせ、声を上ずらせた。

「……あ、あの時は、どうにもできなかったんだ。こんなこと何の言い訳にもならないけど、おれ、沼尻たちにリンチされて、先生を連れて来ないともっと酷《ひど》い目に遭わせるって脅かされて……」

顔色はみるみる青くなり、死人のようになった。

「……おれが、結局、一番、駄目なんだよな……」

そう言うと膝をついて、ゲーゲーと吐き始めた。何も食べていない様子で、口から出るのは黄色い胃液だけだ。

なんだこいつは？　集団暴行事件を自白してるんじゃないのか？

這いつくばって吐き続ける修一を見下ろして、佐脇は内心色めきたった。

こいつを証人に仕立てれば、あの淫行事件の一環として処理されてしまった美寿々への集団強姦を立件することが出来る。そうすれば、君津の強引な捜査を正面から批判して、対決して勝てるのだ。

佐脇は、吐き終わった修一の腕を掴んだ。

「今言ったことを調書に取りたいが、いいな？　裁判で証言も出来るよな？　お前は本当の事を明らかにしたいんだろ？　心配いらない。沼尻が今でも怖いんなら、おれが守ってやる」

刑事は、ひ弱な若者を励ました。

「お前の大好きな美寿々センセのためだ。証言してもらうぞ。あれは淫行なんかじゃなく、生徒の、教師に対する強制わいせつ及び集団強姦だったとな。美寿々が教え子である沼尻をホテルに連れ込んだという淫行の罪状も事実無根だとな。証拠とされた監視カメラの映像を、おれは調べてみたんだよ。映ってる女は、あれはたぶん美寿々じゃない。別人だろう？　連中が美寿々の帽子とサングラスを盗んで、替え玉を仕立ててでっちあげた証拠だとおれは睨んでる」

「ち……違う！　あの日、先生は沼尻とホテルに行ったんだ！　それは間違いない」

修一は意外な事を口走った。しかも、自分の言った事でパニックになり、がたがたと震え始めた。

「おいおい、お前。お前は美寿々センセの味方じゃないのか？　無実の罪に落とされた先生の名誉を回復してやろうってんじゃないのか？　彼女は不良生徒どもに寄ってたかってレイプされて泣き寝入り、しかも淫行の濡れ衣まで着せられて、仕事も人間関係も、おまけに家族まで失ったんだぞ。亭主までが彼女を捨てて逃げたってこと、知ってるだろ？」

「せ、先生の亭主って……ご主人は……あんなのは家族じゃない」

今にも号泣しそうなのを必死に耐えて抗弁する修一に、佐脇は迫った。

「ほう。家族じゃない? たしかに苦境にある女房を見捨てて逃げるような亭主は腐ってるよな。だが、柳沢修一、お前はどうなんだ? お前は先生を助けられる立場にあるんだぞ。集団レイプの手引きをしたお前が罪を償《つぐな》うには、それしかないんじゃないのか?」

「だから、あの時のことは悪かったって言ってるだろうッ」

感情がコントロール出来なくなるほど追いつめられた修一はキレて、叫んだ。

「悪いと思ったからおれは……先生の言うとおりに何だって……でも、思い出すんだよ。あんなことをしてしまったなんて……怖いんだ……今でも。思い出すと眠れなくなって」

「お前、何を言ってるんだ?」

修一は意味不明のことを口走っている。

「沼尻たちに言われるままに悪事の手下になった、その良心の呵責《かしやく》ってやつか」

情けない男だ、と吐き捨てたかったが、今はこの男にきっちり、やるべき事をやってもらわなければならない。

佐脇は柳沢修一の腕を取り、その手に自分の名刺を握らせた。

「判った。今すぐにとは言わない。だが、心が決まり次第、おれに連絡をくれ。何もかも吐いてしまえ。本当のことを言うんだ。それ以外に、お前が楽になる方法はないぞ」

修一はうつろな顔で、力無く目を伏せた。

「ラクにはなりたい。でも……そんな簡単な事じゃないんだ」

激しい緊張と興奮から一気に奈落の底に落ちたようにテンションが下がった修一は、佐脇に背を向け、とぼとぼと公園の出口に向かって歩いて行った。

間違いなく、あいつは一両日中に落ちる。

佐脇は確信した。

＊

夜になるまで、佐脇は聞き込みを続けたが、ヨシコの話以上の成果はなかった。

彼は再び河出市の中心街に向かった。

県立南山高校は古くからある高校で、地元では名門と呼ばれている。学校の周りは昔は町外れだったのだが、ここ三十年ほどの間に町の中心がズレて、近くに盛り場が出来てしまった。

盛り場と言っても所詮小さな地方都市だからたいしたモノではないのだが、その分、密度が濃くて、狭い一角にすべての水商売からフーゾク、若者向けのゲーセンまでが揃っている。だから、ゲームをしに来た高校生が酒と女を覚えて深みにハマる、という「堕落の進学コース」がハッキリ見える。

名門進学校の近所に歓楽街。ここの教育委員会とか地元署はナニを考えてるんだ、と佐脇は首を捻るしかない。

そんな繁華街から数ブロック離れると、住宅街になった。一戸建ては少なく、アパートや小さいマンションが建ち並んでいる。

蒲生《がもう》マンションとは名ばかりの五階建ての鉄筋アパートに佐脇はやってきた。昼間、柳沢修一にぶつけてビビらせた、美寿々の言う「教え子に繰り返し輪姦された」現場だ。君津が取り調べた初期の調書には、その現場となった場所や五月十日という日付まで具体的に出てくるが、ほどなく撤回されている。

夜の七時だが、窓にはあまり明かりはついていない。ここの住人は帰りが遅いのか、留守がちなのか。

調書によれば「現場の部屋」は四階の突き当たり、四〇九号室だ。男子高校生グループの一人の部屋だと言う事だった。遠くの生徒が下宿として使っていたのか、ワガママ野郎が一人暮らしをしたいと言って確保してあった部屋なのか。どちらにしても悪い連中の溜《た》まり場になっていたのだろう。

その部屋には、表札が出ていない。もう五年も前の事だから、部屋の主は代替わりしているだろうが。

真下の部屋に明かりがついていたので、佐脇はドアをノックしてみた。

顔を覗《のぞ》かせたのは、ボンヤリした顔の、初老の男だった。

佐脇は警察だと名乗って、ちょっと五年前の事件について伺《うかが》いたいんだが、と切り出した。

「五年前の事件」と聞いた瞬間、男の顔にかすかな緊張が走ったのを佐脇は見逃さなかった。

「え？　五年前になんかありましたっけ？」

トボケる口調も不自然だ。この男は基本的に善人で、嘘がつけないのだろう。最近越してきたばかりだと白ばっくれる事もできず、ひたすら佐脇の顔色を窺《うかが》っている。

どうやら一人暮らしらしく、気も弱そうで、枯れたというか、世間から距離を置いて静かに暮らしたいタイプのようだ。

「五年前に、この上の階の、アナタの真上で、女性が乱暴される事件があったようなんですがね。それも、一回じゃなく、何度も」

え、そうなんですか？　と男はトボケて逃げようとしたが、佐脇は食い下がった。

「この辺は、盛り場に近いけど、道を挟めば結構静かじゃないですか。今だってそんなにうるさくないし。で、外で酔っ払いがわめいたり歌を唄ったり喧嘩したりすれば、やかましいと思うでしょう？　日頃、静かに暮らしている人なら、なおさらそういう『騒音』には敏感なはずだ。そうでしょう？」

男は、佐脇の鋭い視線から逃げようとしていた。目を伏せて視線を彷徨《さまよ》わせる。

「で、アナタはあの事件の時、何か普段と違う物音を聞いている。そうですね?」

佐脇は畳みかけた。最初から疚《やま》しさを感じさせる相手には、おそらくはうしろめたく思っているであろう部分を刺激してやれば、落ちる。

「立ち話もなんだから、ちょっと入れてもらっていいかな?」

拒否する素振りを見せそうになった男を無視して、佐脇は半ば強引に部屋に入った。

「ちょっと、あんた。こういうのは……まあ、いいけど」

男は気弱そうにぼやいた。そこに佐脇はつけ込む。

2DK。角部屋だからベランダ以外にも窓があって採光は充分。室内はすべてフローリングのシャレた感じで、上も同じ間取りだとすると、高校生が住むには充分過ぎる広さだ。この初老の男は清潔好きと見えて、部屋の中はきちんと片づいているので、余計に広く感じる。

「座っていいかな?」

佐脇はキッチンのダイニング・チェアを顎《あご》で示した。

男は、どうぞと言いながら、自分は中学生が使うような学習机の丸椅子にちょこんと腰掛けた。すでに佐脇に呑まれている。

「仕事はなにを?」

タバコを取り出しかけたが、部屋に灰皿がないのを見て、佐脇は仕方なく仕舞った。

「交通整理とかガードマンとか……朝早い勤務が多いから、早寝するんだよ」

「そうですか。じゃあ、夜、隣近所がうるさいとイライラしますよね」

そうだね、と相づちを打った男は、打ってから、しまったという顔になった。

「まあ、結局、事件にはならなかったから忘れてしまうのも仕方がないとは思うけど、なにか思い出せませんか」

この男は、いろいろ知っているし、喋って吐き出して楽になりたいと思っている。しかし、面倒な事に巻き込まれるのは嫌だ。そういう感情が交錯するのがハッキリと判った。

「……何で今ごろ、五年も前の事を」

「まあ、いろいろありまして……再捜査というか」

この件は、佐脇の、いわば『趣味の捜査』だ。しかし、一般人は刑事が趣味でやってるなどとは思いもしない。また佐脇本人にしても、たとえ仕事としての事件捜査であっても、趣味の延長と言えない事はない。興味のない事件は担当しないのだから。

「ま、こっちの事情はともかく、五年前、警察にも言ってない事が、本当はあったでしょ？　アナタ、正直者だから、顔に書いてある」

五年前の五月十日の夜。美寿々は正確に記憶していた。調書でもそう供述しているし、佐脇にも同じことを言った。病的な虚言癖で、自分の作り話を事実だと信じ込んでいる可能性もあるが、佐脇の刑事としての勘では、嘘をついているようには思えない。

「たしか、五月十日は、蒸し暑かったんですよね。窓を開けたりしてませんでした?」

佐脇は今のところはあくまで低姿勢なまま、話を引き出そうとした。

「うん……いやまあ、変な感じではあったんだよね」

佐脇がじっと見据えると、沈黙に耐えられなくなった男が、ぼそぼそと話し出した。

「なんか、妙な物音はしてたんだけど、ほら、このへんはさあ……近くに飲み屋とか女がいる店が多いから、いろいろあるのよ」

これだけでは佐脇が納得しそうもないと悟った男は、弁解がましく言葉を続けた。

「いつもあの部屋はやかましいのよ。若いヤツが住んでて、溜まり場みたいになってて。酒盛りとかしてた感じだったなあ」

「でもアナタとしてはやかましいと寝られないし困る訳でしょ。怒ったりしなかった訳?」

男の目には、「判ってないなあアンタ」という色が浮かんだ。

「相手は若い連中だよ。しかも大勢いるし。下手に注意して逆ギレされたら怖いよ。うるさけりゃ酒飲んで、頭から布団かぶって寝ちまえばいいんだし」

佐脇は、部屋の隅に立てかけてある竹刀《しない》に目を留めた。それを察した男は先手を取った。

「アレで、ホントにうるさい時は天井をドンドンやってたの。あんまりやると怒鳴り込まれそうだから、まあ、そこそこね。それでやかましいのが止まる時もあるし、すぐまたやかましくなる時もあるし」

五年経っても竹刀があるという事は、この男は今も騒音に悩まされているようだ。

「で、五月十日なんだけど。まあ日にちで言っても判らないだろうけど。普段は酒盛りとかで野郎同士のワイワイがやかましかったんでしょ。でも、そうじゃない時もあったんじゃないの？」

「そうだね。女の声が混じる時もあったよ。まあ、飲んで騒いで、エッチな事もしてる感じはあったな」

「女一人を大勢でって、そういう感じで？」

「そういう時もあったし、男女複数で、その、乱交っていうの？　ああいう感じの時もあった。オレ以外、他の住人はみんな夜遅いから、文句言うヤツもいなくて、それで、上の階の若いヤツは図に乗ってたよね」

美寿々を輪姦した連中は、相当派手に遊んでいたようだ。美寿々以外の女も部屋に引き入れて、姦《や》りまくっていたのだろう。日頃からセックスに対する感覚が緩《ゆる》くなっていて、その延長で自分の学校の美人教師を犯すところまで行ってしまったのか。

「まあ、楽しくセックスしてる分には、警察も突っ込めないんだけどね」

「そうだよね。近所のオマワリに相談しても、住人同士で解決してくださいって逃げるばっかりだったもんな」

男は初めて、非難がましい目を佐脇に向けた。

この近くには交番があるが、酔っ払いの喧嘩やスリ置き引きの類いへの対応が忙しい。騒音の苦情などは触りたくないが本音だろう。

「それは、申し訳なかった。警察の怠慢は謝ります。交番の連中にもきつく言っておきますから」

佐脇は素直に頭を下げた。それに気を良くしたものか、男はようやく、言ってみようか、という気になったらしい。

「いつだったか、もうハッキリとは覚えていないよ。でも、あの時は、普段より激しい感じで、悲鳴みたいなのも聞こえたな」

「あの時というのは、五年前の五月十日の事だよね?」

「だから、いつだったかは、もう、ハッキリしないんだよ。だけど、その時は、女の悲鳴が聞こえた。ふざけて出す悲鳴じゃない、なんというか、実にイヤな悲鳴で、耳を塞《ふさ》ぎたくなるような、というかね。エロビデオでレイプものがあるけど、ああいうのは所詮、下手な芝居だってのがよく判るっていうか」

そこまで判りながら、この男は実際にも耳を塞いでしまった訳だ。

「三十分ほど続いたし、助けてとか聞こえたけど。それに、かなり激しくドスンバタンと暴れてたんだよ。それがもう少し続いたら、一一〇番しようかと思ったんだけど……悲鳴は聞こえなくなって、その代わりに、床がぎしぎし揺れる感じが天井から伝わってきて……呻き声に変わってきて。やめて、とか切れ切れに聞こえてきたんで、頭から布団被って寝ちゃったよ」

佐脇は、興味深げに男を見つめると、言葉を選びながら、慎重に聞いた。

「普段より激しくて、ふざける感じでもない、異常な感じがしたんだよね？　もしかして、乱交みたいな遊びじゃなくて、深刻な事件が起きてるとは思わなかった？　複数の男が、女一人を相手にしてたんだよね？」

男は、佐脇から視線をそらした。

「他人の事だし、下手に口出しするのは……プライバシーってものがあるでしょ」

要するにこの男は、他人がどんな目に遭っていようが、自分の身が可愛いだけなのだ。隣や近くで悲鳴や助けを求める声が聞こえても誰も助けに行くどころか、一一〇番すらしなかった例はたくさんある。

最悪の例は、東京の江東区であった事件だ。団地の廊下で刺殺された女性が悲鳴を上げて助けを求めたのだが、住人の誰もまったく反応せず見殺しにされ、被害者は殺害された。また埼玉・川口でも、深夜のアパートの一室に忍び込んだ犯人が住人の女性を長時間暴行した末に殺害したにもかかわらず、近隣の住人は誰も警察に通報しなかった。

深夜に若い男女が大声で口論の末、悲鳴が上がったが、ただの痴話喧嘩だと思って放置した、あるいは深夜にドタバタと激しく揉み合う音がしていたが無視したなど、近隣住人の無関心・鈍感・想像力の欠如によって凶悪犯罪が起き、さらに犯人の逃亡を許した例は後を絶たない。それどころか、こういう近隣への無関心はますます増加する傾向にある。

「まあ、今にして思えば、通報したほうがよかったかなあとは思いますよ」

そう言って佐脇をちらと上目遣《づか》いに見た男は、佐脇の鋭く咎《とが》めるような視線をまともに浴びてうな垂《だ》れた。だが、しばらくして、その肩が震え始めた。

「……そういうけどさあ」

顔を上げた男の目には、怒りと居直りの色があった。

「オレがあんたにいろいろ責められる謂《い》われはないと思うよ。どうしてオレがあれこれ言われなきゃならないんだよ。悪いのはまず第一に、その悪い事をしたヤツだろ。オレは別に何もしちゃいない。そりゃ通報もしなかったけど、悪いことはしていない。そうだろ」

「それはそうだ。だからこっちもアナタを責めちゃいないよ」

佐脇は男の開き直った怒りに、少々驚いた。

「いいや責めてる。アンタは、オレが無責任だとか鈍感だとか、絶対そんなふうに思ってるだろ。薄情な野郎だとか、助けてとか聞こえてるのに放っておいたのはバカなんじゃないかとか思ってるだろ。そりゃ、アンタならいいよ。ガタイはデカいし怖い顔してるし、オマワリって事だけでも相手の悪ガキどもは言うこと聞くだろうよ。だけどこっちは見ての通りの冴《さ》えない中年だよ。ガキに何か言って逆ギレされて殴られたり刺されたりしても、誰も助けてくれないんだぜ。一一〇番してオマワリが来ても、あいつら悪賢いからテキトーな理由並べて、犯してた女だって脅されて嘘言ったら、オレの立場はどうなるよ？　警察は引き上げるけど、オレはここに住んでるんだぜ。しかもあの連中の真下だぜ。面倒な事は避けたいって思うのは人情だろ」

男は堰《せき》を切ったように鬱憤《うっぷん》を吐き出した。

「そりゃ上の階で人が死んでりゃ、オレだって悪いと思うよ。だけど、そうじゃなかったんだろ？　その女だって、話がこじれて騒ぎ出しただけかもしれないし。どうせああいうヤツが住んでる部屋にくる女なんだから、それなりのさあ、姦られちゃっても仕方がない女だったんじゃないの？　公衆便所みたいなさあ。そんなの声だけじゃ、判んないよ」

黙って聞いていた佐脇が、いきなり立ち上がった。

「もッ……申し訳ありません！」

ナニを勘違いしたのか、男は突然丸椅子から転がり落ちるように床に平伏した。

「なんだよ……なに謝ってるんだよ」

佐脇は冷たい目で男を見下ろした。

「アンタは何もしてないよ。まったく、なにもな。アンタが言う通りだ。みんな自分が可愛い。アンタが悪ガキにこの部屋で殴り殺されても、きっと他の部屋の連中は見殺しにして、警察に通報なんかしないだろうな。で、しばらく経って妙な臭いがするんで部屋を開けたら、腐ったアンタの死体がそのへんに転がってるってわけだ。因果は巡るってな」

佐脇は、座っていた椅子をテーブルの下に入れようとして、ガタンという音を立てた。

男はその物音に飛び上がった。

「自分の身になって考えるって神経が、ないってことだ。アンタも、おそらく、オレもな」

言い捨てるようにして、佐脇は男の部屋から出た。

不愉快だった。非常に不愉快。

だが、男の言うことを完全に否定する事も出来ない。だから、辛《つら》い。

その夜、佐脇は女を抱きたくなって二条町の「ちょんの間」に行った。旧知の田上がやっている店だ。この前拒絶された、瑠璃という女をどうしても抱きたくなったのだ。それも激しく。

だが、因縁浅からぬはずの佐脇を見た田上は、困った顔をした。

「佐脇さん……すんません。この通りや」

田上はいきなり玄関先で土下座した。

「あんたに来られると、困るんですわ。どうか、何も聞かず、今日のところは帰ってくれまへんか」

風采の上がらない小太り男は、チャンバラ時代劇で悪事がバレた廻船問屋そっくりに、床に額をこすりつけて懇願した。

「あんたを遊ばせると、不味《まず》いねん……堪忍や！　堪忍してや」

芝居がかって必死に拒絶する田上に、佐脇は一応訊いてみた。

「……誰の圧力だ？　君津か？　望月か？」

「言えまへん。堪忍してください」

奴らは搦《から》め手で来たか。佐脇は自分への包囲網がさらに狭まった事を悟った。だが、ここで無理強いするとやぶ蛇になるし、田上のみならず、お目こぼし売春で成り立っているこの一帯も商売出来なくなるだろう。

「判った。当分来ねえよ」

佐脇は、港近くの初めて入る古ぼけた酒場で深酒をした。

不快な気分を酒でごまかそうとしたのだが、こういう時に限って、浴びるほど飲んでも酔わない。グラスを空けるほどに、蒲生マンションの初老の男が言った事や、田上の這いつくばる姿が頭に浮かんで不快さが募る。どうしようもないと言えばどうしようもない。一言の下に否定出来ないから、余計にこの不快さは澱《おり》のように溜ってどろどろと渦巻く。

隣の席で飲んでいた男の話がひどくカンに障った。

「ナンパした女がよ、さあ始めようって時にイヤダとか言い始めたからよ、無理やりヤって山ン中に放り出してきてやったぜ」

「え？　カーセックスかよ」

「そうだよ。だいたい、車にすぐ乗ってくる女なんてバカでセックスするしか能がないんだからよ、出し惜しみするってのが間違いなんだよ」

隣の男は見るからに馬鹿面《づら》で、ハタチそこそこで短い金髪をいじりながらツレの男に自慢げに話している。ツレの男はまだマトモらしく、「レイプってのはちょっとなあ……」と話にノッてこない。

「馬鹿野郎。レイプが一番いいんだぜ。エラソーに抵抗する女の顔を何発かぶん殴るとポッキリ折れる、それを見たらピンコ勃ちするぜ。特にセレブ気取りのお高い女な。こんな田舎にセレブなんていねえっての。で、無理やり剝いて突っ込んだら、締まりが最高なんだよ。ぐいぐい姦ってるうちに気分とか出してきたら、乳首を思いっきり嚙んでやるんだ」

金髪男は、自分の武勇伝を喋りたくて仕方がない様子で、アクセサリーをちゃらちゃら鳴らしながら、相手が引いている様子にも構わずに喋り続けている。

「で、済んだあと、車から放り出してやるのよ。丸裸だとアレだから一緒に服も放り出すけどな。こっちが鳴龍会だと言ったら、女は全員、訴えたりしねえから」

佐脇のこめかみがぴくりと動いた。

「おいお前。あんまりテメエのマヌケ加減を宣伝しないほうがいいぞ」

「あ?」

金髪男は鼻先で嗤うような顔をして佐脇を見返した。

「意気がってるんじゃねえよ、オッサン。自分がもう勃たねえからってよ」

次の瞬間、金髪男は飲み屋の床に倒れ込んでいた。一瞬にして佐脇の拳が鳩尾《みぞおち》にめり込んだのだ。

「な、なにしやがる……オレは鳴龍会の」

佐脇は男の顔を思い切り踏みつけた。前歯が折れる鈍い音がした。

血を吐いて、なんとか起き上がろうとする男の股間もすかさず蹴り上げた。

「お、おい」

ツレの男がスツールから腰を浮かした。仲間を助けたいが、佐脇が凶暴そうなので判断に迷っているのが見て取れた。

「手を出さないならお前には何もしない。このまま消えろ」

佐脇がじろりと睨むと、ツレの男はドアから飛び出して行った。

それを見た佐脇の背後に、金髪が音もなく立ち上がった。手にはビール瓶があった。

しかし佐脇は振り返りざまに男の顔面中央に拳を叩き込むと、中腰だった股間に何度も蹴りをいれた。

身体をくの字に曲げて崩れ落ちそうなところを、勤務外とは言え公僕たる男は何度も膝蹴りし、後頭部に肘打ちした。

床に倒れ込んだ男の股間を、執拗に、何度も蹴った。

「もう……いいんじゃないの」

佐脇の正体を察した老婆といっていい年齢のママが声をかけた。

「たぶんもう、使いものにならないよ」

金髪男は、股間を真っ赤に染めて、ぐったりして動かなくなっていた。

ママが言うように、死んではいないが、股にある男のモノはもう使いものにならないかもしれない。

「こいつ、よく来るのか？」

「最近、二、三度ってとこかねぇ。組員じゃなくて準構成員じゃなくて」

「チンピラ見習いってところか」

佐脇は携帯を出して鳴龍会の伊草を呼び出した。

「オタクも、人事には気を配ったほうがいいぞ。暴力団にも採用試験が必要かもな。今ここにオタクの出来の悪い末端がひっくり返ってるんだが」

数分後に、金髪野郎より多少マシな外見のチンピラが二人、後始末にやって来た。

「迷惑料だ。こっちはママの分」

佐脇はカウンターに万札を数枚置き、ママにも数枚手渡すと、店を出た。

第四章　異端と正統

翌日。佐脇に異動の内示が出るまで、あと五日。

佐脇は更に三郷地区で聞き込みを続けたが、成果は上がらなかった。ヨシコとその姑から聞き出した以上の事を話せる住人はいなかったのだ。

なんとか美寿々の冤罪を明らかにして、望月＝君津のラインの欺瞞《ぎまん》を明らかにしなければ、自分の平安が保てない。

佐脇を駆り立てているのは、社会正義でも職業倫理でもない。私利私欲のためだ。自分の生活を守る為には、それを阻むものはすべて排除しなければならないのだ。

その為にも、美寿々に有利になる情報をかき集めなければならない。早急に。

この辺の住人が、都会と同じように他人に関心がない、とは思えない。田舎にはプライバシーはない。家族構成から年収、一族郎党の学歴に社歴、酒癖に女癖まで丸裸状態なのだ。それなのにあまり情報がないという事は、美寿々一家が新参者で、都会人の流儀で不必要な事を喋らなかったのか、逆に隠していたとしか考えられない。

美寿々一家についてはそれで納得出来なくもないが、夫側の、「西松」一家についても同様に情報がほとんど得られないのはどういう訳か。

西松はこの地区の人間で、いわば「身内」だから、警察にいろいろ喋るのも憚《はばか》られるという事なのだろうか。地域の連帯感というやつか。それとも、西松が曰《いわ》くつきの一家で、後難を恐れているのかも……。

佐脇がいろんな可能性を考えつつ河出市内を歩いていると、携帯電話が鳴った。

「鳴海署の佐脇さんですか？　お仕事中にすみません。私、昨日お目にかかったヨシコです。あの……西松美寿々さんの近所の家の嫁ですけど」

ああ、あの嫁いびりされていた、と思わず言いかけたが、辛《から》くも踏み止まった。

「どうも。あの時はご迷惑をおかけしたようで。その後、お姑さんとは大丈夫でしたか？」

「あの人はいつもああですから。今、お忙しいんでしょうか？」

明るい声で話すヨシコは、何やら佐脇に言うことがありそうだ。佐脇も、この嫁からは改めて詳しく話を聞く必要があると思っていた。

「それじゃ今からうちに来ていただけますか」

ヨシコは意外な事を言い出した。

「しかしご自宅では、またあなたのお姑さんが」

「大丈夫です。今日は姑に邪魔はさせません。あの……美寿々さんの家のことや、いなくなったご主人のことで、刑事さんがご存知ない話を、私、いろいろ知っているんです」

佐脇としては、嫁姑の争いに巻き込まれたくないので外で会いたかったが、ヨシコは今から自宅でとこだわった。

外で会うのは、あの姑に邪推されるから嫌なのだろう。

そう解釈した佐脇は了承した。すでに日は落ちている。夕食どきだというのが気になったが、まさか一家の食卓に招かれるわけではないだろう。

ヨシコはてきぱきと、車は離れたところに停めて、家の前の農道からは一本離れた別の細い道を通って、裏の雑木林から敷地に入ってきてくれと道順を指定した。

「林の中の道に沿ってうちの裏の生け垣があって、小さな門があるので、そこから……納屋を通り過ぎると勝手口ですから」

表から入られるのは都合が悪いらしい。近所の手前ということなのか。

指示された裏の道は、表の舗装された農道と違って、昔からあるような、ごく細い道だ。道沿いの雑木林は、かなり離れたところにある美寿々の実家の裏まで、ずっと続いている。田んぼの中の林に入ると、あたりはほぼ真っ暗になった。虫のすだく音が聞こえる。

行く手に見える大きな二階屋が、目的地だろう。二階にだけ明かりが灯《とも》っている。

裏木戸を抜け、納屋を過ぎると、見覚えのある表の庭が見えた。広い敷地には、嫁が使っている白い軽自動車が一台だけ止まっている。

してみると、この一家は外に食事にでも出ているのか？　たしかに大きな農家は静まり返り、人の気配がない。一階にも電気が点《つ》いていない。

「どうぞ、お入りになって」

家の表側をのぞき込んでいた佐脇に、うしろから小さな声がかかった。若い嫁が、勝手口を引きあけ、ドアノブを握って佐脇を見ている。

家の中は暗かった。新築の建材の匂いがする。裏の部分を増築か改装したのだろう、壁も床も、真新しい感じだ。

「こちらから上へどうぞ」

嫁は前と同じ、ジーンズにTシャツという地味ななりだ。だが、すらりと伸びた脚にぴたりと貼りつくデニムの生地は、子供を一人産んだ女とは思えない、スレンダーな躰のラインをあますところなく見せつけている。きゅっと上がったヒップから引き締まったウェストの曲線は、なんともそそる。

先に立って階段を昇っていく若い女の後ろ姿に、佐脇は思わずむらむらとした。

ジーンズは、いわゆるローライズというタイプだ。股上が浅く、まかりまちがうとヒップの割れ目が見えそうだ。白いTシャツの裾とのあいだに、背中の素肌が見え隠れしている。いや、素肌だけではなく、一瞬だが、はっきりと下着のレースが見えた。階段の照明が暗くて見えないが、黒か紫か、とにかくセクシーな色だ。

佐脇の視線を感知したかのように、ヨシコが振り返った。

「気をつけてくださいね。この階段。急だし、すべりますから。私、義理の母にここから一度、突き落とされたことがあるんです。その時は流産ですみましたけど」

恐ろしいことをさらりと言った。

「生まれる前に男の子じゃないと判ったからかもしれません。思いっきり突き飛ばされたのに、誰も信じてくれなくて。姑は、たまたまよろけて私に手が当たっただけだって……」

「警察には言ったのか」

「言いましたけど、同じでした。夫や舅《しゅうと》と同じで、私の言うことなんか信じてくれません。誰よりもお孫さんを楽しみにしているはずのおばあちゃんが、そんな恐ろしいことをするはずはないでしょう。今は過敏になってるんです、どうか奥さん落ち着いて、なんて言われました。まるで、頭がおかしい人を見るような目で、私を見て」

明るく話していたヨシコの顔が曇り、声が震《ふる》えた。一番嫌な事を思い出させてしまったらしい。

佐脇は話題を変えたくて質問した。

「今晩は、ご家族のみなさんは？」

「義理の両親も、夫も、夫の妹も、全員で温泉旅行に行ってます。連休ですから。私は仕事が休みの時ぐらい家のことをしろと言われて留守番ですよ。今日は一日かけて、家中を磨き上げていました」

自嘲するように嫁は言い、階段を上ったところにあるドアをあけた。

「どうぞ。狭いところですけど」

応接室を予想していたのに、そこが夫婦の寝室であることに佐脇は驚いた。農家の一室とは思えない、都会のマンションかと思うほどモダンなつくりだ。

フローリングの床に、シングルとセミダブルのベッドが一つずつ。きちんとメイクされたベッドには、象牙色のカバーがかけられ、部屋じゅうに何やら良い香りが漂っている。

床と同じ、焦げ茶色で統一されたサイドボードにガラスの鉢がおかれ、そこに乾燥した花だか草のようなものが入れられていて、良い匂いはそこから発していた。

部屋全体が間接照明でほの暗く、官能的な雰囲気だ。

「娘は実家に預けました。だから明日の朝まで、この家にはほかに誰もいません。お話しする時間が、たくさんあるってことですね」

ヨシコはそう言って、振り向いた。

白いTシャツを、形の良い胸がツンと持ち上げている。真っ白なコットンの下に、紫色のレースが透けている。農家のけなげな若妻という地味ななりの下から、匂いたつような色気が発散していた。

背は高くないが、均整がとれて引き締まった躰つき。決して派手ではないが、よくみると整った、愛らしい顔立ちだ。全身から漂う清潔感が、妙に官能をくすぐる。

「おれがあんたの旦那だったら、一人で留守番なんかさせないけどな」

佐脇は言った。かなり本心だった。

「どうなんでしょう。二人目の子を流産してから私たち、セックスレスなので」

ヨシコは薄く笑ったが、そこで真剣な目になった。

「この辺では、美寿々さんのご主人について、あまり誰も話したがらなかった……そうだったんじゃありませんか？」

ヨシコはズバリと言い当てた。

「私なら話せます。元々ここの人間じゃないから。でも、私の口から聞いたってことは、人に言わないいんでほしいんです」

「口が堅いのは刑事の鉄則だからね」

ヨシコは、突然、妖艶な笑みを浮かべて佐脇を見つめた。

「いっそ、人に言えないことを共有してしまうっていうのは、どう？」

彼女は、ほっそりした両腕を交叉させ、白いTシャツの裾を摑むと、一気に頭から脱ぎ捨てた。

真っ白い肌に、紫のレースのブラが、鮮烈なコントラストで佐脇の目に飛び込んできた。

「下も、お揃いなんだよな。勝負下着を見せてくれる気はないか」

魚心あれば水心。阿吽の呼吸で、佐脇に促されるままに、若妻はかわるがわる両腿を持ち上げて、すらりとした両脚からジーンズを抜き取った。

真っ白な躰に、紫のレースのブラにペアの紫のTバックというきわどい姿で、彼女は佐脇の目の前に立った。

「旦那とセックスレスなら、その下着は何のためだ？　出会い系でもやってるのか」

「まさか。刑事さんのために買った、と言っても信じてもらえないでしょうね」

と、ヨシコは事も無げに言った。

「姑がタンスをあけて、私のものを漁《あさ》るんです。いろんなものを捨てられました。これよりずっと大人しい下着だって、何度も。そして私のことをあばずれ女とか、淫乱だとか」

「旦那は黙っていたのか？」

「母さんに悪気はないんだ、我慢してくれというばかりで。いっそ頭がおかしいのなら入院させたり出来るんですけど、ただもう悪意の塊《かたまり》なので……」

「悪気はないって言い草は、人殺しどもの言う、殺意はなかったって言い訳そっくりだよな」

佐脇は思わず言った。

同じ殺人でも殺意の有無で量刑が変えられる。今までに挙げた犯人のうち、この言い訳で重罪を逃れた連中の顔を思い出して、佐脇は腹が立ってきた。同時に、この魅力的な若妻の不甲斐ない亭主にも。

据膳はいただく主義だが、まったくの素人相手の場合、さすがに幾許かの躊躇《ためら》いはある。しかし今や、佐脇にはそういう遠慮はまったくなくなっていた。

ブラに手をかけて外そうとする彼女を、佐脇はとめた。

「せっかくの下着だ。つけたままやろうじゃないか」

ヨシコは嬉しそうに広いほうのベッドに乗った。佐脇は彼女に覆《おお》いかぶさると、ほどよい大きさのバストを揉みながら、その唇を吸った。

若妻は光の速さで反応した。性的刺激に飢えていたのかすぐに喘ぎ始め、レースごしにも乳首が堅くなったのが判り、佐脇にTバックの腰を激しく擦りつけてきた。

「姑は私の顔を見れば、浮気をしている、パートの仕事は男漁りの口実だ、子供だって誰の種か判ったものじゃないって……夫は、母さんに悪気はない、年寄りの言うことだからお前が大人になって我慢してくれと。全然私の味方をしてくれないんです。……どうせそんなに疑われて、そんな扱いを受けるのなら、いっそ本当に浮気でも男漁りでもやってやろうじゃないと、ずっと思っていたんです」

若い嫁は佐脇に愛撫されながら息をはずませ、口走った。

「大事にしていないものを盗まれても自業自得だよな」

「そう。大切なものなら、それなりに扱えって事です。奴隷だって叛乱を起こしますよ」

ブラは柔らかいレースで、ワイヤーのような無粋なものは入っていない。

レース越しに乳房を揉み、乳首を吸って、やがてブラを押し下げて乳房を露出させた。

「人間と言うのは感覚が麻痺するのかね。あんたみたいな美人が毎日そばにいると、その有り難さが判らなくなるのかね」

そんな事を言いながら乳房全体を舐め、揉み上げ、乳首を舌先で転がした。

「はああ……」

ヨシコは正直に熱い吐息を漏らし、全身を震わせた。

「部屋を明るくしろよ。あんたのすべてを見たい」

佐脇の手は、乳房から脇腹を経由して下腹部に降りていき、Tバックの細いクロッチの上から秘部を撫でると、そこはすでに熱い湿地帯と化していた。

「ねえ……私から言うのは恥ずかしいんですけど……い、入れて……入れてください」

「うん。でもまあ、時間はたっぷりある事だし、じっくりいこうや」

彼は紐のようなクロッチを引っ張って若妻の恥裂に食い込ませると、クイクイと操って秘核や小陰唇を摩擦して、じわじわと攻略にかかった。

「あ。あああ……」

セックスの手管に慣れていないのか、よほど飢えていたのか、それだけでアクメの波が起きて、簡単に飲み込まれてしまった。

彼女は秘毛をキレイに処理していたが、形よく刈り込まれたヘアーに縁取られた股間がぐっしょりと濡れ、ひくひくと痙攣する眺めを、佐脇は堪能した。

「まさかあんた、ダンナが唯一の男なんてことはないだろうな」

「その、まさか、です……今でも田舎はそんなもんですよ」

そういうことを聞くと、佐脇の嗜虐《しぎゃく》心が刺激された。

クロッチの下に指を滑り込ませると、堅く膨らんだクリットをころころと転がしつつ、花びらの中に指先を差し入れた。

「は。はあっ!」

それだけの刺激でも、彼女には強烈すぎるようだった。

ぷりぷりした果肉は若い娘そのままの感触で、中にはヌルヌルした本気汁が溢れていた。

ラビアの内と外を挟むようにくじり、果肉を擦り上げ、クリットを潰すように押してやっただけで、ヨシコの息は完全に乱れて、激しい痙攣を起こすと、そのまま一気に絶頂に達してしまった。

「ひとりHはするんですけど……やっぱり、誰かにしてもらう方が、凄い……」

彼女は桜色に火照った顔をほころばせた。その笑みがなんとも色っぽい。

佐脇は、間髪を入れず、次の段階に進んだ。

Tバックを穿かせたまま彼女をよつんばいにさせると、クロッチを脇にずらして、後ろから挿入した。

「あああああ」

予想もしない狂乱を見せたヨシコは、その官能の命ずるままに、くびれた腰をくねくねと振った。

「あの……初めてなんです」

「なにが。後ろからってことか？」

彼女はこくりと頷いた。

「なんか、すごく刺激的で……腰が抜けてしまいそう……」

ヨシコはそう言って背中をくいくいと反らした。

「そうか。じゃあ、もっと刺激的にしてやろうか」

そう言った佐脇は、いきなり肉棒を抜いてしまった。

「あ」

彼女はオアズケを食った子供のような声を思わず出した。

「心配するな。これでやめる訳ないだろ。窓際に立てよ」

近くにある家は、美寿々の、今は誰も住んでいない実家だけだ。それ以外の家は、窓からは見えない。

「さあ、立ってケツを突き出せ」

ヨシコを窓に向かわせて、後ろから突いた。

家の前の農道を通る車も人もなく、まわりはほぼ見渡す限りの水田と畑。人目が無いとはいえ、若い嫁は、あたかも近所じゅうに見せつけるように不貞を働くという大胆な行為に強い刺激を受けたのか、さらに激しく乱れた。

「あああ。こ、こんな凄いなんて……」

「もっと凄くしてやるぜ」

佐脇は、外に音が漏れそうなほど、湿り気を帯びた肉の音を立てて抽送した。

後ろから思い切り突き上げられるたびに、ヨシコの全身は大きく反り返り、ヒップを左右に揺らした。

貞淑だった若妻は振り返って淫靡に微笑み、下着だけの裸身を陶酔が支配していた。

すでにヨシコは、夫や姑への意趣返し以上の喜悦を貪《むさぼ》っているようだ。

佐脇が激しく突き上げれば突き上げるほどに、ヨシコの秘部からは淫液が溢れだし、その肌はいっそう汗ばむ。

後背位のせいか、秘腔の淫肉はぐいぐいと彼の男根を締めつけた。

やっぱり、普通のセックス以上に燃えるだろ？　まるで悪漢に無理やり犯されてるみたいだもんな、と口にしそうになって、やめた。そんなことを言っては野暮というものだ。

しかし、ヨシコはそれに答えるように、腰を妖しく振った。

もっと泣かせてやろうと、彼は手を伸ばして、女盛りの豊かな乳房を揉んだ。

「あっ。ひいいい……」

乙女のような桃色の乳首を乱暴に摘み、引っ張り、ぐりぐり責め苛んでやると、若妻の声音はさらに悦楽一色に染まった。

その柔肉は吸いつくように佐脇のモノにまとわりつき、じわじわと締め上げる。

「こんな腐った家の中に閉じこめとくには、惜《お》しい女だな、あんたは……」

「あうっ。はあああぁ……」

彼は激しく腰を使い、ヨシコの一番奥まで踏み込んで、突きまくった。

女の躰からどっと汗が吹き出てきた。快感のあまりか、若妻の腰はいっそうくねくねと、淫らに揺らめいている。

「ああ……も、もう、なにがなんだか」

彼女の躰が一瞬硬直すると、がくがくと痙攣し始めた。

一度やってきた絶頂を越えると、また次の、より高い絶頂がやってきて、ヨシコはしばらくの間、肉体の嵐に翻弄されていた。絶え間ない法悦に、茫然自失の言葉にならない声を上げて、その喜悦を夢中で貪っている。

「あああっ……全部が溶けてしまいそうっ！」

次つぎと絶頂を迎えるたびに、彼女の淫襞はぐいぐいと男の肉棒を締めつけた。

「さあ、イくなら思い切って、イけッ！」

佐脇が背後から手を伸ばしてヨシコの乳首を強く摘みあげ、くりくりとくじったその瞬間、彼女の脚からは力が抜けて、そのまま崩れ落ちた。


「……こんな凄いセックスがあるなんて、知りませんでした……」

なんだか中毒になりそう、とヨシコは頬を染めた。

「ワイドショーとか週刊誌で、セックスに狂う人妻の話が出てきますけど、そういうのはごく一部の、変わった人たちの事だと思ってました……」

イきまくった痴態を佐脇に見られて、羞恥心《しゅうちしん》が薄らいだのか、ヨシコは紫の下着も脱ぎ捨てた、全裸のままだ。部屋に作り付けのホームバーに立って飲み物を作っている。

「バーボンがありますけど、水割りにします？」

「ストレートでくれないか。いや、車で来てるから、トニックウォーターでいいや」

「あら。意外に律義《りちぎ》に法律を守るんですね」

ヨシコは揶揄《からか》うように言ったが、こういう部分で気を抜いて捕まっては、君津たちの思う壺だ。連中は佐脇の失点を鵜《う》の目鷹《たか》の目で追っているのだ。

それにしても、ホームバーはなかなか本格的な仕様だった。ミニカウンターはもちろん、そこそこ酒の種類を備えて、立派な両開きの冷蔵庫まである。

「凄い設備じゃないか。まさかこんなものがあるとは誰も思わないよ」

だが若妻は、「近所に見栄を張りたいだけですよ」と、ニべもなく言った。

「五千万かけて二世帯住宅にリフォームしたって誰にでも自慢するんです。なのに、この部屋、カギも無いんですから」

姑に何度も覗かれて、夫とセックスレスになったのはそれもあると、若妻は言った。

「何かというと五千万って恩を着せられて……つくづくイヤになりました」

「だったら、出てしまえばいいじゃないか。こんな家」

佐脇は思わず言っていた。

「仕事なら紹介してやるよ。託児所つきで母子二人、食べて行ける仕事だ。あんたなら稼げる。美人だしスタイルもいいし……ちょっと化粧を濃くして派手な格好をすれば」

「それは夜のお仕事でしょう？　刑事さん、副業にスカウトなんかしていいんですか」

「ああ、結構やってるよ。これでもスカウトの腕はいいんだ」

佐脇がそう言うと、若妻は笑った。初めて見る、心からの笑顔だ。

「仕事なら、私、簿記の資格を持ってるから、ホステスとか風俗やらなくても、食べてはいけますよ。実家に帰ってもいいし」

「じゃあ、なぜ出て行かないんだ?」

佐脇の言葉に、ヨシコは、虚を突かれたように「あ」と言った。

「言われてみればそうなんですよね。……なぜなんだろう?」

彼女は今気づいた、というように不思議そうに首を傾げた。

「意地になってたのかもしれません。さんざんひどいこと言われたり、流産までさせられて、ここで逃げたら負けだって……。でも、そんなこと意味ないですよね、考えてみれば」

ヨシコは真顔で佐脇を見た。

「そんな勝負に勝っても、全然意味ないですよね。五千万円の家なんかなくても、こうして楽しいセックスできるほうが、よほどいい人生じゃないかって……」

「あんた、どうせ出て行くなら、取るもの取ったほうがいい。おれが紹介できるのは夜の仕事だけじゃない。離婚に強い弁護士も知ってるぞ」

佐脇は乗り気になった若妻に、いくつかの知恵をさずけた。

「で……いいことをした後に、色っぽくない話で申し訳ないんだけど」

「判ってます。美寿々さんのご主人のことですよね」

ヨシコは、今晩の本題に入った。

「この村の年配の人たちで、あの一家を表立って悪く言う人はいないでしょう。でも、美寿々さんのご主人の家がここにないのは、借金のカタに取られたからなんです」

前にも言ったように、この地区のはずれ近くにある建設資材置き場、そこに美寿々の亭主の実家があったのだと、若妻は言った。

「母親学級で知りあった、この辺のママさんたちから聞いたんですけれど、美寿々さんのご主人はかなりのイケメンで、高校時代はずいぶんモテていたとか。親にも可愛がられて……でもそれで人生を舐めてしまったっていうか、就職しても続かなくて、人に使われるのは嫌だ、起業するって家からお金を持ち出して。たいしたお金持ちの家じゃなかったんですけど」

そんな半端なヤツが始めた商売が軌道に乗るはずもなく、実家の家も農地も抵当に取られ、揚げ句の果ては一発逆転点を狙ってギャンブルにはまり、競輪競馬の傍《かたわ》ら、国道沿いのパチンコ店に入り浸るようになって、あげく筋の悪い金融に手を出した。

美寿々の一家が、都会から隣に引っ越してきたのは、西松の家が借金漬けになる、少し前のことだったという。

「西松さんは、女子大生だった美寿々さんに、しきりに言い寄っていたそうです。自分はモテるって自信があったんでしょうね。帰り道を待ち伏せしたり、いろいろと」

しかし美寿々の両親は二人の交際に反対で、美寿々が付きまとわれないよう、必ず大学への通学は最寄り駅まで、両親のどちらかが送り迎えをしていたらしい。

「その後ですよ。美寿々さんのご両親が突然の事故で死んでしまったのは。連休にご夫婦で霊場めぐりのドライブ旅行に出かけた矢先のことで、美寿々さんは就活があるから同行していなかったんです。ブレーキ故障が原因の、転落事故だったそうです」

その事故についても、当時あれこれ囁《ささや》かれた噂はあったという。事故の前夜、美寿々の家のガレージからコソコソと出てきた人影を見た、あるいは、同じ時間帯、美寿々の家に通じる農道の入り口に、西松秀臣の車がとめられているのを見た、などの噂だ。

「でも、警察には誰も何も言わなくて……。そういう土地柄なんですよ。陰ではいろいろ言うけれど、表立って何かをしようとか、ハッキリものを言おう、解決しようなんて、誰も思わないんです」

そして一瞬のうちに両親を失い、天涯孤独となった美寿々につけ込んだ西松秀臣は強引に関係を結び、結婚に持ち込んだ、ということらしい。

「美寿々さんが結婚してすぐ、ご主人の実家は売られて更地になって、そのまま一家全員で、あのうちに転がり込んできたみたいですよ」

「で、夫婦仲はどうだったんだ？　美寿々と亭主は仲良くやってたのか」

若妻は薄く笑った。

「この辺の基準では、まあ普通でしょうね。ご主人はギャンブルをまた始めていたし、お舅さんは美寿々さんにセクハラをしていたそうだし、お姑さんの嫁いびりも、うちよりは少しキツい程度だったから……この辺の年寄り連中に言わせれば、普通ってことです」

「おいおい。それは物凄くいびられてるってことじゃないか？」

佐脇はベッドから半身を起こした。

美寿々の家に丸ごと転がり込んでいたこともそうだが、夫一家が美寿々の事件後、世間の目に耐えられず失踪したという話は、明らかにおかしい。

美寿々が有罪になれば、家の乗っ取りは完成するはずではないか。この辺の連中は、夫一家の味方なのだし。

何かがある。

佐脇は、刑事の勘が激しく疼《うず》いた。

＊

翌日。佐脇に与えられた時間は、あと四日。

君津の顔も見たくない佐脇が、鳴海署内の食堂でタバコの煙をもうもうと立てながら、美寿々の事件の調書の何度目かの読み返しをしていると、水野が携帯電話を鳴らした。

「佐脇さん。署長がお呼びですよ」

日常のルーティン・ワークを完全にサボって好きに動いている佐脇は、そう言えばこのところ水野ともろくに話をしていない。

その水野は、君津の命で佐脇と組むのを外されて、光田が主任である捜査班に入っている。担当しているのは他でもない。目下、鳴海署最大の事件である、逃亡犯の植園の件だ。

署長室に行く前に、佐脇は刑事課に顔を出した。

「お前らに結果が出せないもんだから、どうやらオレにもお鉢が回ってきそうだな」

水野や光田を眺めて、佐脇は鼻先で嗤った。

「ま、猫の手も借りたいのは事実だよ。こんな田舎でも、隠れるところは山ほどある」

「鬼ごっこの鬼がトロけりゃ、逃げる方もラクチンだよな」

「何とでも言え。こっちは、予算に制約があるとかの、いわゆる『大人の事情』で人員が貰えないんだ。その中でなんとかやり繰りしてるんだが……」

佐脇がお約束のように返した軽口をまともに受けた光田の顔には、苦渋が浮かんでいた。

「たとえばこっちが潜伏先を割り出して、行ってみたら空振りとか、入れ違いに逃げられた直後だったりして、どうも、妙なんだ。まるで……」

そこまで言うと、反射的に刑事課の中を見回すようにして、言葉を切った。

光田が何を飲み込んだのか、佐脇には簡単に察しがついた。

「……とにかく、君津御大には早くカタをつけろとせっつかれるし、こうも空振りが続くと、オレもお前みたいにグレちゃいたくなるぜ」

最後は笑って〆《しめ》たが、光田はかなり消耗しているのが見て取れた。

「そうか。グレたくなったらいつでも言ってくれ。オレがグレ方を指南してやる」

佐脇は、署長室に向かった。

「君には、この前、人事の話をしたな?」

デスクに座った望月は、でっぷりとして伸び切ったゴム仮面のような顔を書類から上げて佐脇に向けた。

「で、その後の君の勤務態度だが、要するに、例の人事案を甘んじて受け入れるって事なのかね?」

「受け入れるも何も、それで決まりでしょ? そっちがそう決めたんなら、それでキマリでしょ? 無駄な抵抗はエネルギーを浪費するだけですからな」

「君は……警察をなんだと思ってるんだ」

「ただの一つの職業だと思ってますよ。お給料を戴けるお仕事だと。職業に貴賤《きせん》ナシと言うじゃないですか」

言葉の誤用なのか当て擦《こす》りなのかよく判らない返球を受けて、望月の顔には険しい色が浮かんだ。

「君。君には警察官としての誇りや自負と言うものはないのか？　金で換算出来ないものがあるだろう。警察官たるもの、すべからく、警察官の本分を忘るる事無くだな」

「やめてくださいよ。私にそんな説教して、どうなると思ってるんです？　建て前はやめて、本音でいきましょうや。お互いヒマじゃないんだし……まあ、署長はヒマかもしれませんがね」

こういう応酬は、前署長の金子とは、ほとんど毎日の挨拶代わりにやっていたのだが、プライドの高い望月にとっては好むところではないのは明確だった。

「結構。どうやら君には、向上心というものはないようだね」

そう言うと望月は佐脇を見据えた。その冷たい目には意外に力があった。

「左遷されないよう業績を上げるつもりはないのか」

「仕事は、左遷されないように頑張るものじゃないと思いますがね。首の皮一枚、つながっていようといまいと、やる以上はきっちりやりますよ」

「……やってないだろう。君は」

望月は県警の中枢を歩んできた幹部として、強い口調で言った。

「君は、一匹狼を気取ってるのかもしれないが、そんなのは田舎の警察じゃあり得ない事だよ。たまたま今までは、上司がだらしないとか気が弱いとか、そんな恥ずかしい理由で君のワガママがまかり通ってきたんだろうが、私が署長である限りは」

望月は佐脇から目を逸らさずに、言い切った。

「君の自由にはさせないよ」

「それは、上の方からの指示ですな。本部長ですか？　しかし、本部長がこんな田舎署のいち刑事の事をあれこれ知ってるとは思えないんですがね。ましてや県知事がわざわざ私を御指名というのもね」

「君は、自分で思ってる以上に、悪名高い問題警察官なんだよ。現職代議士を辞職に追い込んだ警官なんて前代未聞だ」

「それは褒《ほ》めすぎってもんです。今までどれだけの数の政治家が捕まってると思うんです」

「それは検察の特捜部がやることだ。我々はもっと身近な犯罪を担当する」

「スリ置き引きかっぱらい、空き巣に痴漢《ちかん》に強制わいせつ、それとカツアゲに暴行傷害といったあたりがテリトリーだっていうんですね。判ります。判りますよぉ」

完全に茶化す口調に、望月は乗って来なかった。

「……とにかくだ。このまま君が勝手な事を続けるんなら、他の者への示しもつかない。人事委員会に懲罰請求する事も考える」

「そいつは穏やかじゃないですね」

望月が腹を括《くく》れば、署長として佐脇を合法的にクビに出来ないことはない。怖いのはクビにした後のことだが、今、上からかけられている圧力はそれ以上なのかもしれない。

「佐脇君。今までもこういう局面になると、君は大きな手柄を引っさげて、クビを取り消させてきたんだよね。今回もそうしたらどうだ?」

そう言った望月は、微笑みさえ浮かべて見せた。

「警察としても、君のような有能な人材を、みすみす野に放つのは忍びないのでね」

「そういう取引を、署長がいつ口にするかと待ってたんですがね」

デスクの前で立ったままの佐脇も薄ら笑いを浮かべて見下ろした。

「そうですね……今、ウチでもっとも手柄になりそうなのは、あの植園って言う逃亡犯を捕まえてくる事でしょうね。光田がやってますが、全然成果が上がらないのはどういうわけです? 光田はまあ優秀な人材とは言えないが、馬鹿でもない。わざと犯人を泳がせておく局面でもない。仮に待てとか泳がせろとか指示が出ても、目の前にホシが居れば、絶対にパクる男ですよ、あいつは。誰とは言わないが刑事課長の君津サンみたいな、上司にべったりの茶坊主とは違いますからね。その光田が結果を出せないってことは、本当に手がかりがなくて八方塞がりなんでしょうな」

望月は返事をしなかった。こういうトラップ満載の会話に乗って来ないのは、県警中枢で揉まれてきたからだろう。ましてや捜査情報が植園に漏れている、あるいは誰かが漏らしているなどとは口が裂けても言うわけがない。

「とにかく……今の状況なら、君なりのやり方で植園を逮捕すれば、それで君の首は繋がるだろうな」

「やりましょう」

佐脇はニヤリと笑った。

「植園をしょっぴいてきてやりますよ」

「大きく出たな。とりあえず植園の所在を突き止める事だ。何か摑んだらすぐに報告したまえ。お得意のスタンドプレーは許さないから、そのつもりで」

「いいでしょう。取引成立と言う事で、よろしいかな」

「ああ、それと。言い忘れていたが、鳴龍会の伊草。知ってるな？　大幹部で君とは親友なんだろ？　アレをしょっぴいたから」

え？　と佐脇は思わず声を出した。伊草は鳴龍会の幹部だから今まで何度もパクられているが、事前の連絡なく拘束した場合でも、佐脇とは連絡が取れていたのだ。それが、今回はまったく彼に知らされる事がなかった。

「容疑はなんです？」

「直接は、昨夜、鳴龍会準構成員への暴行。その他にも叩けば埃《ほこり》は山ほど出るだろう。

そのへんの事は君が一番判っているはずだが」

望月は勝ち誇った笑みを浮かべている。

昨夜の暴行。それは、飲み屋でレイプ自慢をしていたチンピラを佐脇がのした件に違いない。後始末を伊草に頼んだのだが、それが回り回って妙な形で警察沙汰になったのか。

それとも、望月＝君津ラインがこういうチャンスを待ち構えていたのか。

初めて劣勢に立たされた佐脇は、咄嗟《とっさ》に返す言葉がなく、望月の思惑について考えをめぐらした。

「ほう？　佐脇君。君でも弱気になる事もあるのかね？」

温厚な印象を与える肥満体は、その分、攻め込む時にはひどく冷酷に見える。

「……いやね、鳴龍会副会長を挙げるのに、またチンケな罪状を使ったなと思いましてね」

「別件逮捕なんだから、罪状はなんだっていい。素人みたいな事を言うなよ、君」

初めて望月に軽くあしらわれた佐脇は署長室を出た。

伊草の身柄を確保した真の目的は、自分だ、と佐脇には判っていた。長年の自分と伊草の癒着を洗い出したいのだろう。佐脇に聞いても口を割るはずがないから、伊草に取引を持ちかけたに違いない。

アイツはどこまで喋るか。すでにどこまで喋ってしまったか。

痛いところを突かれた、と思った。しかも予想もしていなかった線だ。

佐脇は、久々に口の中が苦くなった。正直、伊草のラインはまったく考えてもいなかったのだ。

とにかく、当人に会う事にした。拘置所は遠いので、今の時間なら署内の取り調べ室にいるのは間違いない。

「よお。ご苦労さんだな」

佐脇が部屋に入っていくと、伊草は、食事をしていた。近所のレストランから出前させた、ワイン付きのステーキ・ランチだ。取り調べ中の食事は、当人が支払うから、何を食べても自由だ。しかし酒まで飲んでいるのは、完全に特別扱いされているいい証拠だ。

「おれは肉を食う時ワインを飲まないと、口の中がべたべたしてイヤなんだ」

ナプキンで口を拭いながら伊草はニヤリとした。ヤクザの大幹部は恰幅が良くて押し出しも立派だ。特にこの伊草は背も高くて、役者にしてもいいくらいに格好よく、ブリティッシュ・トラッドのスーツを着こなしている。そして、食事のマナーも一流だ。

「食事の時、重いワインは嫌いでね。肉の味を殺しちまう。若いボージョレーが一番でしょう」

「そんなに口が驕《おご》ってたら、刑務所入ると辛いだろ」

「おれは入りませんよ。ムショに行ってハクをつけるなんざ昔の話です。今のヤクザは前科前歴などない方がいい」

伊草はバターロールでソースを拭って食べると、皿を片づけた。

「で、これはどういうことなんですかね？　佐脇サン」

「すまん。こっちの内部の手違いだ」

伊草はパーラメントに火をつけて大きく吸い込んだ。

「なんだか雲行き、おかしいですよ。どうなってるんです？」

そう訊ねる伊草の顔には「判ってるんですけどね」と書いてある。

「取り調べてるのは君津だろ？　お前とおれとの美しい友情についてあれこれ訊き出したいんだろ。あいつは友情に飢えてるんだ。で、おれたちの仲を嫉妬《しっと》してる」

佐脇は真顔で言うと大きく頷いて見せた。

「佐脇サン。基本的に、おれとあんたとでは、住んでる世界が違う。隣り合ってるけど、違う。密着して交じり合っても、溶け合う事は決してない」

佐脇は黙って頷いた。

「おれとしては、これまでの実績で考えたいとは思っている。アンタは約束を守る誠実な相手だとは思っているが、しかし土壇場では未知数だ。どこまで信じていいのか判らないから、庇《かば》うにもおのずと限度ってものがある」

「判ってる」

誰しも、自分が一番可愛い。自分を犠牲にしてまでも他人を庇う意味も理由も義理もない。

「それはお互い様だ。おれはデカだが、最低の仁義は守る。しかしそれをお前に強要する気はない。おれだって、今はエラソーなこと言ってるが、最後の最後でお前を売るかもしれないしな。ネタは山ほどあるわけだから」

二人は意味深に笑い合った。

「ま、おれは、あんたの悪徳警官としての悪運の強さと、往生際の悪さを買ってる。潔《いさぎよ》いってのは、決して褒《ほ》め言葉にはならないんでね。どんなにカッコ悪かろうが、生き残ったほうが勝ち。そうじゃないですか」

まったくだ、と佐脇は応じた。

「とは言え、今回はお前に借りが出来た。この埋め合わせはいつか必ずするから」

「埋め合わせしてもらうには、あんたが失脚しないよう、こっちも協力しなきゃならんってことか……さすがに、ヤクザより巧妙な手口ですな」

伊草は余裕ある態度を見せた。

二人は、しごくドライな関係だ。兄弟仁義とか義理人情という日本的な、ウェットなしがらみで結ばれてはいない。お互い相手の存在が利益になりプラスになるから付き合っている。利用出来る存在でなくなれば、関係は切れる。しかし、利益共同体である以上は、そう簡単に相手を裏切ったり見捨てたりはできない。

だが、相手の判断に文句をつける事もできない。

望月＝君津ラインは、伊草にどんな取引を持ちかけるだろうか？　伊草は律義《りちぎ》な男だが、ビジネスマンとしての冷酷さも持つ。

佐脇としては、さらに一つ、時限爆弾を抱えてしまったことになる。しかも、この件に関しては佐脇がコントロールすることはできない。

動けるうちに動こうと、佐脇は署から出た。

望月に約束した以上、とりあえずは、植園確保に動くしかない。もちろん状況報告をきちんとする気などない。そんな悠長な事をしていれば、また逃げられるのがオチだ。

出来れば一人で植園を捕まえ、鳴海署に連行する前に、入院しない程度に、ヤキの一つや二つは入れてやるつもりだった。

植園の件の鳴海署の対応は、どう考えてもマトモではない。これだけ派手に騒がれた失態なのに、駅や港など出口を固めるばかりだ。光田を主任とする小規模な捜査班しか投入せず、マスコミにもさんざんコケにされている以上、本来は鳴海署の、いや、県警の威信にかけても身柄の早期確保に必死になっていいはずなのに、望月は何故か積極的に植園を逮捕しようとしていないように見える。

普通なら県警本部にも応援を要請し、近隣の警察署と合同の大捜査本部を立ち上げて、ローラー作戦で草の根を分けても探し出す作戦を決行するはずだ。なのに、今の態勢は、その反対だ。むしろ、植園に警察の動きが逐一伝わっている可能性のほうが高い。

これでは、なにかの時間稼ぎ、もしくは「捜査はしてますよと言うアリバイ工作」と言われても仕方がない。

光田自身は頑張っているのだろうが、裏の手とか奥の手を使わない、使えない男なので、こんな、限られた予算と人員では動きようがないだろう。

ということは。

佐脇は、ヤバい仮説に辿り着いた。

もしかして、望月署長としては、植園に自殺して欲しいんじゃないか……。

この捜査状況を見ていると、そう思えるフシがある。泳がせている間に、植園がプレッシャーを感じて、追いつめられるか観念するかして死を選ぶようにしむけているんじゃないか。表向きは光田にアリバイのための捜査をさせて、裏では誰かが植園に自殺をそそのかしている……？　だとしたら、どうして？

たとえば植園は、なにか大きな秘密を知っていて、それは捕まって起訴されて裁判の場で公にされたくない事なのか。誰にとって？　……望月や君津？

ならば、どうしておれにも植園を追わせるんだ？　おれがしゃしゃり出ると面倒な事になるんじゃないのか？　いや、おれが出張っても植園は捕まらないと望月＝君津は考えているのか？

佐脇はさまざまな可能性を検討しつつ、考えを整理しようと愛車バルケッタに乗り込むと、港に走らせた。

鳴海港のどんよりした海を眺めていると、妙に頭が冴える。この冴えた頭で整理した事を伊草にぶつけて、反応を見てみてもいい。

その時。

バルケッタのバックミラーに、尾行してくる車が映った。署からずっと尾けてきている。

佐脇はスピードを落として車間を詰めて、車の主を見た。

君津だった。

佐脇は、港に向かう道を左折して、隣街に向かう国道に乗った。君津もぴったりと後をつけてくる。

次の大きな交差点をバイパスに折れてみた。それでもついて来る。これはもう、偶然同じ方向に走っているのではない。尾行されているのだ。

撒《ま》いたり振り切ったりするのも面倒なので、沿道のラーメン屋の駐車場に車を止めて外に出ると、すぐに君津のシルバーのサニーが滑り込んできた。

「おお、刑事課長殿。課長もラーメンですか。塩分の摂り過ぎは高血圧になりますぜ」

「署の中で話すとはぐらかされるし、ツッコんだ話も出来ない。前置きなしで君に言いたい」

君津は軽口には取り合わず、先を急ぐように話し始めた。

「ちょっと待ってくださいよ。オレはラーメンを食いに来たんです。どうです？　ご一緒に。ラーメンくらい奢《おご》りますよ。ただしチャーシューメンにしたかったら、差額は払ってください。オレ、薄給なんで」

「だから。そういうチャチャを入れるな。用件はすぐ済む」

佐脇と同期だが先に出世した上司は、声を荒らげた。

「佐脇。お前は、勝手にラインを離れて趣味の捜査をやっているようだな。それも、すでに判決も確定した事件を。なんでだ？　あの事件にお前の身内でも絡んでるのか？　自分の仕事そっちのけで動くほどのナニがあるんだ？」

君津は猜疑心《さいぎしん》に満ちた視線で、佐脇を睨みつけている。

「どうせあの女にたぶらかされたんだろう。メロドラマみたいな泣き言をベッドでさんざん聞かされて。見かけによらず純情なんだな、お前も。佐脇といえば女泣かせで有名なのに、それが女に泣かされてるとは、お前もヤキが回ったか」

挑発するように言うと、君津は、真っ赤なバルケッタのボディに指を這わせて、つつつと落書きでもするように動かした。

「お前があの女のナニに反応したのか知らないが、アレは公衆便所だ。シレッとした顔したヤリマンだ。ろくなもんじゃない。作り話がうまいのもああいう女のお約束だ。虚言癖か、小説家もびっくりな想像力の持ち主か、女優にしてもおかしくない演技力だか知らないが」

君津は真剣な表情になって佐脇を見据えた。

「とにかく、あの女の言ってる事は信じない方が身のためだ。取り調べをしたオレが言うんだから間違いない。まあ、あの女にハマったヤツが多いのは知ってる。口先ひとつ、カラダひとつが商売道具なんだから、そりゃアッチの案配だっていいだろう」

「アンタが取り調べをしたからこそ、信用ならないんじゃないか。あんたは自分を買いかぶってるな。おれはあんたが、明白な冤罪をでっち上げた事を知ってるんだぜ」

佐脇は、五年前の一件を持ち出した。例の、単純な事務所荒らしの冤罪事件だ。

「あんたはあの時、拷問まがいの取り調べで少年を自白させたが、物的証拠は揃えられなかった。そりゃそうだ。あのガキは犯人じゃなかったんだから」

「……なんの事かと思ったら。完全に忘れていたよ。だがあの件は、西松美寿々の件と同様、すべて決着している。証拠だってきっちり揃えた」

「そりゃ捏造《ねつぞう》したんだからツジツマは合いますわな。でもね、おれは、あの件で、現場にあった指紋と、あんたが犯人に仕立てあげた少年の指紋が、実は一致してなかった事を知ってるんだがね」

君津は一瞬、激しい動揺を見せた。

「意味ないだろう、今更……あの件はすべて終わってるんだぞ」

「そうかな。あんたには自分のストーリーに合わせて犯人をでっち上げる、そういう困ったクセがある事を立証する、いい事例だと思うがね」

「お前……どういうつもりだ?」

君津は、佐脇の真意を探ろうと値踏みするように眺めた。

「まさか、そんなチンケな事で今、おれと取引しようってワケじゃないだろうな」

「違いますよ。あんたが失脚した時に、溺れる犬の頭をぶっ叩く棒っ切れ代わりに使おうとは思ってますがね。察するところ、あんたにも疚《やま》しい事があるから、西松美寿々の一件が気になるんでしょ? 終わった事件だと言うなら、あんたも大きく構えてりゃいいのに」

望月がデクノボーで、実動部隊の君津が筋書きを書いているのかと思ったら、どうやらそれは違うようだ。見かけによらぬ策士で、すべての絵を描いているのが実は望月で、むしろ君津は、義理の父の足を引っ張っているのではないか?

そして望月は先まで見据えているが、この男は目先の事しか考えられないようだ。

佐脇には、そういう構図がハッキリ見えた気がした。

「じゃ、ラーメンよりもっと美味い物を食いたくなったので、失礼しますよ、刑事課長殿」

佐脇は、さっさとバルケッタに乗ると、そのまま振り返る事もなく走り去った。


柳沢修一に会おうと思い立った。ヤツから話を聞き出せば、美寿々の事はもちろん、植園の事もいろいろと判るだろう。ヤツは明らかに、過去に何らかの秘密を抱えていて苦しんでいる。そろそろ吐き出したくなっている頃合いだろう。

この前の感じでは、あと一押しで落ちる。

佐脇の勘はそう告げていた。

佐脇は、ふたたび、修一のアパートに向かった。

安いコーポの鉄の階段を駆け上がってみると、そこには柳沢の部屋のドアノブに手をかけている女がいた。

「あ」

佐脇を見て、ぎょっとしたように目を見開いた女は美寿々だった。一瞬、緊張が全身にみなぎる気配を見せたような気がしたが、すぐにいつもの物憂げな様子に戻っていた。

「彼と連絡がつかなくなって……心配だから来てみたんだけど、部屋にはいないみたいで」

「柳沢修一は仕事に出ているのか？」

「いえ……このところは、自分の部屋でプログラミングをしているとか……」

佐脇は彼女を興味深げに眺めた。どうしてこの女は柳沢の日常を詳しく知っているのだ？

まあいい。どうせ訊いてもまともな答えは返ってこないだろう。それよりも、柳沢の事が気になる。

「大家に鍵を開けさせよう」

こういう時、警察官と言う身分は便利だ。礼状などなくても強い口調で要請すれば、だいたいの家主は鍵を開ける。だが大家は迷惑そうだった。

「なんですか？　自殺とか？」

「いえいえ、そうじゃないと思うんですけどね、連絡が取れないと言う事で」

「嫌ですよ、妙な事になるのは。ただでさえ最近は借り手が少ないんだから」

元は農家で田畑を家作に変えて悠々自適を目論んだらしい老婆は、ぶつぶつと文句を垂れながらも、柳沢の部屋の鍵を開けてくれた。

もしや、と言う思いは、佐脇も持っていた。公園での柳沢の取り乱しようは普通ではなかったし、抱えているものが大き過ぎるのではないかという危惧を今は感じていた。

大きく息を吸って、ドアを開けた。たとえ目の前に柳沢が首を吊ってぶら下がっていようが、驚かないよう、覚悟はしていた。

室内には異臭はなく、死体もなかった。

男の一人暮らしにしては、室内はきちんと整頓されている。

「……ああ、よかった。柳沢さん、どこか外出中なんですよ。でも、お留守中に勝手に開けちゃって、後から文句言われるかも」

「彼、文句なんか言うんですか?」

美寿々が訊くと、大家の老婆は、「いいえそんな事。おとなしい人で、そういえば一度も文句なんて」と答えた。

掃除されて片づき過ぎているように見える室内。ゴミ箱も空になっているし、冷蔵庫の中にも、何も入っていない。

「どういう事だこれは? 物が無さすぎじゃないか」

「買い置きを切らしてしまったんでしょう。男の人の一人暮らしなら、よくある事なんじゃないですか? 最近はコンビニもあるから、その日食べる分だけ買えばいいし」

美寿々はそう言ったが、佐脇は胸騒ぎを覚えた。

男にしては神経質過ぎる様子が、きれいにされた部屋のあちこちから読み取れる。

デスクの上には、パソコンがあった。早速佐脇は起動させてみた。

使用履歴やファイルをチェックしてみる。

だが、履歴は全部消されていた。その上、ファイルの数も不自然に少ない。

部屋の中と同様、他人に見られる事を意識して、ほとんどのファイルが削除されているのではないか？

もっといろいろパソコンの中を探ろうと画面に近づいた佐脇の足が、パソコンデスクの下で何かを踏んだ。

拾い上げてみると、それは銀に真珠をあしらったピアスだった。

「これ、落としたろ」

佐脇はピアスを美寿々に差し出した。

彼女は反射的に両耳に手をやった。

「さっき、一緒にここに入ったときに落としたんですね。ゆるんでいたから」

美寿々は何の動揺もなく、自然な口調で答えた。

だが美寿々は、アパートに入ってからデスクの側には一度も近づいていない。

「ここに最後に来たのはいつだ？」

「さあ……よく覚えていないけれど、一週間くらい前かしら」

この女は嘘をついている。しかも平然と。

佐脇はそれを確信した。

「ちょっと話を聞かせてもらいたいんだが……」

佐脇が美寿々に向き直ったところで、携帯電話が鳴った。

「佐脇さん！　今どちらですか」

水野の声だった。

「うるさいな。今、ちょっと取り込み中だ」

だが、美寿々を問い詰めようとしていた佐脇に、切迫した声の水野は驚くべき事を伝えた。

「鳴海市のショッピングセンターで硫化水素自殺が発生しました。至急、現場にお願いします。自殺行為者は、病院に搬送されましたが……所持していた免許証から、本籍、河出市石坂町百二十三の九、一九八五年七月十日生まれ、柳沢修一であると見られています」

水野は警察のデータベースにある情報をそのまま伝えてきた。

佐脇は、美寿々には一言も告げず、アパートの部屋を飛び出した。

第五章　泥沼に嘲笑《ちょうしょう》

水野からの緊急呼び出しを受けて、佐脇は現場に急行した。

現場は、鳴海市郊外にある巨大ショッピングセンターの屋外駐車場。一番隅に、昨夜からずっと動いた形跡のない車があり、警備員が中を覗き込んだところ、人が倒れていたので通報があったのだ。

駐車場の立ち入り禁止ラインはすでに縮小されているが、近くには大型の消防車が駐《と》まっている。

佐脇が来るのと入れ違いに救急車が猛スピードで出て行った。

彼の真っ赤なバルケッタはこういう現場にもっとも似つかわしくなかったが、マスコミはまだ駆けつけていなかったので、佐脇はかまわず近くに車を駐めた。

「佐脇さん！」

すぐに水野が飛んできた。ようやく捜査らしい捜査の仕事が出来て張り切っている。

「現場はそのままか？」

「はい。状況から見て硫化水素による自殺企図の線が濃厚でしたので、消防立ち会いの下にドアを開け、中に倒れていた若い男をたった今市民病院に搬送しましたが、心肺停止、瞳孔散大、死斑も出ていた為、現場において死亡を確認しました。気温が高かった為、死後硬直は起きていなかったとの事です。着ていた服のポケットにあった免許証から、河出市南原三の四の八、光陽荘二〇四号室、柳沢修一であると思われます」

水野はビニール袋から二つ折りのナイロン製の財布を取り出すと、マジックテープをべりべりと剝いで中から免許証を出した。

「救急車で搬送時に、顔写真を照合し、本人であると確認しました」

その免許証は、たしかに柳沢修一のもので、顔写真も当人のものに間違いはない。財布には一万四千円の現金とカード類があった。

やつは、さっきすれ違った救急車に乗っていたのか。

「車内には、硫化水素自殺に必要な薬剤と洗面器があり、車の窓には目張りのガムテープが貼られていました。例の『毒ガス発生中』の張り紙もありましたので、この件は自殺を企図したものである線が濃厚であると思われます」

水野は元気いっぱいに報告して、にっこりと笑った。

「バカかお前。こんな事で嬉しそうに笑うな」

佐脇は一喝すると現場に入った。

現場では化学防護服を着た救急隊員が車内を点検し、消防士が周囲に水を撒《ま》いていた。

「おい待て。現場保存はどうした！」

「でも硫化水素ガスを早く中和させないと辺りに影響が出るので……炭酸水素ナトリウムの水溶液を撒いているんですが、それが？」

ナニを怒るんだと言うように、水野は怪訝《けげん》な顔をした。

「毒ガスなら、どうにかする機械があるんじゃないのか」

「ウチには有毒ガス浄化装置は配備されていないんです。ですから……」

仕方がないでしょうと言われれば、その通りではある。だが、こんなに簡単に自殺と決めつけてしまっていいのか？

「この前、心中を持ちかけた奴が間際に逃げ出した殺人事件があったな。怖じ気づいて片割れが逃げ出すケースは結構あるぞ。その中には最初から殺意のある、計画的犯行もあるはずだ」

佐脇の脳裡には先刻、柳沢修一の部屋で拾ったピアスを見せられて平然と嘘をついた、美寿々の顔が浮かんでいた。

彼の言葉に、水野は、不承不承頷いた。

「はあ……まあそれはそうですが」

不満そうな水野に佐脇は苛立った。

「そういう決めつけで捜査の手を抜くのを、誰に教わった？　課長の君津サンか？」

褒めてもらえるものと思い込んでいた水野は、叱責《しっせき》されてムッとした顔を見せた。

そんな部下には構わず、佐脇は柳沢修一の最後の場所となった車に近づいた。

ホンダ・シビックRの白。地味な車だ。ハッチバック車のすべてのドアは開けられている。すでに残留ガスはないだろう。

「あの……車内からは遺体と、自殺に使われた……いや、死亡に至る原因となった薬剤と洗面器は運び出しましたが、他はまったく手をつけておりません」

水野がおずおずと報告すると、パトカーに警察無線が入った。

そうかと生返事しつつ、白手袋を嵌《は》めた佐脇は、車内の検分を始めた。

ダッシュボードの中には車検証があるだけだった。

警察無線に応答していた水野が、パトカーを出てさらに報告した。

「佐脇さん。病院からです。自殺者の死因は呼吸麻痺で、肺の中と、車内の両方から硫化水素ガスが検出されたところから、硫化水素吸引による典型的自殺と見られます」

「肺の中？　もう司法解剖したのか？」

「いえ、肺から検出されたのが、硫化水素ガスだったとのことです」

「死亡推定時刻は？」

「はい……暫定的な判定では、今未明の午前二時頃だろうと」

そうか、と佐脇があれこれと考えを巡らせているうちに、さらにもう一台のパトカーがやってきて、君津が降り立った。

刑事課長は周囲の制服警官に敬礼を返しながら、威風堂々と現場にやってきた。

「佐脇。意外に早いお着きだな。植園の件は光田に任せて、お前はこれを担当しろ。自殺企図事件だから簡単にまとめられるだろ」

君津は、遊んでいる佐脇に格好の仕事が与えられたと、ほくそ笑む表情だ。

「いいんですか？　おれは明後日に、転勤の内示が出る身なんですよ」

「だから、転勤前の、最後のご奉公ということだ」

「それは正式な命令と受け取ってよろしいですね？」

佐脇のことさらに形式にこだわる物言いに、君津は怪訝そうに「むろんだ」と答えた。

「望むところです。思う存分やらせてもらいますよ」

佐脇にとっては願ってもない事だ。君津が関わって、握りつぶされてはたまらない。

この男は、どんな重要な証拠でも平気で棄てかねない。自分のストーリーに合わない証拠や証言はどんどん棄てて無い物にするのだ。

「死んだのは、柳沢修一。まあ、オレはホトケの顔を見てないから別人かも知れないが、水野が免許証の写真と照合した。課長、あんた、柳沢修一という名前に覚えがあるよな？」

君津は正面切って挑む目で見据えられて、表情を硬くした。

「さあ……どの事件だったかな」

「名刑事は自分が担当した事件についてはけっして忘れない筈だが。まあ、あんたが名刑事かどうかについちゃ、異論もあるだろうが」

佐脇は、わざと挑発的な言葉を連ねた。

「この件、謹んでワタクシが担当させていただきますよ。非常に興味深い事件なもので、じっくりやらせていただきます。ワタクシ、無芸無趣味な人間なので、残業も休日出勤もいとわず、真実に迫らせていただきます」

佐脇は、君津にキスするんじゃないかと思えるほど顔を接近させて、言った。

＊

署に戻った佐脇は、柳沢修一の死亡調書を作成しながら、美寿々の件を考えていた。

この二つの件は、やはり繋がっている。どう考えても、そうだ。

美寿々の家族の消息は、ぷっつりと、かき消すように消えている。

正式な手続きを踏んで住民票の移動状況の追跡をしてみたが、美寿々と同居していた夫とその両親については、住民票が移された形跡がなかった。

住民票はそのままで、転居してしまう例はたくさんあるが、彼らの場合、住民票を移すのを憚《はばか》られる事情はあったのだろうか？　美寿々が転居先を突き止めて何か事を起こすとは思えないのだ。

近所の嫁、ヨシコが言っていたように、美寿々が夫と、その家族からいびられていたのが本当であれば、わざわざ探すとは思えない。むしろ、実家から出て行ってもらえてセイセイしているのではないか。

このへんが解ければ、一気に形勢は逆転して、望月を打ち負かせるんだが。

佐脇はいよいよタイムアップが迫って、さすがに焦り始めていた。最初のうちは美寿々の冤罪を証明するのは容易で、簡単に形勢は逆転出来ると思っていたのだが、事件を調べるうちに、どんどんと泥沼に入り込んでいく。

デスクで事務仕事などやってられない。

佐脇は勝手に早退して目的もなく街を歩いた。

そんな彼を嘲笑《あざわら》うかのように携帯電話が明るく鳴った。

「佐脇さん。聞きましたよ」

その声は、鳴海署の共同通信・八幡だった。

「人事の内示が迫ってるそうじゃないですか。佐脇さんは鳴海署の不動の四番だと思ってたのに」

「おちょくってるのか、お前」

佐脇は、自分でも驚くほどドスの利いた声を発してしまった。

「……すまん」

自らの焦りを白状してしまったのが、恥ずかしかった。佐脇はやせ我慢という名のナルシストなのだ。

動揺をお喋りな八幡に悟られたくない彼は、携帯を切ると、この前行ったバーに足を向けた。

ハイボールを一気に飲んで、ふと、ヨシコが言った事を思い出した。美寿々もおれも、厄介者《やっかいもの》なのだ。いなくなれば周りは……。

「……セイセイする、か」

佐脇は、二条町のこの前暴れたバーのカウンターで、一人呟《つぶや》いていた。

「え? なにか言ったかい?」

ほとんど老婆と言ってもいいママが聞き返した。このママは目は近いが耳はいい。

「あんまり思い詰めない方がいいよ、あんた。男にも更年期ってのがあるっていうからね。悩みを抱え込んでちゃロクなことがない。コワモテでも、独りモンはひ弱だよ、あんた」

今夜が二度目だからか、ママは佐脇を『悩める孤独な中年』と認識しているらしい。まあ、必ずしも間違いとは言えないが。

「アタシで良ければ話を聞くよ。聞いたところでどうなるもんでもないとは思うけどさ」

佐脇は、いやいや別に悩みなんて、とニヤニヤして受け流した。こういう親切には慣れていないので、どうも勝手が違う。

「アタシには話したくないのかね？　けどあんたにだって、イザという時に相談できそうな知りあいの、一人くらいはいるんだろう？　よく思い出してごらんよ」

「知りあい、ねえ……」

ぼんやり考えていると、ある人物の顔が浮かんだ。

そうだ！　あいつがいるじゃないか。

なるほど。一人で考えていても限界はある。餅《もち》は餅屋ということか。

ママの言葉にヒントを得た佐脇は千円札を数枚、カウンターの上に置き、立ち上がった。

「いい事を教えてくれた。礼を言うよ」

グラスに残ったバーボンを飲み干して出て行く刑事の背中に、ママは「お客さんを減らしたくないからね」と声をかけた。

二条町は夜更かしな街だが、非合法な事をやっている店が多いからか、暗い。ネオンの数が少なく、看板に電気を入れない店も多い。信用出来る常連とその連れだけを相手にしているから、一見さんを誘う宣伝は必要ない。風営法に則《のっと》って午前零時に店じまいしたのかと思いきや、裏ではしっかり営業しているし、真夜中からが本領発揮なのだ。

佐脇はそんな裏表のある街から出て、タクシーを捕まえようと表通りに出た。いくら無頼な悪漢刑事とはいえ、飲酒運転で捕まってはテキに格好の口実を与える。

だがこんな時に限って、なかなか空のタクシーが来ない。

仕方ねえなあと携帯でタクシーを呼ぼうとした時。

彼に向かって二筋の光が一気に迫ってきた。車のヘッドライトだ。

それは佐脇めがけて突進してきた。

「！」

彼はぶつかる寸前で身を翻《ひるがえ》した。まともに当たっていたら即死するくらいの速度だった。

車は急ブレーキをかけると、そのまま逆走してきた。

佐脇は逃げた。それを車はバックして追ってくる。ぎゃぎゃーんというバック特有の低ギヤのエンジン音が、深夜の街に響く。街灯もあまりない夜で、車も黒塗りで車種がよく判らない。しかし、かなりの排気量のセダンのようだ。

「なんだ。ずいぶんと古典的な襲撃だな！」

佐脇は大声で怒鳴ったが、反応はない。まっすぐ走ると見せかけて、突然脇道に外れると、車は反転して、今度は頭から突っ込んできた。

狭い裏通りだ。飲み屋のゴミや性風俗店の使用済みリネンの入った袋などが出されている中を佐脇は走り抜け、車もゴミを散乱させリネン類をぶちまけながら追ってくる。通りの出口には、電柱が立っている。この電柱が邪魔をして通り抜けが出来ない事を知っている業者の車は、表通りから荷物を運ぶ。だが佐脇を追ってくる車の運転手は、その事をまったく知らないようだ。

「馬鹿め！」

佐脇が電柱の脇をひらりと通り抜けた背後で、ぎぎぎーっと音を立てて急ブレーキが軋《きし》み、次いで激しい金属音が響いた。

それで諦めるかと思いきや、追っ手は車から降りると走って佐脇を追ってきた。黒ずくめで、顔には目出し帽まで被っている。これでは正体は判らない。

「なんだ！　おれを殺しに来たのか！」

追っ手は立ち止まり、胸ポケットから鈍く光るものを取り出すと、佐脇に向けて構えた。そういう態勢をとるものと言えば、拳銃以外に考えられない。

佐脇は、まったく武器を持っていない。

「貴様、鳴龍会か？　伊草がパクられた報復か？　だが、パクったのはオレじゃないぞ！」

佐脇の脳裏には、一週間も前に、慰安旅行で湯ノ谷温泉に行った時に殴り飛ばしてやったチンピラの事も浮かんだ。しかしそいつが今ごろ報復、それもこんな派手な形で仕掛けてくるとも思えない。

「どこの馬鹿だか知らないが、こんなところで発砲したら、すぐにお巡りが飛んでくるぞ！　ここは重点警戒区域だからな。ヤクザなら知らねえはずねえだろ！」

そう言うと、正体不明の相手は怯《ひる》んだ。

佐脇はすかさず、周囲に散乱している使用済みリネンを拾って丸め、投げつけた。

濡れたタオルは重く、相手の顔に命中するとパアッと広がった。

「うっ！」

相手の視界が遮《さえぎ》られたチャンスを逃さず、佐脇は反撃に転じた。襲撃者に駆け寄りざま、跳び蹴りを加えたのだ。

不意を突かれて腰が引けた相手の腹に、拳を続けて叩き込んだ。

「げふっ」

目出し帽の中で相手は呻いた。

チャンス、と見た佐脇は身体を折り曲げた相手に膝蹴りを食らわせ、目出し帽を摑んで引き剝がそうとした。

が、相手はそれには頑強に抵抗すると、思い切り腕を振ってきた。

それが佐脇の鼻に命中して、鼻血がぼたぼたっと噴き零《こぼ》れた。

それを見て、相手は一瞬怯んだ。

「テメエ」

佐脇は、足下に落ちていたタオルを咄嗟に拾い上げ、相手の首に巻き付けて、思いっきり絞め上げた。

相手は猛烈に咳き込みながらも姿勢を低くすると、佐脇の胸元に突進してきた。その勢いで佐脇の身体は近くのビルの壁にぶつかり、相手の頭が佐脇の顔面にモロに命中した。

「ヤメロ……」

前歯が折れて、佐脇は思わず待ったをかけた。しかし当然、相手は攻撃の手を緩めない。頭突きはやめたが、めったやたらに繰り出してくる拳が、佐脇の両の頬にめり込んだ。

「止めねえかっ!」

佐脇は必死になって、相手の目出し帽を脱がそうと下の縁を摑んだ。覆面はずるりとまくれ上がり、暴漢の首筋から顎までが現れた。首には、さっきタオルで絞めた赤い痕がくっきり浮かんでいる。

が、佐脇の反撃もそこまでだった。

謎の男の、完全にムキになったパンチが右、左と交互に、そして立て続けに乱打されるうちに、脳震盪《のうしんとう》でさすがの佐脇も気が遠くなり……そのまま気を失ってしまった。

「佐脇さん！　しっかりしてください！」

水野の声で意識を取り戻した。

「おれは……どうなったんだ？」

佐脇は、二条町の表通りに倒れていた。彼の周りにはタオルやゴミが散乱していた。

「ヤクザ者が派手な喧嘩をしていると言う通報があったので、飛んできたんです。これは……かなりひどいですね」

水野はネクタイをしっかり締めたスーツ姿で佐脇を抱き起こしていた。

佐脇は口の中のものを吐き出した。血とともに前歯が数本、道に落ち、水野のスラックスを汚してしまった。

「ああ、すまん……おれとしたことが歯を折られるなんて、まったく情けない話だ」

彼はひどく殴られた鼻を触ってみた。軟骨が折れているかと思ったが、多少ぐらつく感じはあるものの、なんとか大丈夫なようだった。

「病院に行きましょうか」

「いや、いいよ。氷で冷やせば治る」

佐脇としては治療記録が残され、それを望月と君津に利用されるのが業腹だった。

「明日が猶予の最終日だしな……こんな事で時間を無駄にしたくない。それに、折れた歯も元に戻らない。覆水盆に返らずってな」

気の毒そうに見つめる水野の顔は暗くてよく判らない。視神経もやられてしまったのかもしれない。

「悪いが、おれの家まで連れていってくれるか」

水野の手を借りて立ち上がった佐脇は、彼を追いかけてきた車が無くなっているのを見た。

「そこの電柱に車がぶつかった跡があるはずだ。この辺の連中も、その音を聞いてるはずだ。とにかくおれは襲われたんだ」

「それは、判ってますから」

水野はしつこく病院に行こうと心配したが、佐脇はあくまで断った。

こういう時は、ヤクザ者がやる手法を真似るのが一番だ。

水野が乗ってきた車で送ってもらう途中、大きめのコンビニに寄って、水野に買い物を頼んだ。ガーゼや消毒液、市販の鎮痛剤だ。

「こんなものでなんとかするつもりですか？」

「幸い裂傷はないようだから、後は医者がやる事と同じだ。傷口を消毒して、痛み止めを飲む。要するに、そういうことだろ？」

あくまでもアウトローな上司に、部下の水野は返事に困っている。

棲《す》み処《か》である安アパートに着くと、部屋まで送ると言う水野の申し出を断って、佐脇は自力で部屋に戻った。自分の足でどれぐらい歩けるか、確認したかったのだ。

どうやら、足腰に問題はないようだ。

佐脇は心配そうに見ている部下に、イッテヨシと手を振った。

部屋に入って、シャワーを浴び、自己流の応急措置をした。実際、救急に行っても同じ処置をされるだけだ。

顔は打撲で湯を浴びただけでじんじんと痛いが、明日になったら皮下出血でひどく腫れ上がるだろう。

それにしても……。

佐脇自身、焦りを感じ始めていたが、テキはもっと焦っているのだろうか。街中で公然と暴力に訴えるのは警察か、ヤクザだろう。だが、襲ったのが鳴龍会の人間だとは考えにくい。伊草が留置場からそういう指令を発する理由がないのだ。何らかの取引をして佐脇を裏切ったとも考えられるが、ならばもっと徹底的に痛めつけるか、殺してしまうはずだ。

しかし、あの暴漢はそこまでの思い切りには欠けていたようだった。

とすると……やはり望月と君津のラインが、脅しか嫌がらせの目的で誰かをたきつけて襲わせたものか。そう考えるのが一番自然だろう。

この際、手段を選ばず佐脇を排除したい。そういうことか？

佐脇は、テキの強固な意思を感じて、助っ人を頼むしかないと思った。襲われる前に、飲み屋のオババにヒントを貰っていたが、その『助っ人』の存在を思い出したのだ。規定の三倍の量の痛み止めをウィスキーで流し込んで一息つくと、入江雅俊《いりえまさとし》に電話した。

入江は警察庁のエリート官僚で、短期間だったが、鳴海署の刑事官に着任していた事がある。地元選出の代議士のスキャンダルを嗅ぎつけた佐脇とは、一時的に激しく対立する関係となり、ずいぶん捜査を妨害されたが、結果的に代議士は少女買春がバレて辞任。変わり身の早い入江はさっさと見切りをつけて、無傷のまま中央に戻った。今は警察庁刑事局刑事企画課の、課長補佐だ。こんな夜中だというのに、入江はまだ役所にいた。

『これはこれは佐脇さん。珍しいですな。その後、お元気ですか』

疲れきってウンザリしたような入江の声は、相手が佐脇だと判ると一気にハリが出た。

『毎日くだらない会議会議でね、現場が懐かしいですよ。アナタとやり合った日々がね』

「心にもない事言うなよ」

中央から各地に乗り込んで連戦連勝だったはずの入江だが、田舎県警のそのまた田舎の鳴海署で、風采の上がらない悪徳刑事にしてやられ、一敗地にまみれて逃げるようにしてT県警を離れたのだ。あの時はかなりの屈辱だったに違いない。

『いやまあ、あの件は、私にとってもいい経験になりましたよ。勝馬《かちうま》に乗れ、寄らば大樹のカゲとは言いますが、乗る馬や身を寄せる木は、よくよく選ばないとね』

入江はマイナスの感情をまったく出さない。そのあたりはさすがに一流の警察官僚だ。佐脇には絶対に真似の出来ない事だ。

「おれもあの時は、キャリアの立ち回りはかくあるべしという姿を見せてもらったよ」

『相変わらず、辛辣《しんらつ》ですな』

電話の向こうの入江は愉快そうに笑った。

『私がこう言っても信じてもらえないとは思いますが、私は佐脇さん、あなたを一種の好敵手だと認めているんですよ。まあ、今は離れてるから余裕のある事を言えるんですがね』

鳴海署刑事官だった時の入江は、かなりテンパっていた。眉間に皺を寄せて厳しい表情を崩さない。そういう芝居をしているのかと思ったが、実際は、入江にとっては初めての、無手勝流なタイプである佐脇に対抗するのに、かなり必死だったのだ。

『こっちが武器だと思っている事をアッサリ無視されると、丸腰で戦わなきゃならん訳です。いわば佐脇さんの土俵に引きずり込まれてアウェーでの勝負を強いられていたわけで、今思い出しても……まあ、楽ではなかったですねえ』

声の調子から見て、入江は嘘を言ってるようではなかった。警察庁《サッチョウ》の中枢に無事戻って、ようやく自尊心を癒《いや》せたのだろう。

「まあ、おれも、あの時は首が懸かってて必死だったからな。悪く思わないでくれ」

立場が危ういのは今も変わらない。情報通の入江の事だから、そのへんの事情は、すでに把握しているかもしれない。

「で、昔のよしみでちょっと助けてくれないか」

入江はふふふと笑った。

『そう来なくちゃ。ただ懐かしいから電話してくるなんて、そんなのは佐脇巡査長らしくないですからね。なんだか、声の感じが違うようですが、どうかしましたか』

相変わらず、入江は鋭い。

「ちょっと歯をやっちまってな。ジイサンみたくフガフガして聞こえるか？」

『お互いそろそろジイサン一歩手前ですからな』

半分揶揄《からか》うような口調で流した入江だが、急に声を潜めた。

『佐脇さん。いい機会だから忠告しておきましょう。オタクの望月署長、アレには気をつけたほうがいい。中央でも最近、地方警察の幹部の行状についてはチェックしてますが、オタクの望月はアレ、相当な無能です。一見、業績は良くて順調に昇進を重ねているが、それはマイナス要因を排除しているからです。判りますよね？　失策や捜査ミスを書類上で「なかった事」にしてしまうんですよ。結果として瑕疵《かし》のない、極めて優秀な経歴が出来上がるという寸法です』

「どうせそんな事じゃないかとは、おれも思ってた。だが、そういう書類の改竄《かいざん》は県警の、それも上層部が関わらないと無理だよな?」

『そう。望月が庇ってるのは一蓮托生の仲とも言える、腹心の部下だけではありません。望月の行状を黙認していた上層部も、黙認した事を逆手に取られています。たとえは悪いが、地位ある人物がロリコン買春したら相手の娼婦がトンでもない小娘で、この事実をバラされたくなかったら言うことを聞けと脅された、みたいな話ですか』

「たとえが凄まじく悪いですなあ」

佐脇は茶化したが、入江は真剣だ。

『真面目な話をしているんですよ。佐脇さん、あなたもいわゆる同じ穴のムジナだから、県警の事情はよく判るでしょう? 捨て身で公表されたら護る側は大変ですよ。組織防衛と言えば聞こえは良いが、それを利用する望月が考えているのは保身と体裁だけです』

佐脇は、ふんふんと話を聞いた。

「ということは、本丸はあくまで望月と言う事ですな?」

『望月には君津という部下がいますね。優秀だが外れた時は大コケする君津を可愛がって庇ううちに、隠蔽すべき事が雪だるまのように膨らんでしまったのでしょう』

「そこまで判ってるのに、サッチョウはどうして動かないんだ?」

『こっちにもいろいろと事情がありましてね。ウチとしてはむやみに県警レベルに口出しをしたくない。国家統制とか、痛くもない腹を探られるのはイヤですからね。それより何より、T県警には佐脇さん、あなたという存在が居るじゃないですか。私なんぞが東京からアレコレ口を挟むより、ずっとずっと効果があるというものですよ』

コイツはオレを煽っているのかと佐脇はニヤニヤした。と、同時に、入江の立ち位置も判った。少なくとも県警上層部とグルになって望月＝君津ラインを温存するつもりは無いようだ。

「で、入江さん、あんたに頼みたいのは、まさにその、望月と君津絡みの案件なんだが」

佐脇は頼みごとをした。

ひとつは、美寿々の夫一家の消息について、彼らの生活の痕跡を全国規模で、警察のネットワークを使って調べてほしいというもの。

もう一つは、美寿々への集団暴行容疑で名前のあがった元少年たちについて、親戚知人に警察関係者がいなかったかどうか、徹底的に調べてほしいというものだった。

環希から聞いた、当時の南山高校の不良グループで美寿々を襲ったとされている高校生の一人に、『おれのバックには警察がついているから、何をしてもいいんだ』とうそぶいていた少年がいるという情報が、気になっていたのだ。

「この礼はいずれ改めてということで。キャリアのあんたにとっても、贈収賄にならないような形でね」

『いいですよ。貸しと言うことにしておきましょう。では、判り次第、連絡しますから』

入江は快く引き受けてくれた。

電話を切った佐脇は、そのままイビキをかいて眠りについた。

＊

翌日。明日が内定の出る日で、これが佐脇に残された最終日だ。

昼近くまで寝て気力を取り戻した佐脇は、柳沢が会員だったネットカフェに出向いた。

河出市ではなく、この鳴海市の旧市街にある店だ。

簡易宿泊所としても使われる個室の他に、テーブル席もあり、パソコンがずらりと並ぶ光景は、どこかのＩＴ企業のオフィスのよう……には見えなかった。やはりここはあくまでもカフェだ。

薄暗い照明と、低く流れる音楽。オシャレな内装。

昼間だからか、店内は閑散としている。数人の客がＤＶＤを見ているだけだ。

佐脇は、任意という事をハッキリさせた上で、柳沢修一が使っていたパソコンに案内してもらった。激しく殴られた痕が紫色に変色して腫れている佐脇の顔は、激しい試合の後のボクサーさながらの異様な迫力で、店員は光の速さで言うことを聞いた。なにが幸いするか判ったものではない。

「このお客さんは結構常連だったので、操作性とかクセが気に入ったマシンがあったんです。で、店に来ると、いつもこれを使ってました」

それは、柳沢修一のアパートにあったのと同じメーカーの、同じ種類のモノだった。

自宅にパソコンがあるのに、どうして柳沢はネットカフェに通っていたのか？

佐脇は普通の使い方なら一通りの事は出来るが、なにしろ中年の機械音痴だから、消されたファイルを復元するような高度な真似は出来ない。そういう時は店員の力を借りる事を伝えておいて、パソコンに向かった。

ネットカフェのマシンは、不特定多数が使うものだから、なにかファイルを残しておいても消されてしまうか、あるいは誰かが書き換えてしまうのではないか。

「ええそうです。ファイルを残す事は出来ませんよ。お客さんが入れ替わった時点でリフレッシュを掛けるので、ウィルスを仕込んでも、キーロガーを忍び込ませておいても、ウチの場合は消してしまうので、ダメです」

よく判らない説明を聞き流した佐脇は、柳沢修一の会員証の番号と彼の名前のローマ字綴りをつなぎ合わせ、パスワード欄に入力してみると、簡単に彼のアカウントにアクセス出来てしまった。柳沢修一は、本気でセキュリティを考えていなかったというより、むしろ誰かに中身を見てもらいたかったのではないか。

とにかく、彼はマシンのハードディスクの中を覗いて、素人なりにファイルを探してみた。

すると。

『誰かが読むかもしれないもの』という名前のファイルが見つかった。なにか裏ワザでも使ったのか、ユーザーが替われば消去されてしまうはずのファイルが、たった一つ、残っていたのだ。

佐脇は早速開いて読んでみた。

それは、修一の遺書というか、誰にも言えないことを吐き出す日記、という感じの文章だった。書き始められた日付も最近で、それはちょうど、佐脇が湯ノ谷温泉で美寿々と知りあう、少し前からのものだった。

×月×日「先生にまた新しい男ができたようだ。真面目で、堅い職業の男……はっきり言えば若い警官だ。刑事かもしれない。尾《つ》けたら鳴海署に入って仕事をしていたからだ。先生は何を考えているんだろう。警察関係者は前科のある人間とは結婚できないと聞いている。でも、その若い刑事は先生に夢中だ。よくあることだ。そんなヤツは今まで何人もいた。真面目なやつほど先生に惹かれてしまうようだ。おれも同じか、と自嘲してみる」

×月×日「若い刑事のことを思い切って先生に聞いてみた。『カレは真剣みたいね』と笑った。これは先生の病気みたいなものだけど……。先生は、あのことがあってから、変ってしまった。真面目な男を見ると手を出したくなる病気……よくわからないが、これは先生の、たぶん復讐みたいなものなんだろう」
×月×日「また新しい別の男。若い刑事のことよりも、こっちが心配だ。かなり厄介だぞ、と思う。不安だ。動悸がとまらない。胃が痛い」

その日付は、佐脇が湯ノ谷温泉に慰安旅行に行き、水野から美寿々の件を相談されたのに、その夜のうちに彼女と関係してしまった日より少しあとのものだ。おそらくどこかから観察されていたのだろう。

×月×日「実家のおふくろから電話。言ってることはいつもと同じ。いい加減、家に戻れ、先生のことは忘れて人並みに結婚しろと。いや、正確には、忘れろというだけではない。先生について、ここに書く気にもなれないほど、ひどいことを言った。おれと先生を引き離そうとして、そういうことを言えば言うほど、おれの心はおふくろから、実家から離れて行く。なぜそれがわからないのか。携帯の番号を変えても変えても、こうしてかかってくるのが煩わしい。おれは実家に帰る気も、今さら結婚する気もない。先生を置いて、自分だけ人並みの生活に戻るなんて、それはできない。いや結婚する気はある。先生となら。おふくろたちがどんなに反対しても構わない。でも先生にその気がない。『結婚なんか、もう二度とごめん』なんだそうだ」

仕事のこととか、日常に関することにはほとんど触れていない。書いてあるのは、美寿々にかかわりのあることばかりだ。

さながら「美寿々観察日記」だなと思いながらも佐脇は読み進んだ。

×月×日「あの男は危険だ。ただの不良中年の酔っ払いオヤジかと思っていたら、見かけよりもはるかに頭が切れる。もしもあいつが気づいてしまったら……？　いや、そのほうがいいのかもしれない。少なくともおれは楽になる。先生だって楽になれるだろうに。

世の中全部から色眼鏡で見られる、そんな暮らしはキツい。弱音は吐きたくないが、想像以上だ。

でも、おれと違って先生は平気らしい。むしろ誰からもつまはじきされている、今の生活を楽しんでさえいるようだ。先生に言わせれば、きちんとした家庭と職場があって、その中で自分を殺し、気を遣って生きていたころよりも、今のほうがはるかに自由で、気楽なのだそうだ。

『修一くんには、わからないかな？　独りぼっちということは、裏を返せば自由ってことなんだけど？　面倒な人間関係はいっそ全部切ってスッキリしたい。それを考えない人はいない。でも実際にそうしてみたら、どれほど自由な、解放された気分になれるものか、こればっかりは、私のように本当にやってみた人間にしかわからないのよ』

これは先生の本音なのか、それとも強がりなのか？　いっそ切り捨ててしまったほうがマシなほど、ひどい人間しか先生のまわりにいなかったことは認めよう。おれだけは捨てられたくないが。

それでも、こういう風に言い切れる女は強いと思う。先生という人間がもともと、おれと違って強いのだろう。おれは自分の弱さが情けない。先生のためだと思えば、世間なんか全部敵にまわしてもかまわない。でも、今日、あの若くないほうの刑事と話してはっきりわかった。おれが本当に怖いのは世間の見る目なんかではない。世間ではなくて、おれだけが知っていることが怖いのだ。それで、夜もだんだん眠れなくなってきている。先生だって苦しくないはずはない。一度、先生に話してみようと思う。

とにかく、このままでは保たない。おれも、たぶん、先生も」

×月×日「先生と話した。若くない方の刑事と話した事を言ったら、先生は怒った。あんなに怒った先生を見たことがない。正直、怖かった。その勢いに押されてしまった。おれが先生に（本意ではなかっとはいえ）ひどいことをしてしまった時も、先生は怒らなかった。仕方ないのよね……と言って、おれを許してくれた。いつもの、寂しそうな、物憂げな横顔で。あんなことをしたおれを許してくれたのは、少しぐらいは先生もおれのことを好きでいてくれるのかと思っていた。でも、それは、おれの自惚《うぬぼ》れだったのかもしれない。あんな怖い目をして、先生がおれを見るなんて。あの冷たい声を思い出すと、今でも全身が震えてくる。胃が痛い。自分でも混乱しているのがわかる」

×月×日「先生に謝ろうと思うのだが、恐ろしくて連絡することが出来ない。メールを書きたくても文面が思いつかない。余計に先生を怒らせてしまうことが怖い。もう君とは二度と逢わない……もしもそう言われたら……そんなことを思ってしまうのだ。先生はおれがいなくても生きていける。でも、おれには無理だ。あのことがあった以上、先生がおれから離れて行くことはない……頭ではそれがわかっている。だが、おれには自信がない。ゆうべ、先生がおれを見た、氷のように冷たい目は、あきらかに虫けらかなにかを見る目だった」

×月×日「先生から連絡があった。最初は涙が出るほどホッとした。……でも、段々恐ろしくなってきた。表面は、いつもの優しい先生に戻っている。でも、いつもの物憂げな感じがない。声にも表情にも、緊張がある。おれにはわかる。先生は、おれを気にかけて、愛してくれているわけではないのだ。今、ようやくそれがわかった。一日に何度も電話がかかってくるし、しきりにおれに逢いたがる。前には一度もなかったことだ。いつも連絡はおれがしていたし（煩《わずら》わしいと思われているのがわかっていても、やめられなかった）

何度もお願いして、いつもやっと時間をつくってもらっていた。そんな先生から、立場が逆転したかのように何度も連絡が入り、逢いたいと言ってきている。喜ぶべきなのだろうが、喜べない。それどころか、おれは怖がっている。何ということだろう。おれは監視されているだけなのだ。しかし、なんのために？　先生は、もしかしておれにすべてを押しつけようとしてるんじゃないのか？　そうだ。きっとそうだ。そうなんだ。すべて、終りだ……」

修一の日記はここで終わっていた。

佐脇は、ネットカフェの店員に、このファイルのプリントアウトを頼んだ。

「どうしてこのファイルが保存されたのか、判らないですね……これ書いた人、自殺したんですか？　じゃあ、もしかして」

店員は唾を飲み込んで、真顔で言った。

「呪いのファイル……」

「そうじゃないだろ。これを書いたヤツはコンピューターのプロだった。だから、なんかオレたちには判らないテクニックを使ったんじゃないか？」

実際、そうとしか思えない。

佐脇はプリントアウトを手に、一度、自分のアパートに戻ると、押し入れをひっくり返してクリーニングの袋に入ったままの喪服を取り出した。柳沢修一の通夜に出るためだ。一年前、部下の石井が、山間部のダムで当時の代議士のドラ息子に殺された時に急遽《きゆうきよ》買って以来、袖を通していない。

柳沢修一の通夜は今夕、葬祭場ではなく、修一の実家でとり行われるとのことだった。

捜査のためとはいえ、なんとなく自分が柳沢を追い詰めた気がして、佐脇は後味が悪かった。美寿々と修一が、南山高校で、それぞれ教師と生徒だった時に起きた淫行事件、いや集団暴行事件について、佐脇が修一を問い詰めなければ、彼が死を選ぶことはなかったのではないか……。

佐脇が黒いネクタイを結んでいると、携帯が鳴った。

『あの……私も連れていってほしいんですけど』

美寿々からだった。修一の葬儀に出ることはすでに伝えてあった。

「一人で行けばいいじゃないか。あんたに付きまとっていたとはいえ、修一は元教え子だろ？　葬式に出る理由としては充分だ」

『でも……喪服が着物なので、車が運転できないんです。彼のこと、見送ってあげたいのだけれど。それに、一人では心細くて』

心細がるようなタマではないだろう、と一瞬毒づきかけてやめた。

電話の向こうの美寿々の声は、いかにも頼りなげで弱々しい。いつもの物憂げで投げやりな、ハスキーヴォイスの美寿々とは別人のようだ。

修一とせめて最後の別れをしたい。だが一人では怖いので一緒に来てほしい、と美寿々は必死とも思える様子で頼み込んだ。

この女にも怖いものがあるのか。一体、何が心細いのか。

とは言え、美寿々と一緒に葬儀に出れば、不可解さが増すばかりの、柳沢修一と美寿々との関係について、何か判ることがあるかもしれない。

美寿々は、実家に迎えに来てほしいと、詳しい道順を教えた。佐脇が実家を知っていて、その周囲に聞き込みを掛けているとは思ってもいない様子だ。

もちろん佐脇は初めて聞くフリをして道順を訊いた。

通夜の時間を見計らって、佐脇はバルケッタを美寿々の実家の前につけた。

小さくクラクションを鳴らすと、すぐにオレンジ色の屋根の家の玄関ドアが開き、美寿々が現れた。きちんとした和装の喪服姿に、佐脇は少々驚いた。

旅館の仲居姿は見ているが、喪服姿は同じ和装でも崩した感じはまったくなく、おそらく上質の物を、非常に品よく着付けている。堅く閉じた襟元にも、短めの裾にも、帯の小さな結び目にも、淫靡なイメージは一切ない。まったくの別人のようにすら見える。

元々、抜けるように白い美寿々の肌に、上質の染めの深い黒が映えて、禁欲的な色気が立ちのぼっている。ある意味、しどけなく衣紋を抜いた仲居姿以上に、官能的だ。

そんな美寿々も、腫れ上がって人相が変わってしまった佐脇を見て、驚いた。

「ちょっと手違いがあってな。危ない橋を渡ってるとこうなる。あんたも気をつけたほうがいい」

「それって……私のせい?」

「とんでもない。すべておれの不徳の致すところだよ」

助手席に乗り込んだ美寿々の膝には布製の黒いバッグが置かれ、白いハンカチを持った手首には、石か木の実かわからないが、漆黒《しっこく》の数珠《じゅず》が巻きついている。

佐脇は、動悸が早くなるのを感じた。白檀《びゃくだん》か樟脳《しょうのう》か名前は判らないが、いつもの香水とは違う、落ち着いた香りが漂ってくる。

「それはそうと、謝っておくわ。寄り道をさせてしまって。母がつくってくれた喪服は実家に置いているので、ここで着付けなくてはならなくて」

たしかに、ほとんど袖を通していないような、真新しい感じの、高級品とわかる着物だ。

都会から移住してきたインテリ夫婦の一人娘。それなりに資産もある家の娘で、良い大学も出て、少し前までは高校の教師をしていた美寿々の、消し去ることの出来ない育ちの良さを佐脇は感じた。と同時に、この女をこの姿のまま、また抱きたい、汚してやりたい、という強烈な衝動も感じた。

美寿々に暴力を振るっていたという夫も、同じような衝動に取り憑《つ》かれていたのだろうか。

「たしかにいい喪服だ」

「あまり着る機会もないものだけれど、あなたも社会人になるからには、それなりのものを用意しなければ、と亡くなった母が揃えてくれました」

初めて着たのが両親の葬式だったのだ、と美寿々は付け加えた。佐脇がそっと助手席を盗み見ると、美寿々の表情はうつろで、何の感情も窺えない。

ほどなく佐脇のバルケッタは、隣の地区にある、修一の実家に着いた。

修一が生まれ育ったという家は、佐脇が聞き込みをした若妻ヨシコの家と同じくらい、大きな農家だった。塀がめぐらされ、瓦屋根つきの門構えのある正面は、さながら武家屋敷のようだ。外観からして、集落でも一二を争う旧家と知れた。

時代劇にでも出てきそうな門構えの両脇には、定紋の入った提灯が吊るされ、暮れかけた夕闇を照らしている。親戚の者らしい男が二人、外に立って通夜の客に応対している。

そこに真っ赤なイタ車を横付けするのは、さすがに躊躇《ためら》われたので、佐脇は少し離れた農道の脇にバルケッタをとめ、水田の向こうに見える提灯のあかりを目指して歩いていった。美寿々は後からついてくる。

お忙しいところを恐縮です、と佐脇に挨拶をしかけた入り口の男は、佐脇の面相と、うしろに控える美寿々の姿を見て、ぎょっとした表情になった。あきらかに狼狽《ろうばい》し、どうしようか、という素振りでもう一人の男に視線を送り、次に指示を仰ごうと屋敷の中の誰かの姿を探した。

案の定、ここでも美寿々は要注意人物らしい。

佐脇は美寿々を促すと門前払いを食わされる前に、さっさと敷地の中に足を踏み入れた。

門を入った広い前庭には線香の匂いが漂い、玄関先に喪服姿の人が何人も佇《たたず》んでいる。明かりが灯った家の中にも、さらに多くの人声と、食事や酒がふるまわれている気配があった。

玄関先にいる男女はまだ若く、二十代そこそことといった感じだ。修一の同級生や友人が集まっているのだろう。

と、その時、中の一人が振り向いて美寿々の姿を認めた瞬間、フリーズした。

不穏な気配に次々と、全員が振り向いて佐脇たちを見て互いに視線を交わし、ざわめきが波のように広がっていく。

グループの中の一人の女性がくるりときびすを返し、家の中に急いで入っていった。

美寿々がここにいる。その事実だけで、ここまでの緊張と不穏な気配が広がることに佐脇は驚いたが、それでも美寿々を促して玄関口に進んだ。

玄関先に控えている親族らしき年配の男に、彼は警察手帳を見せた。

「こういう者です。修一さんには生前、捜査に協力をいただき感謝しております。亡くなられる直前に、たまたまお会いしたこともあり、これも何かのご縁かと、お別れを申し上げに……」

だが佐脇が言い終わる前に、にわかに家の中が騒がしくなった。

「あの女が……あの女が来ているの？　いったいどの面下げて」「おい、母さんをとめろ」「叔母さん、落ち着いて」などの怒号や切迫した声が飛び交うなか、奥から転がるように走り出てきたのは、和装の喪服を着た、年配の女性だった。

その上品な顔立ちには一見して、修一の面影があった。

女の顔には憔悴《しょうすい》の色が濃い。脂気がすっかり抜けた髪はそそけ立ち、ふらつく足どりで玄関に出てきた。明らかに弱っている様子なのに、夫や甥《おい》らしき男たちがとめる手を振り払って、上がりがまちに仁王立ちになった。

泣き腫《は》らした目には凄《すさ》まじい憎しみの光が宿り、佐脇の後ろで俯《うつむ》く美寿々を焼き殺さんばかりに睨みつけている。

「あ……あんたのせいで修一は……あんたさえいなければ、こんなことには」

修一の母親は唇をわなわなと震わせ、必死に言葉を絞り出した。

「あんたは、私のたった一人の息子をたぶらかして……あんなに素直ないい子だったのに、あんたと出会ってからは誰の言うこともきかなくなって、とうとう家を出てしまった。大事な跡取りだったのに」

母親はわっと泣き崩れ、美寿々に指を突きつけて言い募った。

「あんた、男には不自由していないんだろう？　どうせ修一のことだって遊びだったんだろう？　だったらうちに返してくれれば良かったじゃないか！　あんたには只のおもちゃでも、私たちにはたった一人の息子だったんだよ」

「そんな……彼のことは……修一さんのことは、私だって大事に思ってました。私が辛い時に、彼が傍にいて助けてもらったことも……。こんなことになってしまって、私だって悲しいんです。ですから、せめてお別れを」

「ああ聞きたくない聞きたくない！　汚らわしい」

ひたすら下手に出て懇願する美寿々の言葉は、修一の母親をますます逆上させた。

「今すぐ出て行け！　焼香なんか絶対にさせない。あばずれのくせに、よくも図々しくこんなところまで」

二度とうちには近寄るな！　と母親は足袋はだしのまま三和土《たたき》に降り、美寿々の肩をどん、と突き飛ばした。

「しおらしく喪服なんか着て、今度は誰をたぶらかすつもりだい？　お別れなんて、心にもないことを。……いいかい？　修一は自殺なんかするような子じゃない。あんたが殺したんだろう？」

無抵抗のまま三和土に倒れた美寿々に馬乗りになった修一の母親は、「正直に言え」と美寿々の肩をがくがくと揺さぶり、美寿々の頬を激しく打った。それでも美寿々は一切抵抗せず、ただ涙を流している。

佐脇はさすがに見かねて、母親を引き離そうとした。

「何をするの？　痛いじゃないか！　人殺しっ」

大げさに悲鳴をあげる中年女の顔をこちらに向かせ、佐脇は低いが、ドスの利いた声で囁《ささや》いた。

「あんたのやってることはれっきとした暴行傷害だぞ。それに、この人を殺人犯呼ばわりすると名誉毀損になる。霊柩車と一緒にパトカー呼ばれたいか？」

「なに、この男は？　ヤクザなの？　ヤクザなのねっ」

ヤクザが来た！　修一をたぶらかして殺したアバズレがヤクザを連れて乗り込んできた！　と、すでに狂乱状態の母親は手がつけられない。

「誰がヤクザだ！」

佐脇は、声を荒らげかけたが、その肩に美寿々が手をかけた。

振り向くと、彼女は黙ったまま、頭を左右に振っている。涙で化粧はくずれ、きちんとアップにまとめた髪もほつれ、襟元も帯も歪んで裾前も乱れた姿だが、それでも声を上げて泣くようなことはなかった。

「ホトケ様とこの人との間に生前何があったかは知らないが、あんたら、葬式でこの仕打ちはないよな。そりゃおれはガラも悪いしこの顔だが、ヤクザに関しちゃ一応、取り締まる側だ」

佐脇は美寿々の背を押し「おい先生、行こうぜ」と声をかけて、柳沢家の玄関口を出た。自分が柳沢修一と同じ呼び方で美寿々を呼んでいることには気づかなかった。

ぱらぱらっと、細かい飛礫《つぶて》のようなものが佐脇の頭から肩に当たった。

誰かが塩を撒いたらしい。傍らの美寿々も、うしろ髪や、黒い和服の肩が真っ白になるほどの塩を浴びせられていた。

「あまり気にするなよ。先生」

佐脇はバルケッタに乗り込んでエンジンをかけ、腹立ちをぶつけるようにアクセルを踏み込んで、何度も吹かした。

「あいつらは全員、頭がおかしいんだ。おれもこの稼業は長いし、この県にしても、どうにもならんほどの田舎だとは思っていたが、この辺の連中がまさかここまで腐ってるとは。前世紀の遺物というか、戦前の亡霊がウヨウヨしてるな」

ここ数日で見聞きした信じられない嫁いびり、美寿々の元夫一家をめぐる噂。そしてたった今、美寿々への仕打ちを目の当たりにした佐脇の、これは偽らざる感情だった。

美寿々は助手席で、声もなく泣き続けている。

「何も頼み込んでまで焼香させてもらうことはない。これから墓参りの機会もあるだろう。その時はおれも付き合う。柳沢修一も、別れを言いたかったというあんたの気持ちを、草葉の陰で、きっと喜んでいるさ」

「喜んでなんか、いないと思います」

泣いていた美寿々がようやく口を開いた。

「彼はたぶん、私のことを恨むか憎むか……よく判らないけど、きっと許してはいないでしょう。最後に会ったときの彼の目が……顔つきが私、忘れられなくて」

自分にさえ関わらなければ修一はこんな死に方をすることはなかったという、あの母親の言葉は本当かもしれない、と美寿々は佐脇に泣きじゃくりながら言った。

酒を飲んでいるわけでもない美寿々がこんなに泣くとは思わなかった……いや、そもそもお前に涙はあるのか、と言いたい程の、普段の物憂げで、投げやりな印象とのギャップが激しすぎて、佐脇は内心驚いていた。

「あんた、まさか、修一を殺《や》っちゃいないよな?」

冗談にまぎらわして口に出した質問は、美寿々が柳沢のアパートで見せた不審な態度以来、佐脇の心にずっと引っかかっていたものだ。

だが美寿々は佐脇をキッと睨み返した。

「私が？　彼を殺す？　あのことがあってからも私の傍にいて、助けてくれた、たった一人の人が、彼だったというのに？」

「そうだよな。あんたの教え子どもがあんたを輪姦《まわ》した時、あいつは不良どものパシリに使われて、あんたをおびき出したんだもんな。やつがあんたをずっと気にかけてたのは、いわゆる良心の呵責、罪滅ぼしってやつか」

佐脇はこの際だから、とずっと疑問に思っていたことを美寿々にぶつけてみることにした。どうも美寿々と柳沢修一、かつての女教師と教え子の関係には不可解なことが多すぎる。

「そんなことまで……調べていたんですか」

美寿々の全身から、それまで見せていた感情の激しさがふっと消えた。またいつもの、物憂げな、投げやりともいえる表情に戻ってしまっている。

佐脇は気づいた。この、物憂げな様子は、美寿々が防御のために身に纏《まと》っている、鎧《よろい》のようなものだ。世の中の一切、どんな相手にも、もう二度と何も求めず、期待しない。

この鎧をつけてしまった美寿々からは、何ひとつ本当のことは聞き出せないのでは？

焦った佐脇は追い討ちをかけるように、ひどいことを言ってみた。何とか、この女の無感覚の鎧に切り込み、ゆさぶり、本音を引き出したい、そう思ったのだ。

「そりゃ調べるさ。おれがデカだってことを忘れたか？　で、五年前の五月のあの晩、パシリに使われて、見事あんたをおびき出した修一は、そのご褒美をもらったのか？」

「ご褒美って……何のことですか？」

「決まってるじゃないか。やつも、あの晩、あんたとヤッたかということだ。憧れの先生の、年上の女性のカラダで、修一は筆下ろしさせてもらえたのかな？」

「その話……聞きたいですか？」

美寿々は佐脇を見た。ぞっとするほど暗い目になっていた。

「佐脇さんが聞きたければ全部、お話しします。今まで、本当のことは、誰にも話したことがなかったけれど」

「ああ聞きたいね。おれとしては、修一も、あの晩、あんたに突っ込んだと思ってる。不良どもと一緒になってな」

やや翳《かげ》はあるものの、基本的には真面目な好青年と佐脇にも見えた修一だが、修一の母親が思っているような、なんの罪もない天使であるはずはない。美寿々にも、その事実を突きつけたい。いや、佐脇自身がそう思いたいのかもしれない。

「いったい、あんたと柳沢修一は、どういう付き合いなんだ？　そもそも、あんたらの間にあるものは何だ？　カラダでつながってたのか？　過去の腐れ縁か？　それとも……」

愛か? と言いかけて、佐脇はかろうじて思いとどまった。こんな気色の悪い言葉が口から出そうになるとは、今晩のおれはどうかしている。

「とにかく、あんたらの関係が良く判らなくて、スッキリしないんだ。おれは」

「だから、それは全部お話ししますよ。でもこんな車の中じゃダメです。ホテルにでも連れていってください」

腰が抜けるほどセックスして、今夜あったイヤなことも、そして修一のことも忘れてしまいたい、美寿々は淡々と過激なことを言った。それを聞いた瞬間、佐脇のテンションも上がった。いや、つい先刻、喪服姿の美寿々を見た瞬間から、佐脇の下半身も、ずっと同じことを考えていたようだった。


バルケッタで乗りつけたラブホテルに落ち着いた美寿々は、問わず語りに柳沢とのいきさつを、ぽつぽつと語り始めた。

五年前、美寿々が新任の女教師として赴任した南山高校は、表向きは進学校だったが、裏では、成績が良ければ多少の非行は不問にする学校の方針を悪用した不良グループが、幅をきかせていた。「成績が良ければ何をしてもいいんだろ」という連中だ。

学校側は進学実績優先で、彼らの非行には見て見ぬふりだ。そんな中で、美寿々は本音と建て前の矛盾に悩んでいた。

その状況の中、一生懸命授業を聞いてくれ、よく勉強していたのが柳沢修一だった。

「決して頭の良い子ではなかったんですけれど、彼は真面目でした。実家も裕福で、お姉さんや御両親にかわいがって育てられたので、おっとりしていました」

そのあたりのことは、佐脇も環希を通じて知っている。美人で熱意のある新任女教師は、やがて不良グループに目をつけられ、彼女の「お気に入り」の柳沢修一がリンチを受け脅されて、美寿々を呼び出す役目を強要されたのだ。

「で、あんたは五月十日、生徒のアパートで不良どもに輪姦された、と。あれは淫行で、あんたも合意の上だった、ということにされているが、あんた自身がそうじゃないと言ったし、おれもそう思わない。あんたは騙されて、現場のアパートに呼び出されたんだろう？」

佐脇に突っ込まれた美寿々は、はっきりとは否定も肯定もしなかった。

「……柳沢君が泣きそうな顔で、どうしても来てほしい、と頼み込んできたことは覚えているけれど」

「その後に、不良グループ五人全員に突っ込まれることになるとは、まさか思ってなかったんだろう？　あんたが見かけに似合わない好き者なのは、おれも知ってるが、あの頃のあんたは夫や舅姑も家に居て、しかも真面目だと評判の高校の先生だ。自分の意思で不良グループの連中と大乱交ってのは無理があるよな」

「さあ……今となっては無理やりだったのか、それとも好きでやったのか、私にもよく判らない……男と女の事、しかもセックスの事になると、いろんな趣味があるわけだから、いいとか悪いとか他人が言っても意味なくなりますよね。というより、どうでもいいじゃないですか、そんなこと」

美寿々は、どういうわけか、以前とは百八十度違うニュアンスの事を言い始めた。佐脇が実際に『真相究明』に動き出して焦《あせ》ったのか？　しかし、焦るとは何に？　何故？

前と言っている事が違うと問い詰めれば、美寿々は貝のように口を閉ざしてしまうかもしれない。佐脇は美寿々の翻意について真意を摑めないまま、話を続けた。

「いや、どうでも良くはない。これは大事なことだ。正義がどうのと綺麗事を言う気はないが、法が曲げられ、その結果、悪いやつが大手を振ってのさばっているとすれば、そんなことを許せるか？　少なくとも、許すつもりは、おれにはない」

美寿々は黙った。何もかもを呑み込むブラックホールのような、何を考えているか判らない、いつもの沈黙だ。

しばらく続いた不穏な静寂の後、彼女は不祝儀用の黒い布製のバッグを引き寄せると、中から薄いプラスチックのケースを出した。

「これ、見ますか？　誰にも見せてないし、このまま柳沢君の柩《ひつぎ》の中に入れてあげようと思ったのだけど」

美寿々が差し出したのは一枚のＤＶＤだった。ラベルも文字も何もない、どうやら私的に撮られたもののようだ。

「さっき、彼と私が、あの日、セックスしたかどうか聞いてましたよね。これを見れば判るんじゃないですか」

客室備品のデッキにディスクを挿し込むと、液晶テレビの大画面に、絡み合う複数男女の姿がいきなり映し出された。男たちの顔は映されていないか、もしくはぼかしが掛けられている。しかし、ひきしまった躰つきや性器の角度から、ごく若い少年たちと知れた。

女は一人。見覚えのある部屋で、ベッドに仰向けに横たわり、少年たちに両腕と両腿を押さえつけられている。ぼかしの掛けられていないその顔は、佐脇の想像どおり、美寿々だった。

「こんなものが……あったのか」

佐脇がこれまでに調べたところでは、美寿々が起訴された淫行事件では、この映像資料は証拠申請されていない。

「事件当夜のものとしては、写真一枚無いということだったが……。これは、あの夜に撮影されたものなのか？」

美寿々の返事を待たず、佐脇は画面の日付を確認した。２００＊年五月十日……。

画面の中では、若者の一人が性器からコンドームを外している。

ライトに照らされた肉茎はてらてらと光り、避妊具の先端には、精液がたっぷり溜まっている。

カメラが横にパンして、ふたたび全裸の美寿々を映し出した。

美寿々の裸体には性交、いや、暴行のあとが生々しく残っている。乳房には揉まれたあとがあり、指の形が紅く残っている。股間の陰毛も濡れて、ライトに光っている。

スレンダーだが脂の程よく乗った、二十代前半の躰。たしか美寿々はこのころ、結婚後まだ一、二年の、新婚のはずだ。セックスの味を覚え、女体が開花し始めた頃合いだ。一日に何回でも、そして相手が誰でもやりたいさかりの高校生どもには、まさに猫に鰹節《かつおぶし》といったところだろう。美寿々は、飢《う》えた虎の檻《おり》に投げ込まれたも同然だ。

すでに主犯格の少年には犯された後なのだろう、ぐったりと放心状態だった美寿々だが、この様子をビデオに撮られていると判った瞬間、激しくもがき始めた。音声は消されているが、口の動きで『いや、撮らないで』と叫んでいるのが判る。

だが若者たちは美寿々の手足を力ずくで押さえ込んだ。コンドームを外した主犯格以外の全員が、股間のモノを勃起させていた。

カメラは、美寿々の怯えた表情と、少年たちの股間を左右に振って、交互に撮っていく。

少年たちがじゃんけんをし、勝った一人が美寿々にのしかかって女芯に、凶悪な肉茎を埋めて腰を動かし始めた。

ほかの少年たちも順番が待てないのか、思い思いに一物をしごき、ある者は主犯格の少年に何かを訴えている。主犯格の少年の股間のものも、再び反り返っている。

主犯格の少年が許可を与える風に、顎《あご》で指示を出した。

少年たちがいっせいに美寿々の躰に手を出した。一人が左右から乳房に吸いつき、カメラマン役は強制フェラをさせながら、真上から美寿々を撮っている。残りの一人は美寿々の掌をつかみ、勃起した一物を無理やり握らせ、しごかせた。

さすがに美寿々は最初は激しく抵抗していたが、やがて、その表情は、蕩《とろ》けた。声は聴こえないものの、朱い唇から快感の悲鳴が洩れ始めた。白い喉が震えている。

主犯格の少年も手を伸ばし、別の少年と交わっている美寿々の秘部に指を挿し入れた。クリトリスを刺激された美寿々は、ほどなく全身を痙攣させ、激しく絶頂に追い上げられるのが判った。

あまりの生々しい淫らさに、百戦錬磨の佐脇も、ごくりと唾を飲み込んだ。

美寿々の躰をおもちゃにしていた少年たちも、次々に射精した。

主犯格の少年は嬉々として手下が漏らした精液をすくいとり、辱《はずかし》めるように、美寿々の美しい顔に塗りつけた。

その「輪姦の儀式」が終わると、彼らは延々と、入れ替わりたちかわり、あらゆる体位で美寿々を犯し続けた。

これはどう見ても、集団暴行だ。しかし、どんな恥ずかしいことをされても、美寿々は快感に喘いでしまい、果てしない官能に溺れ、何度も絶頂に達して、全身を波打たせる。

そんな彼女の姿を見ていると、合意のうえの淫行と言われても否定しきれない。

そんな佐脇を見透かしたように、喪服姿の美寿々は訊いた。

「どう思います？　どう見ても私、好きでやっていますよね？　実際、気持ちよかったし」

この女は開き直っているのか？

佐脇は懸命に興奮を抑えたが、年甲斐もなくかすれ声になってしまった。

「おれや他人がどう思うかじゃない。あんた……あんた自身がこれをどう思ってるか、それだけが問題なんだ。無理やり大勢に輪姦《まわ》されたとあんたが思ってるのなら、今からでも遅くない。訴えようぜ。再審請求でもなんでも、きちっとすべきなんじゃないか？　こいつらの将来なんか滅茶苦茶になってもいいじゃないか」

佐脇は、彼女の真意を測りきれないまま、言葉を続けた。

「あんたが高校生たちに襲われた事を、証言する人物を、おれは見つけた。君津の野郎は近所の聞き込みもほとんどやってなかったんだ。刑事事件でも重大犯罪じゃない場合、なかなか再審請求は通らないかもしれないが、だったら民事で訴えて、当時の高校生とか取り調べた刑事たちから金をふんだくれるぞ」

「私……お金はどうでもいいんです」

美寿々はうつろな声で呟いた。

「いや、金と言ったのはナニだが……民事裁判の過程で、連中の嘘とか前の裁判の事実誤認とかを世間に曝《さら》せる。あんたの実家の近所の連中の誤解も解けて、あんなエロ旅館の住み込みとかしなくても、またあの家に住んで、もっとちゃんとした仕事も出来るだろう。いや、教師に復職だって」

「なに言ってるの？」

その声にはケンがあった。

「今更、教師に戻れるはずがないでしょう。おためごかしは止めて」

「いやしかし、あんたは被害者なのに加害者にされて、地位も名誉も奪われて、家族まで無くしてしまったんだろ。それが悔しくてなんとかしたいから、オレにも喋ったんだろ？」

「それは……それは違うの」

美寿々は佐脇に躰を寄せてきた。彼の胸に顔を埋め、首筋に舌を這わせてくる。

「あれは……あなたに関心を持って欲しかったから……。要するに、気を引きたかったのよ。こう言うの、水商売の女にはありがちな手口でしょ？」

美寿々は微笑《ほほえ》んで見せた。

「じゃあオレは、あんたの営業トークにまんまと引っかかったってワケか？　しかし、あんたは、嘘はついていないんだよな」

「だから……もう終わった事ですから」

彼女は佐脇の目をじっと見て、今度は下腹部に手を伸ばしてきた。

「だって、失われた時間は返って来ないんです。ああいうことがあった以上、家族だってもう、絶対に元の形には戻りません」

「しかしだ。あんたが自分から誘ったのと、やりたい盛りの悪ガキ高校生にレイプされたんじゃ、話はまるで違うじゃないか」

「そうかしら。結局は同じ事のようにも思えたりして」

「じゃあ、あんたは今、どう思ってるんだ？　どうしたいんだ？」

ハッキリしない美寿々の態度に、佐脇は苛立ちを隠せなくなってきた。

「どう思ってるって言われても……自分でもよく判らないんです。朝、目が覚めて全部忘れてしまいたくなったり、逆に、あんなに気持ちよかったことはないと思ったり」

「なんだ、それは！」

歯がゆさと苛立ちが、一気に欲情に転化した。

佐脇は画面の中の少年達と同じくらいの勢いで、美寿々に襲いかかった。

喪服の襟元に腕を突っ込み、ぐいっと左右に押し広げつつ、中の乳房を鷲掴みにした。

同時に裾前を割って下半身に手を入れて、完全に喪服を乱した。

「男の人って、喪服に燃えるって、本当ね」

そういうスレた女の物言いが、佐脇の劣情をいっそう刺激した。

帯を解いて裸にするのももどかしく、胸元と裾を広げたままの凌辱同然に、二人は交わった。佐脇はもちろん、美寿々も燃えて、激しいオーガズムを感じて、果てた。

が……。事を終えた佐脇がＤＶＤの画面に目をやると、呆れたことに少年たちの凌辱はまだ終わっていなかった。一人の少年が、ほかの少年たちに抱え上げられて無理やり美寿々の上に乗せられているが、その少年はなぜか嫌がっている。だが、他の少年たちにけしかけられ、ペニスを掴まれて無理やり挿入させられて、無理やり腰を押されたり引かれたりして、「強制抽送」をさせられている様子だ。

「さっき訊かれたこと、まだ答えてなかったですね」

美寿々はぐったりとして横たわり、乱れた喪服の裾前や襟元を直すこともなく、ほつれ毛をうなじに貼り付かせたまま、言った。

「今、私の上に乗せられているのが柳沢君。みんなはそう思ってないようだけど、彼とも、あの晩が初めてだったんです」

最初は強制的に交わらされた修一だが、やがてその動きに熱が籠り、最後は自分から腰を使い、果てるまでの様子を、カメラは余すところなく映し出していた。

「しかし……あれだけ大勢に、しかも何回もやられて、よく妊娠しなかったな」

スキンだって足りなくなったろう、と言った佐脇に、彼女は、連中はモーニングアフター・ピル、つまり、事後に服用しても効果のある避妊薬を用意していたのだと答えた。

「だったら間違いなく計画的な集団暴行じゃないか。このＤＶＤは預からせてくれ。新たな証拠として再審請求ができる」

美寿々は黙ってベッドから離れ、デッキからディスクを抜き取った。だが次の瞬間、彼女はデッキの側《そば》の、ホテルそなえつけの電子レンジの中に白い円盤を投げ込み、スイッチを押してしまった。

次の瞬間、レンジの中ではバチバチっと激しい火花が飛び、プラスティックが燃えるイヤな臭いが立ちこめた。

「何をするんだ！」

「これでいいんです。どうせ彼と一緒に、火葬場で灰にしてもらうつもりだったから」

美寿々は佐脇に笑みを浮かべた。

「これを証拠にしても、私が気分を出しているとかヨガっているとか、どうせそんな風にしか思われないですよ。それにこの頃、夫には毎晩、これと大して変わらないセックスをされていました。相手が大勢とはいっても、殴られなかっただけマシだったと思うし……。私、乱暴にされたほうが感じるのは、佐脇さんにも判りますよね？」

「あんた、セックスの時以外でも、亭主に暴力をふるわれていたんだろ」

佐脇は聞き込みで知った情報を美寿々にぶつけた。

「それどころか舅姑まで、あんたの家に転がり込んできて、好き勝手をやっていたそうじゃないか。ジジイに尻を触られたり、ババアに親の形見や位牌を捨てられたり、ひどい嫁いびりをされていた、と聞いたぞ」

だが美寿々は、やや不快そうに眉をひそめただけで、相変わらず感情を表さなかった。

「別に。大したことじゃありません。このへんではよくあることですよ。田舎ですからね」

「じゃあ、これはどうだ？　旦那はギャンブルにハマって勤め先もクビ、あんた一人が高校で働いて、ヒモも同然の旦那とジジババを養ってた。だが連中は感謝するどころか、掃除のひとつもせず、家事一切はあんたの役目。旦那は借金を重ねて、あんたの亡くなったご両親が積み立ててくれた預金を吐き出させ、あの可愛いオレンジ色の屋根の家まで抵当に入れようとしてたんだよな？」

佐脇を苛立たせる美寿々の無表情が、少し動いた。

家は夫に権利書を持ち出され、一度は人手に渡りかけたが、寸前で気がついて、なんとか借金のカタに取られることはまぬがれた、と美寿々は言った。

最初はいつものポーカーフェイスで感情を表すことなく、淡々と答えていた美寿々だが、話すほどにその無表情に亀裂が走り、次第に激しい憎しみが湧き上がってくる様子が、手に取るように判った。

あとひと押しだ、と佐脇はなおも言葉を重ねようとしたが、美寿々はそれ以上を拒《こば》んだ。

「もう、やめましょう……こんな話。過ぎたことだし」

「まあ、そう言うなよ。で、もちろんあんたは知ってたんだよな？　あんたのご両親が、最後の旅行に出かける前の晩、あんたの家のガレージから出てきた男がいると。出てきたのはあんたの夫になった男で、そいつがこそこそと逃げていくのを見た奴がいるって話は」

西松がブレーキに細工して、美寿々の両親を殺した、という話は、なにしろ村じゅうの噂になってたからな、と佐脇が話を大げさにして付け加えたところで、美寿々の顔色が変わった。

「村じゅうの人が知ってた？　本当なんですか、それは！」

「そうだよ。村の誰一人としてあんたに教えてくれなかったのか？　そいつは不親切だな。それさえ判ってりゃ、旦那はあんたのカラダ目当て、ジジババはおたくのカネ目当て、住むところに女中に、おまけにセックスまでついてる連中の餌食《えじき》にされずに済んだだろうに。おっと。今のは言い過ぎた。勘弁してくれ」

佐脇はわざと軽い調子で煽った。

「あんたが惚れて結婚した亭主と、そいつを育てた親だ。きっとあんたにしか判らない、いいところも一杯ある人たちだったんだろう。一日も早くあんたのもとに帰ってくるよう、おれも祈ってるよ」

「いい人たちだなんて、とんでもない！」

美寿々は食いしばった歯の間から、唾でも吐き捨てるように言った。

「あの人たちは、両親を一度に亡くしてどうしていいか判らなかった私につけ込んだんです。今なら私にだって判りますよ。私がお人よしのバカで、カモにされたんだって」

美寿々の、いつも物憂げで投げやりなポーカーフェイスは、やはり仮面だった。

仮面の下には、常人以上に激しい感情が渦巻いている。ずっと隠してきた憎しみ、世の中の何もかもへの憎悪を、彼女は今や剝き出しにしていた。

「佐脇さんだって私のことをバカでお人よしだと思っているんでしょう？　でも……結婚なんて、どうせ、みんなそんなものじゃないですか。お互いに食うか食われるかですよ。愛とか嫁のつとめとか、綺麗事に騙されたほうが負けなんです」

「その通りだ。結婚なんてどうせそんなものだ。だからおれも女房と別れた」

まあオレの事はいいんだがと、佐脇はなおも核心に切り込んだ。

「だが『どうせそんなもの』の中でも、あんたの亭主は超弩級のクソだぞ。そのことも当然、判ってるよな、賢いあんたには。そして、そんなひどい旦那とそのクソ両親なら」

ここで決定的な言葉をぶつけた。

「きっと、殺してやりたいほど憎かったろうな」

佐脇が言った途端、美寿々はハッとした表情になり、貝のように口を閉ざすと、「帰りましょう！」

と決然とした声で言った。

「その前に、シャワーを浴びてきますから」

と、バスルームに入った。

喪服の女は、ゆっくりと、シャワーを浴びた後、再び着付けをするのに時間がかかる。

佐脇は、美寿々のバッグを探った。

常用の鍵がついていると思われるキーホルダーとは別に、鍵屋から渡されたままと言う感じの、安いキーリングについた鍵があった。それは、複製のきかない電子錠で、常用の鍵の、凹凸のある昔ながらのものとは見た目からして違う。

佐脇は、その電子錠のキーを取って自分のズボンのポケットに入れ、服を着るとコーラを飲んだ。

部屋の冷蔵庫にあるソフトドリンクはあらかた飲み尽くし、あとはビールを開けるしかない、という頃に、ようやく美寿々はバスルームから出てきた。

「送ろうか」

「いえ……もう遅いので、タクシーで湯ノ谷温泉の従業員寮まで帰りますから」

そう言わずに送るぞ、とまでは言わなかった。佐脇は、美寿々の実家の家捜しをしようと決めていたからだ。ここから湯ノ谷温泉まで行っていると、かなり遅くなってしまう。


ホテルを出て、美寿々をタクシー乗り場で降ろした後、佐脇は美寿々の家に直行した。

家宅捜索の令状は、取っていない。要するに不法家宅侵入をやろうというのだ。

佐脇は喪服のまま、慎重を期して、家宅捜索用の白手袋をした。

当然だが、鍵は開いた。外のメーターは回転していたから電気は生きているが、灯のスイッチは使わず、持参した懐中電灯で部屋の中を照らした。

家というものは、誰かが住んでいないと荒れてしまう。掃除と整理整頓が行き届いていても主が不在だと、不思議な事に、荒涼とした雰囲気が漂う。美寿々の家もそうだった。

二階建てで、かなりオシャレなインテリア。クリーム色の上品なカーペットに、イケアのリビングセットにダイニングセット。同系色で揃えられたカーテンやランプシェード。都会的なセンスでまとめられているが、窓外は土着的な日本の農村だ。

一階は生活の場で、リビングの他には上品にしつらえた和室。階段を上がると、美寿々夫婦の寝室だったらしいベッドのある洋間と、元は美寿々の両親の居室で、その後は夫の両親の部屋にされていたのではないかと思われる和室。その他には、美寿々の勉強部屋のような、机と天井まである作り付けの本棚がある典型的な書斎もあった。

だが、仔細《しさい》に見ていくと、妙な感じはあった。家の中に残されているものに、かなり厳しい選別がなされているようなのだ。

たとえばリビングの小物棚には、美寿々とその両親らしい中年の男女が写った写真が飾られているが、美寿々とその夫が写ったものは、一切ない。そして、夫の両親らしい人物の写真も同様に、一枚もない。

どこかの湖をバックに、幸せそうに微笑んでいる美寿々の一家。インテリ風の両親の間でにっこり笑っている美寿々は、まだ中学生か高校生か。

彼女と両親の思い出が残る写真は、何枚も飾られている。その中の美寿々はゆっくりと成長して、両親はゆっくりと老いている。一家が仲良く、仲睦まじいことは写真を通してひしひしと伝わってくる。

想い出に埋め尽くされた家。佐脇は昔見たトリュフォの映画を思い出した。彼だって、フランス映画を見た頃はあるのだ。その映画の主人公は、思い出の中だけに生きていた。その生き方は、健全なものではなかった。

主人公は、たしか、若い女に生きる力を貰うのだが、美寿々の場合はどうなのだろう？

寝室のクローゼットには、美寿々のものらしい衣類はあるが、男物は一切、ない。

和室も同様、室内にも押し入れにも作り付けのタンスの中にも、美寿々の両親の写真や衣類や荷物はあるが、夫の両親の痕跡は何もない。

美寿々の両親の衣類や荷物をどう見分けるか、と言えば、写真が大きな手がかりだ。残っている中高年齢向けの衣類の柄や色は、写真の中で微笑んでいる美寿々の両親が着ているものと、同じ好みのものばかりだ。

美寿々の書斎の本棚には、たくさんの本が詰まり、机の引き出しにも様々な書類が入っている。ファイリング・キャビネットの中にも、教師時代のものだろう、書類が整理されて入っていた。

してみると……この家の中には、美寿々本人と、その両親の物しか残されていない。厳しく選別されて取り置かれた、と言うべきか。そして、彼女の夫とその両親のものは、見事と言っていいほどに、一切ない。それどころか、彼らがここで生活していたという痕跡すら、すべて消されているのだ。

指紋を採れば出てくるだろう。薬品を使えば、夫一家の反応も出てくるだろう。しかし、美寿々は、夫とその両親を想起させるものをすべて処分したのだ。かなり強固な意思を持って。

――かなり強固な意思？

と、その時、冷蔵庫が作動するブーンという音がした。

冷蔵庫。

もしや、と最悪な想像をしてしまった佐脇の背筋に、冷たいものが走った。

誰も住んでいないし、これからも住む予定もない家なのに、冷蔵庫の電源は入っている。何を冷やしているのか。まさか……。

百戦錬磨の佐脇とは言え、いきなり切り刻まれた死体を見るのはダメージが大きい。考えられるもっとも残酷な状態を想像し、大きく息を吸い込んで覚悟を決めると、冷蔵庫のドアを開けた。

中は、だが、空だった。

コンセントを抜き忘れたのか、ただ、意味もなく作動していただけだ。

いや、冷蔵庫に死体を隠すのはバカだ。すぐ見つかってしまう。もし、隠すつもりがあるならば、屋根裏か。だが、死体は腐る。湧き出す体液の量と臭いは尋常なものではない。ビニールシートの小さな穴から天井に伝わり落ちるかもしれない。

見たところ、天井にはそういうシミはないし、異臭もない。

ならば、押し入れの中に厳重に密封された状態で……。

佐脇は、家中の押し入れやクローゼット、小物入れを片っ端から開けて、中を改めた。

だが、それらしいものは、まったくなかった。バラバラにされた遺体が詰まった段ボール箱を、家捜しした警官が見逃した事件もある。佐脇は念入りにすべての箱を引っ張り出して中を覗き込んだが、それでも怪しいものは発見できなかった。

ならば……床下か。

一階リビングの床を剝がすのは大仕事だ。それは、さすがに令状を取らないと出来ない。だが床を原状復帰させるのも大工仕事が出来なければ無理だから、美寿々にも出来たとは思えない。

さしあたり素人でも可能なのは、和室だ。畳を外して床板を外せばいいのだ。

佐脇は、床板をスコップの代わりにして和室の床下を掘り始めた。

埋めたとすれば、三人分。同じ穴に入れたとすれば、かなり土が盛り上がるはずだ。腐って自然分解すれば、今度はその部分が落ち込む。死体を埋めた痕跡は、条件次第だが、外からでも結構判る場合がある。

佐脇は大汗をかいて、掘ろうとしてみた。しかし、その土は堅くて、なかなか掘れなかった。とすれば、かなりの年月にわたってこの場所は掘り返されていないということになる。

すべてを元に戻して、洗面所で顔を洗った。

冷たい水で顔を洗っていると、オレはどうしてまた、死体がこの家に隠されているなどと考えてしまったんだろう、という思いが湧いてきて、佐脇は自嘲の笑いを浮かべた。

すべてを疑うのは刑事の鉄則だ。それにしても、いささか的外れだったのは、予断を持って捜査する君津の病に、自分も取りつかれていたのか。

そう思うと、自嘲の笑いは苦笑に変わった。

汗だくで、しかも土で汚れた姿のまま玄関の扉をあけると、人影が立ち尽くしていた。今し方、死体を探したばかりだったので、ぼうっと立っているその姿が幽霊に見え、思わず叫び声を上げそうになった。

「佐脇さん」

その声は、美寿々だった。

「……どうして、ここに？　寮に帰ったんじゃなかったのか」

驚くと同時に、彼女に対して、後ろめたさや疚《やま》しさが募った。

ここで何をしていたのかと問い詰められたら、答えようがない。普通の人間なら、自分の家に勝手に侵入されて、あれこれ家捜しされるのはとんでもないと思うはずだ。

佐脇も、彼女の激怒に身構えた。

だが、美寿々は意外にも極めて冷静だった。黙って佐脇を見つめて、顔には微笑みさえ浮かべている。

「別れてから、やっぱり急に佐脇さんと一緒にいたくなって……」

美寿々は佐脇を計るように見つめながら、言葉を続けた。

「若いコみたいな事を言うようですけど、ちょっとドライブに行きたいなぁ……」

黙っている佐脇に、美寿々はなおもねだった。

「佐脇さんの車、外車でしょう？　さっき乗せてもらって、すごく感じ良かったから。この辺には全然走ってませんよね。思いっきり走ったら速いんでしょう」

「いや……排気量は小さいからな」

「どこの車ですか？　イタリア？　ねえ、さっきはホテルまでだったけど、もう少し遠くに行きませんか？　ちょっといいでしょう？」

いつになく『おねだり』をするその口調はねちっこく、執拗《しつよう》だった。いつもの美寿々は、自分を卑下するくせにプライドは高く、おねだりのような下衆《げす》な真似は決してしない女だったはずだ。

「さっき、ホテルで別れたばかりじゃないか」

「やだ、佐脇さん。女の私に、これ以上言わせる気？」

美寿々は、なおもシナを作って佐脇に迫った。口調は甘えて、とびきりの可愛い微笑みを浮かべているが、その目は冷たく相手を凝視している。

佐脇にはそう思えた。相手の一挙手一投足を観察して、即座に次の出方を決めようとする、まったく隙を感じさせない緊張感を、美寿々は全身から放っている。

「さっきのがとてもよかったから……ねえ、佐脇さんなら、もっともっと元気が残ってる

「でしょう?」

このまま別れるのは納得しそうもない美寿々を乗せて、佐脇は車を走らせた。

「ねえ、どこに行くの？　私、海が見たいなあ……」

若い女が言うような言葉を完全に無視した彼は、速度を上げて山のほうに進路を向けた。

「これって……」

「そうだ。湯ノ谷温泉だ。今夜はもう疲れた。あんたも明日、仕事だろ」

「今夜はずっと、一緒にいたいのに」

「いや、今はやめておく。それに、今から署に戻らなけりゃならないんだ」

そんな必要はなかった。しかし、佐脇は湯ノ谷プラザホテルの前で、美寿々を放り出すように降ろした。

いつになく積極的に甘えるその不自然さが、どうにも生理的な拒絶を惹き起した。

この女とはしばらく距離を置いたほうがいい。喪服のランデヴーなど縁起でもないし、今着ている喪服のまま棺に納まって葬式を出される茶番は御免だ。

危険を察知した彼の本能がそう告げていた。


街に向けて車を走らせていると、激しい咽喉の渇きに気付いた。

ハンドルを握る掌には、汗をかいていた。それに気付くと、全身にも脂汗が浮かんでいるのが判った。

柄にもなく、佐脇は恐怖を感じていた。美寿々の殺気を察知したのだろう。それが今、判った。

なにか飲みたいが、こういう時に限って、コンビニも自販機も見当たらない。この辺はど田舎の山間部だから仕方がないのだが。

さっきの、美寿々の実家の近くにコンビニがあった事を思い出した。この際、あてもなく探して走り回るより、確実にあると判っている場所に行ったほうがいい。

車を走らせていると、この辺には深夜も開けている店が皆無なのに改めて気づいた。車の通行もないし、人家もない。店は夜になると早々に閉めるのだろう。田舎とは言え市街地にいると「田舎の田舎」は三十年以上前から時間が止まっているのだ、と言う事が判らなくなる。

ふたたび美寿々の家のある地区に近づくと、道路が広くなった。やがて、遅くまで開いているラーメン屋とか居酒屋がぽつぽつと現れた。このあたりまで来るには車が必要だが、居酒屋でまったく酒を出さないという事は無いだろう。その気になれば運転者に酒を提供したカドで捕まえる事も出来そうだが、それはまた今度にしよう。

ようやく、闇の中にひときわ光り輝くコンビニに辿り着いた。

夕食をとるのは面倒だが、咽喉も渇いたし腹も減った。

ペットボトルの茶とお握りをカウンターに置く。

「ただ今キャンペーン中なんで、お握りと一緒ですと、ワールドカップ協賛のスポーツドリンクが三十円引きになりますが？」

と、店員が薦めてきた。カウンターのうしろの壁に、青いレプリカユニフォームが飾られている。

「いや、いいんだ。サッカーには興味ないから」

その時、外の道路を大型ダンプが轟音を立てて通った。店が揺れるほどの振動があった。

「このへんだけ夜も商売になるのは、ああいうダンプとかが来てくれるからで」

ダンプカーは土砂とか産廃を満載しているような様子だった。

「こんな夜中に？」

「ええ。立ち寄った運転手さんが言ってました。ヤバイ荷物は夜運ばないと、みたいな」

「この先に産廃処理場とかあるのか？」

と、訊いた時に自分で答えが出ていた。この道路は産業道路で、人里離れているから公害系の工場を誘致しようとしたが失敗、その予定地は産廃処理場になった。しかし、県だか市だかが造成して売却した区域を業者が勝手に拡張し、境界を大きくハミ出したので、周囲の地権者と揉めている話は、佐脇も知っている。以前、何度か処理場の中に立ち入り捜査をした事もある。不法投棄する為に掘った穴に雨水が溜まって池のようになっていた光景が印象に残っている。

こんな無法がまかり通っているのも、問題の産廃業者がヤクザだからだ。違法な処理も山ほどやっているはずだが、県も市も警察も、本腰を入れて解決する気はまったくないようだ。

「ここの脇を五キロくらい入った、山の中ですよ」

若い店員はにこにこして教えてくれ、佐脇が財布から千円札を出したその拍子に、中に入っていた一枚のカードをカウンターに落としてしまった。

「あ?」

若い店員が、写真入りのそのカードを注視して、怪訝な顔をした。

それは、柳沢修一のネットカフェの会員証だった。

店員の顔には「ヤクザが若いヤツからカツアゲした証拠を見た!」と書いてある。

佐脇が警察手帳を見せると、店員は興味津々という様子で身を乗り出してきた。

「ああ。スミマセン。ボク、てっきり」

「判ってるよ。この顔だもんな。ヤクザと思ったんだろ? 似たようなもんではあるが、多少はマシなお巡りさんだから」

冗談めかすと、店員は気を許して表情を緩ませた。

「この人、自殺したんですよね。ニュースでやってました」

「うん。それで、彼の足取りを、ちょっとね」

「この人は、よくこの店に来てましたよ。だから顔を覚えてたんです。近所に住んでたんですかね？」

「……一人で来てたのかな？　誰かと一緒に？」

店員は、捜査に協力するという晴れの舞台を与えられてか、嬉しそうに考え込んだ。

「だいたいは、一人でしたねえ。一度だけ、女の人と一緒だった事がありますけど」

「女って、若くて、ちょっといい女じゃないか？　スッキリした顔立ちで、腰の辺りが色っぽい」

そうそう、そういう人でした、と店員は頷いた。

「なんか、おかしかったんですよ。その女の人と一緒だった夜の、この人の様子が」

詳しく聞かせてくれ、と佐脇は頼んだ。

「あれは……五年くらい前の夜で、自殺したこの人……柳沢さん、ですよね、この人がずぶ濡れになって、店に入ってきたんです。ぎょっとしましたよ。六月くらいだったけど、ガタガタ震えてて、タオルとか、暖かい飲み物とか買ってました。膝から下も泥だらけだったんで、床を汚しちゃって申し訳ないって恐縮してました。気の毒になって、自分、着替え貸しましょうか、って言ったんだけど、いや、いいです、迎えが来るからって」

「足が泥だらけだった？　ここの前の国道は舗装されてるよな」

「ええ。そうですけど。でも、ここの脇から山に入っていく道だと、奥の方はダートのままだから……こんな夜に、山から歩いて降りてきたのかなって。でも、なんか、ドブみたいなミョーな臭いがしたんですよ。それで憶えてたんだ。……ああ、そういえば、その一時間くらい前に、山のほうに登っていく車が一台あったんで、彼、あれに乗っていたのかな、って何となく」

その夜、一人で店番をしていた店員はラジオでサッカーの中継を聴いており、日本代表が海外の試合でゴールを決めた直後に、白い車が外を通り過ぎるのを見た、それで記憶に残っていたのだ、と話した。

「仕事中だからラジオはいけないんですけどね。でも自分一人で、零時を過ぎてて、あまりお客さんも来ないいって判ってたんで」

「で、それからどうしたんだ？」

「この人、ケータイでどっかに連絡してて、しばらくして別の車が一台来て、それに、その女の人が乗ってたんです。その車に乗って、一緒に帰って行きましたよ。女の人は普通だったけど、彼、雨も降ってないのにずぶ濡れで、ずっとガタガタ震えてて」

店員はよほど印象的だったのだろう、同じ事を繰り返して首を傾げた。

「そう。あの夜は、雨なんか降ってなかったです。雨だとレジの前に傘を並べなきゃいけないんで。で、震えてるのは、なんか寒いだけじゃなかったような……幽霊でも見たのかなっていうくらい……。ホットコーヒー飲んでも、顔の色が真っ白だったから」

「で、その前に山の方に登っていった車はどうした?」

「さあ。降りて来たのを見た記憶はないですね。この奥、処理場で行き止まりなんだけど」

「その夜の日付、思い出せないか?」

さあね、と店員は考え込んだ。

「あれは……アジア最終予選の中継だったから、たしか五年前の六月ですよ。日付もわかると思います。ちょっと待ってくださいね」

店員は携帯を取り出し、いくつかボタンを押した。

「これ、グーグルに接続できるんです。便利でしょ? ……ええと、あの月、中東でアウェーの試合があったのは十三日。十三日の深夜っていうか、十四日の未明ですね」

五年前の、六月十四日。

佐脇は内心ビンゴ! と叫んでいた。

その夜、実際何があったかは判らない。だが、沼尻賢哉が美寿々と仲良くラブホテルに行ったと証言してその画像も残っている六月十四日。最初は合意の上でホテルに行ったわけではないと主張していた美寿々はこの日付が出た途端に供述を翻《ひるがえ》した。以後の美寿々の、あたかも冤罪を晴らす気のないような不可解な言動についても、その鍵は五年前の、この夜にある。

雨も降っていなかったのにずぶ濡れだった柳沢修一。この辺でそれほど大量の水があるのは、あの、産廃処理場の中の池しかないはず……。

佐脇は、ある確信を持った。

＊

明太子のオニギリで腹具合を誤魔化した佐脇は、夜も更けているのに鳴海署に顔を出した。

こういう時、自分はつくづく無趣味だなあと思う。犯罪捜査以外の趣味といえば、女しかないが、今夜はその方面も、もう間に合っていた。

刑事課に入ろうとした時、八幡が廊下を小走りにやってきて、佐脇の顔を見るなりギョッとした。

「驚くな。そう珍しい事じゃないだろ」

八幡は、そうじゃないんですと視線を泳がせた。

「今、入らない方がいいですよ」

「どうしてだ?」

「不穏な空気が漂ってるんですよぉ」

言っている内容とは正反対の、楽しげな口調だ。元来、この男は地獄耳な上に野次馬根性だから、ヤバい事はいち早く聞きつけてそれを楽しむのだ。

「望月署長ですがね、御大、なんか今、妙にテンパってて。荒れてるんです」

メガネの小男は嬉々として話を続けた。

「でね、今、御大はデカ部屋で君津課長と密談中です。他の連中もいるってのに、ナニ焦《あせ》ってるんですかね」

「そうかそうか。オマエも、あんまり廊下トンビしてると寝首をかかれるぞ。気をつけな」

八幡は、「へっ!」と驚いて見せて自分の首筋を隠した。

刑事課に入ってみると、八幡の情報どおり、君津と望月署長が立ち話をしていたが、佐脇の紫色に腫れ上がった顔を見るとギョッとした。

署長が刑事課の部屋に来る事自体、田舎の小さな警察署とは言え、あまり無い事だ。警察は軍隊に近い階級社会だから、慰問とか激励といった特別な場合以外、用があれば下の者が呼びつけられる。

「これはこれは署長。しっかりやれとシモジモを激励にお運びですかな」

佐脇はこれ見よがしに揉み手をしながら、言ってやった。

「佐脇君。君の帰りを待ってたんだよ。自殺した柳沢修一の通夜に行ってきたんだろ……その顔で」

美寿々の家の家捜しをした時に喪服についた泥汚れは、目立った。

「君が遺族とトラブルを起こしたと苦情があった。通夜の席くらい、静かに出来なかったのかね」

望月は佐脇の乱れた喪服姿を汚らわしいもののように見た。が、すぐに笑顔を作った。

「いやいや、そういう事じゃない。君とやり合うために待ってたんじゃないんだ。ちょっと時間、あるかね？　腹を割って話すには、外に出た方が良くないかな？」

「署長じきじきのお誘いだ。ちょっと行こうじゃないか」

君津が、ほとんど強引に佐脇の肩を摑んで廊下に連れ出した。

「港町の『柏木《かしわぎ》』に座敷を取ってあるんだ。まあ、美味い物でも食いながら、ちょっと話そうや」

「こんな時間にですか？　もう十時回ってますよ。深夜の官官接待ですか。しかも上司が部下を接待してくださるとは、なかなかの新機軸ですな」

「貴様、署長に対する礼儀をわきまえないのなら、こっちにも考えがあるぞ！」

佐脇に関しては極端に堪え性のない君津は、すぐ声を荒らげてしまうが、腹芸と酒席での人心掌握という小技だけで出世してきた望月が、まあまあとにこやかに割って入った。

「まあその、なんだ。『柏木』と言えば、鳴海きっての老舗《しにせ》じゃないか。今でも一見さんお断りの格式を守っている。あそこの魚はたいそう美味いぞ」

あたかも、オマエの安月給じゃ超高級料亭など入った事もなかろうと言う口ぶりだ。

「署長のカオで、こんな時間でも座敷を開けて待ってくれてるんだ」

君津が恩着せがましく付け加えた。

だが佐脇は、その恩義せがましい態度が気にくわない。

「『柏木』は知ってますよ。ヤクザの接待は、いつもあそこでね。連中、育ちが悪いから、とにかくクソ高い店が最高の接待になると思い込んでるんでね。鳴海にお大尽がいなくなって、あの店も大変でしょうな」

鳴海市にはロクな会社もないから企業の接待にも使われないし、県庁所在市からわざわざ来るほど美味い物を出すわけでもない。だから、老舗の名前をかなぐり捨てて、最近ではコンパニオンを呼んで派手な宴会もやっている。

「ああそうかい。イヤならいいんだ。署長。こんなヤツと無理して一緒に酒を飲む事はないですよ」

君津がヘソを曲げた。

「だいたい首を切ろうとしてるヤツの機嫌をどうして取らなきゃイカンのですか？」

「まあまあ……そう言ったものでもないだろう、君津クン」

望月は貫禄を見せて取り成し、佐脇に笑ってみせた。

「君も晩飯はまだなんだろう？　ちょっと付き合いたまえ」

佐脇はほとんど拉致される形で、署長の公用車に乗せられ、港に近い料亭に行った。

車中では署長がまったく無言だったのは、運転手役の警官に訊かれたくないからか。

「しかし……君は通夜に行ったというより、なんだか肉体労働でもした後みたいだな」

座敷に落ち着き、オシボリで顔を拭った望月は佐脇をしげしげと見た。

「柳沢修一の通夜の席での事ですか。始末書なら書きますよ。何枚でも」

署長に注がれたビールを一気に飲んだ佐脇は不貞腐《ふてくさ》れるように言った。

「そんな言い方はないだろう。君ね、警察は組織だってことは骨身に染みて判ってるだろ。あれこれ勝手に首を突っ込んで、組織の統制を乱すような真似は困るんだ。スタンドプレーが好きなのは判るが、だったらやはり、うるさい制約のない民間で、自由にやったらどうなんだ？」

結局、望月は佐脇に因果を含めたい一心でこの席を設けたのだ。君津も言い募《つの》った。

「署長のおっしゃるとおりだ。だいたい君は署長がこうして丁寧に接してくださるのをいいことに、上の者を舐めてるだろ。そもそもとっくに決着のついてる事件を、どうして今さら、オマエが鼻を突っ込んで引っかき回すんだ？」

　君津は『憤懣《ふんまん》やる方ない』とはこういう事かと思わせるような表情をハッキリと見せた。

「あの女に入れ込むのはオマエの勝手だが、付きまとうのはやめろ。捜査に関係ないだろう」

「課長サンさぁ」

　佐脇は薄笑いを浮かべて君津を見た。

「あんた、自分の基準だけで喋るなよ。いや、あんたが出来の悪い刑事だってことは良く知ってるけどね。あんたに言われて担当してる柳沢修一の自殺だって西松美寿々が大きく絡んでると考えないのが不思議で仕方がないね。あんた、刑事に向いてないいんじゃないか？　オレに辞めろという前に、自分が警察辞めて、なんか他のことやったらどうだ？　アンタに出来る商売があるとも思えないがな、と言ったところで、君津が激高した。

　ビール瓶が佐脇の頭を掠めて飛び、後ろの柱に当たって炸裂した。

「キサマっ！　もう一度言ってみろ！　撃ち殺してやる！」

「なんだそれは？　天才バカボンのおまわりさんか？　バカかお前」

　佐脇は完全に君津を舐めてかかっていた。

「だが佐脇、お前が西松美寿々の身辺を洗っているのは、柳沢修一が自殺する前からだろう。それによって柳沢が追い詰められたという可能性だってある。すでに完結している事件を、必要もないのに再捜査する意味が一体どこにあるんだと訊いてるんだ、オレは。オレのしゃべる日本語が判るか？　貴様」

「さあね。オレは高卒で、アタマ悪いから」

相変わらず馬鹿にしたようなニヤニヤ笑いをやめない佐脇に、君津はついに完全に切れ、立ち上がった。

「てめえ！　課長裁量で懲罰にかけてやる！」

「お好きなように。こっちは県の人事委員会か人権救済のほうに訴え出ますがね」

「無駄だな。あの連中には顔が利くんだ。オマエみたいな不良警察官は即刻処分対象だ！」

「おやそうですか。それならタレ込み先を地元マスコミにしますが、いいですね？　『露呈！　ダメ県警の仲間割れ!!　ボンクラ上司、捜査ミス揉み消しか!?』とか何とか、数字の取れそうなキャッチで煽ってやれば連中ダボハゼみたいに食らいついてきますがね。県警上層部も知事閣下もさぞかしお喜びでしょうて。騒ぎを起こしたオレもだが、アンタらも無事では済みませんぜ？」

立ったままの君津は拳を握って震え始めた。

あと数秒で摑み掛って座敷で大乱闘、というところで、望月が割って入った。

「まあまあ。大のオトナがカッカするな。君らは血気盛んな高校生か？　だとしたら相当程度の低い高校生だぞ」

望月は、老練さを見せつけるように、佐脇に酌をした。

「とにかく、人事の内示は明日、予定通りに出す。こちらは、それに従って粛々と進行する。佐脇君、君の後任もすでに内定してる。心置きなく警察を辞めてくれてもいいんだよ」

「……なるほどね。しかし、おっしゃる内容に何の新味もありませんね。どうしてわざわざこんな席を設けたんです？　こういう段取りなら普通、オレを懐柔するとか、口説き落とすとか、賄賂を握らせるとか、そういう展開になるんじゃないですかね？」

民間のヤクザならそうするが、と佐脇は付け加えた。

「君の言う通りだ。君津クンが怒ってしまったんで、段取りが狂った」

望月は正直に言うと、頭を下げた。

「なあ、佐脇君。私は、出来れば、君と事を構えたくはないんだ。出来れば穏便に、仲良くしたい。だから、君の希望を聞こう。その上で、我々の希望も聞いてくれれば、お互い上手くやっていけると思うんだが。むろん、そうなれば内定は出さない」

「署長。こんなヤツに頭を下げる事、ないですよ。警察から放逐してやればいいんです」

怒りが収まらない様子の君津を望月はなだめた。

「まあまあ。君ももうちょっと頭を使わないか。この際だから佐脇君もいる前ではっきり言ってしまうが、彼を野に放てば、今まで以上に面倒な事になるのが判らないか？」

要するに、佐脇は警察の組織の中でしっかり管理する方が自分たちにとって安全だと、望月はあけすけに言っているのだ。

「人事の内示は出す予定だ。しかし、これは要するに建前でね。佐脇君、君が納得する線で折れてくれれば、その内示は出さない。そういうことだよ」

「そうですか。私もね、慣れ親しんだ警察の甘い汁をこれからも啜《すす》り続けたいんです。で、署長のご希望とは何ですか？」

佐脇は、日本酒に口を付けた。

「やっと判ってくれたか。我々の要望はこうだ。西松美寿々に関わるすべての件を、いじるな。これまでに判った事も、すべて忘れてくれ。それから、西松美寿々の件以外でも、私と君津が捜査に関わった件には、一切触れて欲しくない。新しい事件との関連で、どうしてもその必要がある時は、まず我々に相談してくれ。それが絶対にして唯一の条件だ。いや、要望だ。これさえ飲んでくれれば、私が、君の鳴海署における身分を保証しよう。なんなら巡査長から警部補に昇格する手筈を整えてもいい」

「これはこれは。いともはっきりとおっしゃってくれましたね。誤解のしようがないほどハッキリと」

望月がここまで単刀直入に言ったのは、それだけ追い詰められているからか？　そして追い詰めたのは、佐脇なのか？

「今、返事をしなきゃならんですかね？　別に相談する誰かがいるわけじゃないが、ハイ判りましたとすぐ尻尾を振るほど軽いハナシでもないと思いますんで」

「面倒なヤツだな。署長がこうまでおっしゃって下すってるんだ。勿体《もったい》付けずにこの場できちんと返事してしまえばいいんだ」

苛ついた君津が声を荒らげた。

「そうですか。この場で返事しなきゃいけませんか」

一見穏やかな、眠そうにさえ見える表情で感情を読み取り難い望月の顔にも、頼む、と言う文字が浮かんでいるように見えた。

「判りました。それではお断りします」

さらりと言った佐脇は、席を立った。

あまりに素っ気ない態度に、望月は驚愕した。

「佐脇君。君は条件闘争をするつもりか？　我々からもっと何かを引き出そうと言う魂胆《こんたん》か？　しかし君……君を管理職にするのは簡単だが、そう言うのは好まんだろう？」

望月は君津を横目で見た。佐脇を刑事課長にしたら、自動的に君津は飛ばされる。

「署長。それは……」

「冗談だよ君津君。しかしながら人間、向き不向きと言うものがある。私の見たところ、君津君は現場よりも大局を見る管理職に向いている。しかし、佐脇君はあくまでも一つ事を追い詰める、現場に生まれついた人間だ。佐脇君が希望する部署があるなら……」

「私なら今のままが一番有り難い。余計な気を使わず、悪いヤツから賄賂を貰い、持ちつ持たれつで適当にやってたいんです。特別悪事は働かないが、多少の事ならってね」

「そうか。君がそれでいいなら、現状維持という線は保証しよう」

「署長！」

君津が異議を唱えた。

「ダメです。この際、膿《うみ》は出しましょう。キリがない。多少の傷は覚悟の上で、メスを入れないとどうにもなりませんよ！」

あくまで君津は勇ましい。

「君は、きちんとものを考えて言ってるのか？　昔はともかく、今のご時世、世間は警察に厳しいからな。ちょっとした切り傷が致命傷になるかもしれん」

「なに臆病風に吹かれてるんですか。この佐脇は一介の鳴海署の巡査長。ヒラの刑事です。コイツが知ってる事だってたいした事はない。佐脇の伝説に脅えるのは滑稽《こっけい》ですよ。いざとなれば我々にだっていろんな事が出来るじゃないですか」

「そうは言うが……」

佐脇は割って入った。

「いろいろお考えもあるでしょうが、こういう密談は、そちらの意思を統一してからやって欲しいものですな。時間の無駄だ。しかもあんたたちの仲間割れは、見ていてまったく面白くも何ともない」

座敷の襖に手を掛けながら振り返った。

「だいたいの話は済んだようですな。じゃあワタシは帰ります。あとはお二人で、ワタシをどうするかしっかり決めておいてください」

じゃ、と佐脇は後ろ手に襖を閉め、玄関先で待っていたタクシーに乗り込むと、二条町の例のバーの住所を告げた。

まったく馬鹿な連中だが、馬鹿だけに常識の斜め上な事をするから油断が出来ない。それだけに不愉快極まりない。

佐脇は口の中に苦いものを感じた。

やり合ってこの局面は勝ったと言えるかもしれないが、連中の悪意の存在はハッキリ判った。それに、どうも君津と美寿々はつながってるんじゃないか、という疑いさえ感じる。そもそも佐脇が美寿々の身辺を洗っていることを、どうして彼らが知っているのか。たとえば聞き込みをしたヨシコの姑が不審を感じて警察に問い合わせをして、それが君津の耳に達した可能性もあるが……どうも美寿々自身が直接、君津に話をしたのでは、と思えてならない。『あの女に入れ込むのはオマエの勝手だが、付きまとうのはやめろ』と恫喝した君津の表情は只事ではなかった。

美寿々が君津に密告のような真似をしたとすれば一体それは、何故なのか。過去に自分を罪に落とした君津を美寿々は恨みこそすれ、共同して佐脇に敵対する理由が無い。

その訳を考えながら、老婆といっていいママを眺めながら安酒のグラスを傾けていると、携帯が鳴った。相手は入江だった。

『やあ。飲んでるんですか。いいですね。早速ですけど、例の件』

かつては敵だった入江が、今は佐脇に情報を提供してくれる。昨日の敵は今日の友だ。

『まず西松美寿々の夫一家ですが、彼らが国内のどこかで暮らしているという、いかなる痕跡も見つかりませんでした。住民票の移動はもちろん、預金口座の引き出しなども調べたんですがね。そんな事が出来るのかって？　警察庁を舐めてもらっちゃ困りますよ。まともにやったら礼状取らないと調べられませんが、非公式に、私の参考までにということなら、まあ、たいがいの事は出てきます。判らない事はないと言ってもいいでしょうね』

入江は恐ろしい事を平気で豪語した。

『さらに彼らが旅券を取得した形跡も、出国した形跡もありません。二つめ。西松美寿々を集団暴行した少年グループの、主犯格の少年の父親の知人には、警察関係者がいます。そして当該の警察関係者は、かなり上のほうの地位にいます。私の口からその名前は言えませんがね。で、その元少年、沼尻賢哉は、西松美寿々を輪姦した事件を見事ひっくり返して味をしめたのか世の中を舐めたのか、別の準強姦事件を起こして、次は少年刑務所に服役しています。これで完全に転落の人生ですな。母方の苗字に変えて新たな人生を歩ませようとした周囲の配慮を完全に無駄にして、成人してから、また事件を起こしました。現在殺人容疑で指名手配、逃走中です。ここまで言えばそれが何者か、もうお判りですよね？』

「植園賢哉、だろ」

そうだろうと思っていた事がすべて、裏が取れた。非公式であっても、情報としては正確なものだ。

西松美寿々を輪姦した主犯の沼尻賢哉とは、植園賢哉だったのだ。

そして植園の背後にいる『警察関係者』とは、望月の事に違いない。

美寿々が過去に無実の罪を着せられた件についての、すべてのカラクリが読めてきた。

だが、どうしても不可解な事がある。

飲みながら頭を捻っていると、ママが心配そうにじっと見つめている。

「いや……あんたが考えているような悩みじゃないから」

「どんな事か知らないけど、そこまで深刻な顔で考えてるのは、あんまり筋が良くない事のようだね」

「たしかに、筋はまったく良くない。最悪だね」

そう言いつつ、佐脇はビールにウィスキーをどぼどぼと注いでボイラーメーカーを作ると、一気に呷《あお》った。こうでもしなければ、まったく酔えなかった。

第六章　逆転打

翌日の昼前。ついに内示が出る日が来た。

眠れないままに朝早くから動いていた佐脇は、ローカル局『うず潮テレビ』の報道部にいる磯部《いそべ》ひかるを呼び出した。

「今すぐ鳴海の産廃処理場まで来い。いろいろ問題になってる産廃だから場所は判るだろ？　今から三十分で来い」

『え～っ。今すぐって』

ひかるはトンデモナイという声を出した。局がある県庁所在地から鳴海市街まで、車で三十分。さらにそこから産廃処理場まで四十五分はかかる。

『スピード違反しろって刑事さんが言いますか？　普通』

電話の背後では騒々しい気配がある。

『これから取材に出るところなんですよ。夕方のニュースで流すヤツ』

「スタッフ連れてみんなで来いと言いたいところだが、いきなりじゃそうもいかんだろ。

だがな、これは全国ネットものの、凄《すご》いネタだぜ。今までオレがカスを掴ませた事があったか?」

佐脇としては、これが起死回生の大ホームランになる確信があった。

『……すぐ行きます』

ひかるの声がにわかに変わり、その言葉通り、三十分後には飛んできた。

佐脇は、処理場入口脇にとめた愛車にもたれて、コンビニお握りを頬張っていた。

「どうしたんですか! その顔!」

佐脇を見た途端に、ひかるは叫んだ。

「お前はイケメンを見たことがないのか。まあそれはいい。オトナにはオトナの事情がある」

いや、それでもと、ひかるはなにがあったのか探りにかかったが、佐脇は完全に無視した。

「この中が現場だ。さあ行こうか」

「行こうかって、勝手に入るのは不法侵入では?」

処理場の中を指さす佐脇に、ひかるはビビった。

ここは、いわく付きの処理場だ。本来は扱えないはずの医療廃棄物や、化学工場から出る廃液などの違法な廃棄物処理をしていると市民団体に抗議され、廃棄物からしみ出る有害物質が地下水を汚染すると指弾されているが、元から堅気ではない業者は平気の平左だ。要するにヤクザが開き直って経営しているから、怖いものがない。ダンプの搬入時刻も取り決めなど守るはずがなく、沿道では深夜の騒音問題も起きているが、これまた抗議を無視し続けている。

バックについているのは佐脇と仲のいい地元暴力団の鳴龍会だが、佐脇が文句をつけたことはない。それをやり始めると仲良くは出来ないし、市民運動や環境保護の手助けをするのは自分の柄ではないと割り切っているからだ。行政にヤル気があるのなら、しかるべき部署がきっちり摘発すればいい。その邪魔はしないかわりに、手助けもしない。

その意味で、佐脇はこの産廃処理場を含む鳴龍会に貸しが無いとは言えない。

「いいんだよ。不法侵入上等だ。オレをなんだと思ってる？　ヤクザもビビる佐脇様だぜ」

彼は、さあ出せと、ひかるが乗ってきたマーチの助手席に乗り込んだ。

「う。お酒臭い！」

佐脇は昨夜から浴びるほど酒を飲んでもまったく酔えなかったし、眠る事も出来なかった。そして、どうしても冴えてしまう頭で考えることは、コンビニの店員から聞いた、五年前の、ある夜の出来事だ。

「佐脇さん。ネタって、なんなんですか？　今からクルーを呼んだ方がいいかしら」

「まあ、自分の目でネタの真偽を値踏みしてからのほうが良いだろうな」

佐脇は、ゲートにいる守衛のような男に「ヨッ！」と片手をあげて通過すると、ひかるの車を産廃処理場の奥の方に進めさせた。

もともと工業団地用に造成した土地なので、広い。その上、近隣の土地を買い占めたり不法占拠したりして、いっそう広げているから、ちょっとした町一個分くらいはある。

文字通り、無残なゴミの山の間をかなり走って、彼がここだ止めろ、と言ったのは、廃材などが山になっている、処理場の奥の奥だった。

その近くの、外界と処理場を隔てる鉄板製の高い塀は、一部が壊れている。

人目を遮るように高くそびえている塀だが、ヤクザの産廃に誰も入らないだろうという油断が見えた。鉄板が錆びてボロボロになり、優に車一台なら入ってこれるくらいの穴が開いているのだ。

「このへんは事務所から遠いんで、見回りもほとんど来ない。というか、本気で『処理』する気なんかなくて、ただ産廃を棄てるだけだし、さすがにホームレスもここで寝泊まりする気にはならないだろうから、見回りの必要もないんだがな」

ずいぶん見て回ったらしい佐脇は車を降り、勝手知ったる様子で足を進めた。

そこは、彼の言う通りに処理場とはほど遠い、ただの雑然としたゴミ捨て場だった。一応、アイテム別にされているが、それも古タイヤとコンクリート片どまりで、廃車と一緒に、同じ屑鉄仲間というわけか、廃鉄骨や金属片がそのままの形で山になっている。別の山には生ゴミも混じっていて、ひどい悪臭と気味の悪い液体が流れ出している。

「この世のゴミが全部揃ってるって感じですね。人間の死体だって混じってるかも」

ひかるは冗談で言ったのだが、いつもなら軽口を返してくる佐脇が黙っている。

「え?」

まさか、という表情のひかるに、佐脇は、黙って真顔で頷いた。

「えええ!?」

冗談のつもりが図星だったのか、という驚きに目を丸くするひかるを焦らすように、佐脇はそれ以上何も言わず、こっちだと先に進んだ。

「佐脇さん、これ、どういうことなんです? もしかして、ここに死体があるって? 猟奇殺人事件ですか?」

佐脇はそれにも答えずに、黙々と足を進めた。

幾つかのゴミの山を抜けると、かなり広い池があった。近くに土砂の山と、ショベルカーがある。

なにかを埋める為に掘られた穴と思われる池は、テニスコート二つ分くらいの大きさはある。斜面の角度から判断すると、結構深いようだ。その大きな穴に、茶色く濁った泥水が、悪臭を放ちながら、どろりと溜まっている。

「このへんは粘土質だからな、自然と雨水が溜まったんだろ」

「で？　あのう……」

ひかるは正解を知りたくてじりじりしている。

「さすがのオレも、きっちり正解を出す時間はなかった。オレはもう刑事じゃなくなるんだ。山の中の駐在さんになる。所轄も違うし、この池を捜索する権限が無くなる。だから、オタクのテレビ局でダイバーを雇って、この池の中を調べてくれないか？　オタクの独占スクープだぜ」

「調べるって……テレビ局が勝手に入ってそんなこと出来ませんよ」

「大丈夫。現にお前は今ここにいるじゃないか。正式な捜査令状がなくても、ここをやってるヤクザは、オレの言うことを聞く。今だって顔パスだったろ」

そう言えばそうでしたね、とひかるは勢い込んで頷いた。

「で、急にダイバーとか言われてもアンタも困るだろうから、その金はオレが出す。自腹の捜査だ。オレは賄賂《わいろ》をガキの御年玉みたいにつましく貯金してるんだ」

ひかるは、急展開で話を進める酒臭い刑事の話についていくのがやっとだ。

「夕方のワイドショーに大スクープが欲しければ、表向き、オタクの局が準備したという事にして、ダイバーとクレーンかウィンチを用意しろ。もちろんオタクの局のカメラもな。請求書はオレに回せばいい」

「私、バカだから、よく判らないんですけど……」

磯部ひかるは、佐脇と池を交互に眺めて、ためらいがちに言った。

「佐脇さんは、この池の中に何か沈んでると言うんですね。しかもそれは、クレーンって言うからには、かなり大きくて重いものが……」

「ナニがどうしてそうなったかの説明はいい。とにかく、物的証拠が挙がれば、警察も事件として捜査しなきゃいかんだろ。それは警察がやる。お前らの仕事はとにかく、この池の中に沈んでるものを世間に晒すことだ。それでお互いハッピーになれるだろ。お前はスクープ、おれは……」

そう言って佐脇は考えた。

おれにとって、何かあるんだろうか？　自腹まで切って。

内示の取消しと自分の立場を安泰にする事？　しかしそれと引き換えに失うものもある……。

だが、すでにテンションの上がり始めたひかるには、そんな彼の戸惑いも判らない。

「佐脇さん。一つだけ確認させてください。何か確証があるんですか？　どうしてこの池の中に、何かがあると思ってるんです？」

「知りたいか？　そりゃあそうだろうな。でも、報道する側の人間に予断を与えてはいけないだろ」

そう言いつつ、今までに知りえた幾つかのことを簡単に口にした。

「判ったか？　じゃあ動こうぜ」

と、佐脇はニヤリとしてひかるの背中をばしっと叩いた。

＊

佐脇は、産廃処理場からそのまま鳴海署に顔を出した。

人事の内示が出れば、署内の掲示板に張り出されるのだが、まだなかった。正午を回っているから、発表されるならもうされているのが通例だ。

昨日のあれこれや、もしかしたら入江がチョッカイを出して、望月は内示を出すのを躊躇しているのか？　一度出して引っ込めるにはキッチリした理由が必要だろう。

だが、まだまだ勝負に勝ったわけではない。署内の空気は依然として『佐脇は放逐されるのが決定的』なままだ。

そんな自分に、誰一人別れを惜しむやつはいないだろうと思っていたが、デスクやロッカーを整理する彼のところに、光田がやってきた。

「おいおい。内示も出てないのにもう身辺整理か」

いつもの嫌みを言う口調だが、真顔だった。

「おれはすでにお払い箱宣告されてるからな。逆転打が打てなかった以上、もう無理だろ」

有休でも取るさと佐脇は力なく笑った。

「有休なんかお前、全部使い切ってるだろ。なんだかんだとお忙しい御仁だからな」

「ならば休みを取る。給料が減ってもオレにはたんまり貯金があるんでな」

「……それを聞いて安心した」

そう言った光田は、ニヤリと笑った。

「ずっとお前を鬱陶しく思ってた。イヤ、それは今でもそう思ってるが」

光田はポケットに手を入れたまま、ぶっきらぼうに言った。この際だから文句を言いに来た風情でもある。

「でもまあ、この鳴海署からお前がいなくなるのはな。画竜点睛《がりようてんせい》を欠くと言うか、まあ、早い話が、物足りないんだ。スイカも塩を振ればいっそう甘くなるのと同じで、お前みたいな邪魔っけなヤツがいた方が」

「おい。隠し味と邪魔っけなのは違うぞ。塩とスイカの種を一緒にするな、バカ」

そう言った佐脇も、光田にニヤリと笑いかけた。

「バカで結構。送別会なんかやってやらないからな。お前は追いだされる人間だし」

「構わんよ。おれもお前らと一緒の、不味《まず》い酒なんか飲みたくない」

暗い雰囲気にすまいと、わざと明るい口調で悪口を言いあっているところに、八幡が来た。

「なんか、気味の悪い光景ですね。犬猿の仲のお二人が談笑してるってのは」

そう言われた二人は、水を浴びせられたようになって、黙ってしまった。

「あ……申し訳ありません」

八幡はまったく空気を読んでいなかった事を悟って、慌てた。

「まあまあ、その、鳴海署での勤続二十年になる佐脇さんですからね、送別会をしないわけにもいかないでしょう。後に誰が来るか判りませんけど、誰も来ないと言うこともないでしょう。この件、庶務が仕切らせてもらいますんで」

妙に生温かい空気が出来つつあったところに、君津がつかつかと進み出てきて、それをぶち壊しにした。

「おい佐脇。休暇でもなんでもいいから、整理して出て行くなら早くしろ。目障りだ。言っとくが、捜査資料は全部置いていけ。その書類袋もな。私蔵なんかしてると家捜ししてしょっぴくぞ」

「おお怖い。公権力の乱用ですな」

佐脇はわざとらしく首を竦《すく》めて見せた。

こうなると、光田も八幡もこそこそと消えてしまう。世の中そういうものだと、佐脇も怒る気にもなれない。

「課長さんよ。あんたはやりたいようにやったんだから、何も言う事ないだろ。ただまあ、こういう事はお互い様だ。あんたがやりたいようにやったんだから、オレもやりたいようにやらせてもらう。それでいいだろ。あんたもその覚悟は出来てるよな?」

「佐脇。お前は大きな勘違いをしてるな。何度でも言うが、警察は組織で動く。その意味では役所と同じだし、オレたちは役人でもある。組織の決定は絶対だし、それには従わなければならない。ここはお前の好き勝手が通るところじゃないんだ。今までは骨身に染みて感じる機会がなかったんだろうが、今回ばかりはそれを判らせてやる」

君津は、自分の言葉に興奮したのか、ぽきぽきと指を鳴らし、拳を握りしめた。

「ほほう。鉄拳制裁ですか? それはいい。オレに勝てると思ってるならね」

受けて立つぜと佐脇もファイティング・ポーズを取った。

「腕でも頭でも勝てないくせして、ナニ格好つけてるんだ? 君津、お前が得意なのは上司に取り入ることだけじゃねえか。捜査もヘボなら取り調べもヘボ。杜撰《ずさん》な仕事を誤魔化すのもヘボ。あんまりヘボ過ぎて高卒のオレにでもすぐ判っちまったぜ。アンタの、そのヘボさ加減がな」

佐脇は、上司を揶揄《からか》うように、君津の鼻先にジャブを繰り出してみせた。

「事件をでっち上げて点数稼ぎをするならするで、最後までボロが出ないように仕上げろよ。まあ、頭の悪いお前のことだから、判決が確定しちまえば終わりだと思ってたんだろうがな」

それまで無表情で佐脇の挑発を聞き流していた君津は、突然、目の前に突き出された佐脇の拳を掴んで腕全体を捻《ねじ》り上げた。

が、次の瞬間。今度は佐脇が合気道の要領で、自分の腕を掴んだ君津の腕全体を、背中に向かって逆に捻りあげた。

ぐぎっと言う筋肉がきしむ、嫌な音がした。

「ほら。お前は射撃もダメだし格闘技もダメだったよな。逮捕術もダメだし暴漢の制圧も出来ないし、ほんとお前は無能な刑事《デカ》だ。口先だけで悪党と渡り合えると思うなよ」

「言ってろよ佐脇。こっちには力がある。お前の戯言《たわごと》なんぞ、屁のツッパリにもならない事を思い知らせてやる。お前がなにを掴んでるか、そんな事はたいした問題じゃない。いや、意味がない」

「だったら昨夜の、西松美寿々の件には一切触るなという、お願いだか命令だかは何だったんだ? 今言った事と完全に矛盾しますな。粗雑な頭では論理的なことは考えられないっちゅうことですな」

「そんな事はない。最後にして最高の手段がある。それは、お前がくたばることだ」

そう言うや否や、一瞬の隙を突いた君津は身体ごと壁にぶつかっていき、腕をねじり上げたままの佐脇を突き飛ばした。

「仮にお前がこの場で死んでも、なんとでも理由はつく」

佐脇から腕を振りほどいた君津は、近くで出動準備中だった刑事のホルスターからシグ・ザウエルP230を抜き、佐脇のこめかみに押し当てた。

「ほほう。意外な早業じゃねえか。やれば出来るんだな、お前にも」

だが目が据わった君津は、そんな軽口には取り合わない。

「いいか。この状態でオレが引き金を引いてお前の頭が吹き飛んでも、どうにでも処理出来るんだ。せいぜいが拳銃の管理不行き届きで署長譴責《けんせき》くらいのものだし、お前が将来を悲観して拳銃自殺したということにしてもいい。こいつらだって言いなりに証言をするだろう。しなきゃ不味い事になるからな。その意味が判るか？」

「みんな上司であるお前の言うことを聞くってか？　お前、頭は悪いが、独裁者になる素質は充分だな。自分は万能だっていう思い込みが必須だそうだから、な」

その場に居合わせた一同が固唾《かたず》を呑む中、佐脇はそううそぶくと、無造作に君津が押し当てた拳銃を振り払った。

「トリガーのストッパーがハマったままだ。それじゃ撃てないだろ。あ？」

君津は、反射的にP230を振りかぶり、銃底で殴りかかった。

しかし佐脇は、調子に乗ったチンピラをあしらうように君津の足を払い、前のめりになったところで、上司の腹に蹴りをいれた。

「頭と口じゃ敵わないから実力行使ですか。ああ、おれも蹴っちまったからおアイコか」

よつんばいになってげえげえとえずく君津を、佐脇は文字通り見下した。

「あんた、警察の本流にいればなんでも出来ると思ってるんだろうが、それが大きな間違いだって事を、思い知らせてやるよ。首を洗って待ってな！」

「お前が持ってる材料で何が出来るつもりなんだ？　思い上がるのもいい加減にしろ」

あっはっは、と大声で笑った佐脇は、君津を指さした。

「えらそうなことを言う前に、口についてる青海苔を拭けよ。ガキかお前は」

言いたいことを言った佐脇はロッカーから取り出した書類袋を手に、刑事課を出た。

そのまま正面玄関を出たところで、外から帰ってきた水野と鉢合わせした。

「あ……佐脇さん」

朝から忙しく動き回っていたのか、ネクタイの衿もとは緩んでいて、首の周りが赤かった。

「水野、お前……」

言いかけた言葉を切った佐脇は、水野の胸に叩きつけるようにして、先刻ロッカーから取り出した書類袋を渡した。

「これは？」

怪訝そうな水野の肩を、佐脇は軽く叩いた。

「いいかよく聞け。これからお前はちょっと忙しくなるかもしれんが、目の前で起きる事をひとつひとつ、落ち着いてきっちり処理するんだ」

佐脇は水野をじっと見て、嚙んで含めるように先を続けた。

「これからいろいろ出てくる事に関しては全部、この中にネタが入ってる。お前は、自分の目で何が起きたのか確かめて、自分の頭で考えてから動けばいい。その上で、これをドブに捨てるか役立てるかは、お前の判断だ。それについて、おれはもう何も言わん」

じゃあな、と佐脇はバルケッタに乗り込んだ。

その場で書類袋を開け、一部に目を走らせた水野は、顔色を変えて佐脇を追った。

「佐脇さん。これは、どういうことなんです！」

「だから、そのまんまだよ。置き土産だ。あとはお前が判断しろ！」

「いや、ですからこれは！」

佐脇は水野を手で制した。

「お前はいいデカになれる男だ。女ごときで道を誤るな。おれはもうこれ以上、部下をなくしたくないんだ」

「殉職した石井さんのことは知っています。ですが、自分は、道を誤っているとは思いません！」

そう言い切るが、水野の目の光には以前のような強さがない。言葉とは裏腹な感情が渦巻いているのが、佐脇にはハッキリと判った。

「じゃあな！」

そう言い残すと、佐脇はバルケッタのアクセルを踏み込んだ。

＊

その日の夕刻。

湯ノ谷温泉にあるラブホテル同然に使われている旅館の一室で、水野は出勤前の美寿々と密会していた。

「どうしたの。いつもと違うわね」

部屋に入っても、水野は服を脱ごうともせず、美寿々になにか話したい様子なのに、目を合わせようとしない。

「ねえ。どうしたのよ。私も仕事あるし、時間あんまりないから……早くしよ」

美寿々はそう言って水野にしなだれ掛かった。仕事着の地味な和服なのが、余計に背徳感を募らせて艶っぽい。

だが、水野は強《こわ》ばった表情のままだ。

「どうしちゃったの？」

美寿々は、甘えたふうに言った。しかし、普段はこんなべたべたした甘え方はしない女だから、作為が目立つ。

「なにか、私に言いたいことでもあるの？　誰かに何か言われた？」

「いいや……そういう事じゃないんだけど」

水野は、奥歯にものが挟まったような態度のままだ。

「水野ちゃん……アナタは芝居が出来ないヒトだから……ナニを考えてるの？」

私にはあなたしかいないのに、と美寿々は婉然《えんぜん》と微笑み、水野に唇を重ねた。

美寿々から濃厚に迫られた形になった水野だが、熱いディープキスが終わるのを待っていたかのように、美寿々の唇が離れると、若い刑事の口から言葉が出た。

「……佐脇さんとは、どうなんだ？」

「どう、って？　やっぱり佐脇さんが何か言ってた？」

美寿々がまったく普通の表情で問い返すと、水野は、いいや別に、と誤魔化した。

「もしかして、あなたは私と佐脇さんの事を疑ってるの？」

美寿々は、水野を正面から見据えた。

「……いや、そういう事じゃないんだが」

なおも歯切れ悪く水野は言った。

「正直に言おう。佐脇さんがあなたを陥れようとしている。あなたが、ある重大な犯罪に関わったのではないかと、あの人は思い込んでしまっているんだ。その線で勝手に捜査して、幾つかの証拠らしきものまで見つけている」

美寿々の顔から一切の表情が消え、まるで聞こえなかったように無反応になった。

「あの人は、美寿々さん、このおれを差し置いてあなたに横恋慕している。しかしあなたがあの人の誘いに簡単には応じないから、アナタを自分のものに出来ない腹いせに、あなたをまたも無実の罪に落とそうとしてるんだ。そうなんだろう？」

言ってしまった。言葉にするのに勇気が必要だった事を、彼はすべて言ってしまった。

「……で？　私はどう言えばいいの？　水野君、あなたにどんな反応をすれば、あなたは喜ぶの？」

「だから！　おれが喜ぶとかそういうことじゃなくて！　おれはあなたが罪を犯したなんて、そんな事、絶対信じないから、身の証を立ててくれ。おれが協力する。おれと一緒に潔白を示そう。そうしよう！」

水野は、彼女の反応が恐ろしかった。そうよ、私がやったのよ、だからナニ？　と突然投げやりに言われて、正面切って開き直られたら？

水野にも美寿々を疑う気持ちはあった。まさかと思いつつ、佐脇と関係を持っているし、実際に犯罪も犯したのでは、と思う気持ちも燻《くすぶ》っている。佐脇の事は先輩として尊敬しているし、佐脇も自分を買ってくれている。その自分が付き合っていると打ち明けた女性を、わざわざ横取りするとは思えないが、もしも美寿々の方から迫っていたりしたら？

いやいやまさか、彼女はそんな人じゃない、と無理に打ち消しつつ平静でいられない様子の水野を、美寿々はじっと見て、言った。

「佐脇さんは、私情で誰かを罪に陥れるとか、助けてくれるとか、そんな人じゃないのよ。下半身はいい加減でも、いい加減な仕事は絶対にしない人。同じ県警でも……そうね、君津とかいう人なんかとは大違い」

彼女は、話題を変えたいのか、何気なさを装って、テレビのスイッチを入れた。

画面に、ゴミの山に取り囲まれた、濁った池が映し出された。その周囲にクレーン車が運ばれている。

池の中からダイバーが現れて、なにやら池の中を指し示している。音が絞られているので、ドラマの一部なのかバラエティの大仕掛けのネタなのか何だかよく判らない。美寿々はその画面をしばらく、じっと見つめた。

「で、どうなんだ？　佐脇さんとはその……男女の関係になったのか？」

沈黙に耐えかねた水野がふたたび問い詰めた。

「だから言ったでしょう。佐脇さんはいい加減な仕事はしない人だって。ある事件を追うとあの人が決めたら、どんな色仕掛けでも、やめさせることはできないでしょうね」

「それじゃ答えになってない！」

悲鳴のように叫ぶ水野を、美寿々はなんとも言えない表情で見た。残虐さと哀れみの念のようなものが、美寿々の整った顔立ちに、さまざまに交錯した。

「だったら言うわ。佐脇さんが、一方的に私に横恋慕してる、というのはあなたの言いがかりよ」

「それは……どういう意味だ？」

水野はごくりと唾を飲み込んだ。

「どうせなら、ハッキリと言ってくれ。おれの気持ちを知りながら……どうしてそんなことが言えるんだ？　あなたは佐脇さんと寝たのか？　おれがいながら、どうしてそんなことが出来たんだ！」

「そうね。私には悪いクセというか性分があってね。他人が、昔の私の十分の一でもいい、苦しむのを見たいってところがあるのよ。今気付いたんだけど。あなたみたいに真面目な人を見ると私、苛々してきて、苦しめてやりたくなるの」

「そんな……そんな子供じみたことを。あなたはおかしいんじゃないかっ！」

水野は激情に任せて美寿々の両肩をつかみ、がくがくと揺さぶった。

「そうね。子供じみてるかもしれない。でも人間の本性なんて、子供の頃とそんなに変わるものではない。大人になれば、取り繕うのがうまくなるだけ」

美寿々は凛《りん》とした目をまっすぐ水野に向けて、わるびれる様子はまったく無い。

「……これでもう、あなたと会うこともないわね。どうする？　最後にお別れのセックスをする？　それとも、そんな気分になれない？」

水野は、混乱してしまって、完全に美寿々のペースに飲み込まれていた。

そんな彼は、テレビが発する大きな声に、我に返った。

画面の中の若い女リポーターが声を張り上げたのだ。

『見てください！　なんと言う事でしょう！』

画面には、薄汚れた乗用車が水を滴らせて吊り上げられる光景が映し出されていた。

『ここ、鳴海市の外れにある産廃処理場の溜め池から、乗用車が発見されました』

産廃処理場の溜め池の脇に据えられたクレーンが、廃車のような車を吊り上げている。

元は白かったらしい車は、泥と錆で、惨《むご》たらしい褐色になり果てている。

『いやぁ、こんなものがここにあるなんて、想像もしてませんでしたよ』

産廃処理場の責任者と名乗る男が、リポーターに突きつけられたマイクに向かって驚きの表情で喋っている。

『この車は、産廃として受け入れたものじゃないです』

『はい、この車はどうやら、現在行方不明になっている方が所有する車のようですが……』

その時、車内に溜まっていた泥水の圧力でドアが開き、中のものが一気に流れ出した。ざーっと流れ落ちる汚泥が途切れると、ドアの中から腐敗してどろどろになった、人間の腕らしいものがぶらりと垂れ下がっているのが見えた。肘や指らしい白骨が突き出し、皮膚が、腐り切ってボロボロになった雑巾のように、どす黒く揺れている。

『あっ！　ダメ！　カメラさん、映さないで！』

カメラは急なパンをして、恐怖に歪む女性リポーターの泣きそうな顔をアップにした。

『どうやら……人間の腕のようです。人間の死体が、車内に……』

画面外から、なにやら喚く声がした。

『え？　一人ではない？　……複数の死体が、折り重なるようにして車内にあるようです。これは、我々「うず潮テレビ」報道部に匿名の通報があり、それに基づいて池の中にダイバーを潜水させたところ、泥に埋まるようにして沈んでいる自動車を発見し、こうして吊り上げたものですが……こんな事態になるとは思ってもいなかったので、今、警察や消防に通報したところです！』

その画面を見た水野は、ふらふらと立ち上がり、部屋の隅に置いた自分のカバンから、佐脇に渡された書類袋を取り出して、中身を床にぶちまけた。

それは、美寿々の夫、西松秀臣やその両親の歯形を証明する歯科医院の証明書と、西松家が保有している自家用車の車検登録証のコピーだった。

「……結局、佐脇さんの言った通りか。あの人は凄いな……」

水野は、誰にともなく呟いた。

画面に映し出されたナンバープレートと、車検証のコピーに記載された番号は一致していたし、車種も色も完全に一致していた。

あの車は、西松の一家が保有していたものだ。ならば、車内にあった死体も……。

床に散乱した書類に目を向けた美寿々の顔からは一切の感情が消え、さながら能面のようになっていた。

それが、すべての答えだった。

水野は、頭を抱えて、力が抜けたように座り込んだ。

「水野さん。やっぱりセックスしましょう。いえ、私を抱いて。これが最後になるから。あなたと最後というだけではなく、たぶん、私がこの世でする、最後のセックスになるはずだから」

水野にも、実は佐脇に言われた時からすでに判っていた。佐脇の言うことが正しく、目の前にいる女が、自分の夫とその両親の、三人を殺していることが。

美寿々はおそらく死刑、よくて無期懲役だ。身元引受人がいるとは思えないので、逮捕されれば、もう二度と娑婆には出てこれないだろう。

女として最後の思い出に、と美寿々が言う意味も判った。

彼女も、能面から必死に哀願する女の顔になっていた。

今生の別れを前にしての切ない願いを、誰が断れるだろうか。

「……判った。おれがあなたの最後の男になれるのなら、それは本望だ。だが、この後、一緒に署に行こう。おれが付き添うから自首して欲しい。それなら」

「判りました。約束します」

美寿々は、きっぱりと言った。

その気迫に、水野は呑まれてしまった。

「じゃあ、やろう。いや、あなたを抱かせて欲しい」

そう、と言った美寿々は、水野に笑顔を向けた。

「嬉しいわ。じゃあ、その前に乾杯しましょう」

彼女は、部屋備え付けの冷蔵庫を開けて、ウィスキーのミニボトルとミネラルウォーターを取り出すと、いそいそと水割りを作り、グラスの一つを水野の前においた。

「じゃあ」

二人は軽くグラスを合わせて乾杯した。

水野は、出されたグラスをそのまま空けた。

美寿々はその様子をじっと見つめていた。

三十分後。

美寿々は一人だけで部屋から出てくると、旅館の玄関を抜け、そのまま駐車場に向かい、停めてあった自分の車に乗り込んだ。

エンジンをかけて発進させ、一気にアクセルを踏み込む。

「こんなにスピード出して、どこに逃げるんだよ、先生?」

後部座席から男の声がした。

「一緒に旅館に入ったあの男はどうした。始末したのか?」

ぎょっとした美寿々は、顔を強ばらせて前を見据えたままだ。

「あんたがはやく現場から離れたいその気持ち、判るぜ。おれも逃げてるからな」

その声にたまらず振り返ると、後部シートからナイフが突き出され、喉元に当てられた。

「ひさしぶりだな。先生」

そのナイフを手にしていたのは、植園だった。隠れていた後部シートから、ニヤニヤといやらしく笑う顔を突き出している。

「誰かと思ったら……あなたを忘れたことは、一度も無かったわ」

「ま、腐れ縁だからな。お互いアレで人生が変わってしまったっつーか」

美寿々の人生を変えた逃亡殺人犯は、不敵な笑みを浮かべた。

「話はいろいろあるんだろうが、ブレーキは踏まずにそのまま走れ。先生だって、早く遠ざかりたいんだろ」

「まあね」

美寿々はアクセルを踏み込んだ。

「おっと。スピード違反でパトカーに捕まろうとか、余計な事を考えるなよ」

「そんな事考えてないわよ……」

美寿々は、怖がってはいないかのように笑い声を立てて見せた。

植園は、突き出したナイフをぺたぺたと美寿々の頬に押し当てた。

「女をゆっくりと切り刻んで、ひいひい言わせながらじわじわ殺すのって、面白いな。病みつきになる。ただ簡単に殺すより全然興奮するぜ」

植園は勝ち誇ったように、歪んだ顔をいっそう歪ませた。

「苦しませて命乞いさせると、どんな高飛車な美人でもイケてる女でも、卑屈で醜い糞袋になるんだ。自分がどうなるか判った瞬間のあいつらの顔を、先生、アンタにも見せてやりたいぜ。人間、こんなマヌケな顔になるものかって、大笑いだ。麻薬だぜ、アレは」

植園はうそぶいた。

「先生、あんたもそうやって殺されたいか？」

アクセルを踏んだまま、美寿々はミラー越しに、植園に笑みを返した。

へーぇ、と植園は感心したような声を出した。

「先生、あんた度胸が据わってるな。さすが学校クビになってエロ温泉でカラダ売ってるだけのことはあるな。それじゃあよ、しばらくぶりに、こってりハメてやるぜ」

植園は、シシシと昆虫の羽音のような笑い声を立てた。

「あの晩、先生とおれたち五人、そしてヘタレの柳沢も加えてやりまくったアレは、おれにもまあ、最高の部類に入るぜ。まあ、一番凄《すご》かったのは、ヤリながら女をぶっ殺した時だったけどな。女も死ぬ死ぬとか言ってたぜ」

本人はジョークのつもりなのか、またもシシシと不快な笑い声を立てた。

「女も案外、ヤリながら殺されるのは最高の快感らしいぜ。先生も、味わってみるか？」

それには美寿々の返事はなかった。

美寿々が恐がっていると感じた植園は、上機嫌になって、ナイフの刃の部分を美寿々の頬に当て、すっと動かした。

彼女の頬に赤い線がついて、血が滲《にじ》んだ。

「とりあえず、邪魔が入らないところに行こうぜ。先生、アンタの家なんかどうだ？　一戸建ての家なら、泣こうがわめこうが、やりたい放題だろ」

植園の息づかいは荒くなり、目もぎらついている。

血を見たせいか、自分のグロテスクな嗜虐心を開花させた相手と再会したからか、若い猟奇殺人犯は、あきらかに発情していた。

「おれはさあ。あんたを殺せば、何もかもチャラにしてやるって言われてるんだぜ」

植園は、ナイフの刃先を立てて、またも美寿々の頬に文字を書くようになぞった。

「誰がそんな事言ったか、想像つくか？」

「まあね。だいたいは」

感情が麻痺して恐怖を超越したのか、開き直ったものか、美寿々は冷静な声で応えた。

「おい。急ハンドル切って車を横転させてオレを殺そうなんて思うなよ」

美寿々はシートベルトをしているが、植園はしていない。

「……そんな事、思いつきもしなかったわ。やっぱり悪党は、そういうことには頭が回るのね」

「アンタも、相当スジの悪い男を相手にしてきたんだな。普通の女なら、とうにビビって小便でも漏らしてるところなのにな」

車は安全運転を保って、植園の指示通りに、美寿々の実家に着いた。

「降りろよ。殺す前に、たっぷり楽しみたい。アンタもそうだろ。どうせ死ぬなら、最後にいいことして、死ぬほど気持ちよくなって、それから死んだ方がいいだろ？　言うこと聞かないと、オレは遠慮なく刺すぜ」

彼はナイフで美寿々を脅し、車から降りるようにせき立てた。

美寿々も脅されるままに、実家の前にある花壇に置かれたノーム（土の精の置物）の下から鍵を取り出すと、玄関ドアを開けた。

「さあ、中に入れ。妙な事考えるんじゃねえぞ」

植園は美寿々の背中を乱暴に押して家の中に突き飛ばすと、自分も辺りの様子を窺いつつ、中に入ってドアを閉めた……。


連れ込み旅館の一室では、水野が倒れていた。

まったく微動だにしないので、死んでいるように見える。

が、いきなり大きく息を吸い込むと、身体を震わせ、目を覚ました。

起き上がろうとしたが、頭部に激痛が走ったらしく、水野は頭を抱えて座り込み、そのまま動けなくなった。

何か、盛られた。睡眠薬か何かが、さっきの水割りに入っていたんだろう。

意識がはっきりせず身体の自由が利かないままに、水野は部屋の中を見た。

美寿々の姿がない。自分に一服盛って、意識を失った隙に逃げたのだろう。

床には、書類が散乱したままだった。奪われもせず破かれもせず、水野が撒いた、そのままの形で残っていた。

美寿々には、もう犯行を隠すつもりはない。水野はそれを悟った。溜め池から死体を載せた車が引き上げられたという夕方のニュース。あれを見た彼女も、万事休したと悟ったはずだ。

しかしそれなら、なぜ逃げた？　一緒に自首するという自分との約束を、なぜ破った？

いやいや、今はそんな感傷に耽《ふけ》っている時ではない。一刻も早く現場に急行して、この歯形と車検証のコピーを捜査チーフに渡さなくては。

彼は、激しい喪失感にかられていた。信じていた女に、完全に裏切られた。しかも、そんな自分は利用されていた。

水野は美寿々に求められるままに、署内の動きを漏らしたことがある。君津の動きを見ていると、彼女自身が直接、君津にコンタクトを取っていると思えるフシさえあった。

自分は、何かに目がくらんで、大きなことを見落としていた。いや、目を背けていた。

だがしかし、事ここに至っては、遅まきながら警察官としての最低の義務を果たすのだ。

そう思って立ち上がった瞬間、彼は真っ青になった。

ホルスターから、拳銃が抜き取られていた。しかも、手錠まで。さらに警察の業務専用の携帯電話も無かった。

「やられたっ！」

目の前が真っ暗になり、心臓を鷲摑みにされたような痛みが走った。脳から血が一気に引いて、気を失いそうになった。

あまりに重大な失態を惹き起こしてしまったがゆえに、このまますべてを投げ出して逃げてしまおうか、という思いが一瞬、彼の頭をよぎった。

しかし、次の瞬間、いやいやとすぐに打ち消して、旅館の電話を取り上げた。

果たして。電話の向こうの鳴海署刑事課は大騒ぎになっていた。

『なんだ、水野か！　今どこにいる。すぐに署に戻れ！』

光田だった。

「すみません。あとから詳しい説明をしますが、産廃処理場の池から見つかった車と死体、そして犯人について、有力な情報があります。車は西松美寿々の一家のものです。そしておそらく、死体の身元は西松秀臣とその両親であろうと思われます」

『殺人事件と断定できるって事か？』

「とにかく現場に急行したいのですが……その前に、西松美寿々を指名手配してください」

『なぜだ。この忙しい時に』

「実は……」

水野は、意を決して、言った。

「実は、本官の所持していた拳銃と手錠、専用携帯電話を美寿々に奪われてしまいました」

一拍置いて、人間の声とも思えないほどの怒声が、受話器から突き抜けてきた。

『こんな時に、なんだお前はっ！　お前はいったい、なにをやってるんだ！』

「申し訳ありません！　その詳細は後ほど申し述べますが、とにかく、速《すみ》やかに緊急配備をお願いします！」

『判ってる！　お前が言うな！』

光田も狼狽を隠せない様子だ。

『おおい、緊急配備だ。非常線を張れ！　西松美寿々が水野の拳銃を奪って逃走中だ。そして西松美寿々は、今テレビに映ってるコレの……多分本ボシだ！　うるさい黙れ！　細かい事は後だ！　とにかく、大至急身柄を確保しろ！』

光田は電話の向こうで部下たちに矢継ぎ早に指示を出している。それを水野は身を固くして聞いていた。

『水野、しかし、お前……』

電話の向こうの光田は絶句した。

『……何ということをしてくれたんだ。しかもこんな時に、佐脇がいない』

水野はなにも言葉に出来ない。

『で、水野。拳銃の件は後回しだ。とにかく今は急を要することから片づけよう。佐脇の居場所を知らないか？　あいつにはまだ人事異動の内示も出ていないし、こんな騒ぎになった以上、当分内示も出ないだろう。だから身分は鳴海署刑事課の刑事のままだ。この際、あいつに動いてもらわんと、どうにもならん。もちろん、お前もだ！　すぐ出てこい！』

限界を超えた状況に光田の声は上ずっている。

『君津刑事課長はずっと署長室に籠ったっきりだし、不肖、オレは、佐脇の言う通り、こういうデカい事件が同時に起きた時の処理が出来ん』

開き直る光田に、水野も勇気が出た。

「判りました。それで……こんな時に、まことに申し訳ないんですが、迎えをお願いします。パトカーの方が早いと思いますんで」

連れ込み宿に迎えを頼むのは極めて恥ずかしいことだが、背に腹は代えられない。

水野もまた、開き直るしかなかった。

第七章　深紅の業火《ごうか》

鳴海署刑事課はパニックになっていた。

小さな田舎署で、産廃処理場の溜め池から一家三人のほぼ白骨死体が見つかるという大事件が出来《しゅったい》した上、その犯人と目される女によって刑事が拳銃と手錠を盗まれるという大失態までが起きたのだ。

捜査の指揮を取っているのは君津だが、事態はすでに彼の処理能力を超えていた。

署内の他の部署から総動員しても足らず、県警や近隣の警察署から応援がやって来て、一気に三百人の大部隊に膨れ上がったが、こういう突発事件に慣れない鳴海署刑事課は、ほぼ収拾不能の混乱状態に陥っていた。

しかも地元のローカル局と新聞、さらにニュースをネットした東京のキー局の報道やワイドショーからの取材が殺到している。署の玄関前には報道中継車が何台も止まってリポーターがマイクを握り、カメラも放列を作った。

取材記者が小型テレコを武器に署内に入り込んで、刑事課長の君津を捕まえた。

マスコミを捌《さば》くのは重要な仕事で、下手な事は口に出来ない。佐脇ならのらりくらりと記者の質問をかわし、執拗な追及にはキレて怒鳴りかえし、時に美味しそうな情報をチラつかせて懐柔するなどして、いつの間にか主導権を握ってしまうのだが、君津にはそんな芸当は出来ない。かといって、署長に喋らせて言質《げんち》を取られては取り返しがつかず、光田もまた何を口走るか判ったものではないから、君津がすべてを差配する事になり、事態は余計に悪化した。

「いやだから、その件は現在捜査中で答えられません。地元暴力団が関与しているかどうかについても……たしかに死体が見つかった産廃処理場は鳴龍会傘下の……いや、これは、今のはオフレコだ！　特定の団体の名前を出されては困る。え？　出したのはそっちだ？　何を言うんだキミは！　どこの社の者だ？　記者クラブから締め出す……いや、恫喝などと言われても……いやいや、それも答えられません。え？　過去の事件との関連？　どういう意味だそれは？　キミ、勝手な憶測で記事を書いたら、後で恥をかくのはキミのほうなんだぞ！」

刑事課前の廊下で報道陣にレコーダーやマイク、カメラを突きつけられながら、君津は顔を引きつらせて応戦していた。そこへドアが開き、中から光田が指示を仰いだ。

「課長！　県警の科捜研が、歯形とDNA鑑定で、死体の身元を断定したと……」

「バカ！　それをここで言うな！　ちょっと失礼」

君津は逃げるように記者会見を打ち切り、刑事課に入ってソファに座り込むと、タバコに火をつけた。

「課長、ここ、禁煙ですが」

「うるさい！」

注意した光田を、君津は一喝した。

電話を受ける人数より鳴り続ける台数のほうが多い刑事課は、戦場のような喧騒だった。

君津のそばの電話も鳴っている。

「課長、出てください。みんなテンパってますから！」

刑事課では一番下っ端で、しかも不祥事を起こした水野でさえ、本来は謹慎すべきところなのに、佐脇から預かった必要書類を届けると、すぐに現場に向かったのだ。

どうせ相手はマスコミだろうと、君津は面倒なのを堪えて電話を取った。

「鳴海署刑事課」

『よぉ、オッサンか』

「なんだ、お前ッ！」

君津の尋常ではない声が響き渡った。たまたま取った電話の相手が、とんでもない人物だったのだ。

その声で、光田をはじめ数人の刑事が、出ていた電話を放り出して君津の回線のモニターを開始した。重要な電話ではいつもの事だ。

『おれだよ。植園、いや沼尻だよ、オッサン。オレを探して毎日ご苦労だな』

モニター越しに、若い男の声が響いた。相手は沼尻、こと植園賢哉だった。

「お前、わざわざそんなことを言いに電話してきたのか」

植園の声は、君津同様、緊張していた。

『よく聞け。オレは今、西松美寿々を人質に取って、西松の家にいる。あんた、君津だろ。声で判るよ。アンタと話がしたい。すぐにここに来い。すぐにだ。要求をのまなければ人質の命は保証しない。いいな』

「お前……あのな、ここは一つ、取引をしないか」

君津はそう言いかけたが、一言も聞き逃すまいとモニターしている光田たちを見て、後が続けられなくなった。

『取引? とにかく、アンタが、ここに来い。話はそれからだ』

言うだけ言うと、電話はぷつりと切れてしまった。

「課長! これは植園からの電話ですね?」

「そうだ」

「逃亡中の植園が、こともあろうに、水野の銃を盗んで所持しているはずの西松美寿々を人質にとった上に、課長に会いに来いと言ってるんですね？」

光田は確認の為に反復した。しかしそれが君津のカンに障った。

「そうだ！　その通りだよ！　だが、それがどうしたと言うんだ！」

密かに取引を持ちかけようとしたのだが、モニターされていてはそれも出来ない。

君津の苛立ちは募った。

「西松美寿々は、水野の拳銃を持ってるんだな？　いっそのこと、殺人犯同士で殺し合いでもしてくれれば助かるんだが」

誰も笑わない。これが君津の本音で、一番望ましい展開だという事は全員が知っている。

「それは無理でしょう、君津課長。それに、西松美寿々もまだ殺人容疑が確定したわけではありません。より凶暴で力もある植園が西松美寿々を制圧して拳銃を奪っているわけです。事態はより深刻になったと見るべきでは。拳銃と手錠を奪った植園賢哉が西松美寿々を殺して、再び逃亡する可能性が高いじゃないですか！」

光田に反論されて、うらむ、と君津は唸った。何年もかけて自分がやってきた失策のツケが、今まさに一気に、しかも数十倍、数百倍の威力を持って戻ってきた感じだ。

「とにかく、西松の家を包囲しろ。捜査本部は立てるが、その前に県警に応援を頼んで、狙撃班を現場に入れろ。非常事態である以上、向こうから撃ってきた場合は躊躇《ちゅうちょ》なく、こちらも発砲する事を許可する」

「しかし、そうすると人質の安全は！」

光田の声は悲鳴に近い。

「馬鹿者。人質というが、その人質は一家三人を手にかけた、殺人犯だぞ。殺人犯が殺人犯を人質にしてるんだぞ！」

君津は吼《ほ》えた。

「万一、西松美寿々が死んでもウチには責任はない。悪党同士、同士討ちしてくれれば、こっちの手間も省けるじゃないか。人質がいなくなればこっちも遠慮なく攻めていける」

うそぶいた君津は、点《つ》けっ放しのテレビニュースの画面を見た。

ローカル局は、夕方のニュース枠を全部、産廃処理場白骨死体発見の中継で埋めている。

磯部ひかるは第一報からずっと出ずっぱりだ。

「見ろよ、あの女。美味しいネタに食いついて顔がギラギラしてやがる」

画面の中では、クレーンから降ろされた車の周りに警察の鑑識係や刑事が集まっている。

それを背にしてひかるは、もう何度喋ったか判らない、同じセリフを口にしていた。

『今日の午前、うず潮テレビ報道部に匿名の情報提供があり、それに基づいて鳴海市郊外の産業廃棄物処理場の、この、現在池になっている窪地を調べたところ、乗用車が一台沈んでおり、その中から三体の人間の白骨が見つかりました。警察の調べによればこの車は隣の河出市三郷の無職、西松秀臣さん所有のものであり、白骨は秀臣さんとそのご両親、西松卓三《たくぞう》、ヨネ子さんのものである可能性が濃厚になってきました。警察は、秀臣さんの妻、美寿々さんが何か事情を知っているのではないかと、現在その行方を追っています』

「この女も、佐脇のコレだろ？」

君津は苦々しげに小指を突き立てた。

「佐脇がタレ込んだんだ……。車の所有者の件は、まだマスコミに発表してないんだろ？　現場にも、佐脇のシンパがいるのか」

水野が現場にいることを君津は忘れているようだ。

『美寿々さんは鳴海市郊外にある湯ノ谷温泉の旅館従業員ですが、今日はまだ出勤していないとのことで……あ、ちょっとお待ちください』

全国ネットのニュースで現場からのレポートという、思いがけない事態に高揚しているひかるだが、一瞬画面の外に出て、また戻って来た。

『大変失礼いたしました。大きな情報が入りました。これは凄いスクープです』

ひかるは興奮に頬を紅潮させて、ふたたびマイクを手に取った。

『強盗ならびに殺人容疑で逃走中の植園賢哉容疑者ですが、その植園容疑者が、西松美寿々さんを人質に取って、西松さんの自宅に立てこもっているという情報が、たった今、入りました。では、その西松さん宅にカメラを切り替えます』

画面には美寿々の家がライトに照らされて映し出された。その付近を警察が包囲している様子も、はっきり判る。

テレビを見ていた君津は、反射的に立ち上がった。

「誰だ！　誰がリークした？」

「いや、課長。これはたぶん、植園自身がテレビ局に電話したんでしょう。逃げ切れないと観念して、人質をとって勝負に出た、と」

光田は話しながら頬が緩みそうになるのを必死で堪えた。世渡りと閨閥の引きだけで出世してきた無能な上司が窮地に追い込まれている。気の毒だが、同情するのは難しい。

「私も、少ない人員しか貰えない中で、植園をギリギリと追い詰めておりましたからね」

返事の代わりに、君津はテレビのチャンネルを替えた。が、ＮＨＫを含めたどの局も、美寿々の家の前からの中継画面になっていた。

Ｔ県は、近くの大都市にある民放の電波が入るので、地元ローカル局は『うず潮テレビ』一局だけしかない。しかしこの、いちローカル局が抜いたスクープはたちまち全国の注目を集め、この大事件をカバーするため急遽《きゆうきよ》、近県から中継クルーが送り込まれたようだ。夜のニュースは各チャンネルとも、植園が立てこもっている美寿々の家からの中継一色となっていた。

『ええ、ただいま入った情報によりますと、人質を取って立てこもっている植園容疑者は、県警鳴海署の、君津……君津刑事課長との面会を要求している模様です。そして、現場にはまだ、その君津刑事課長の姿は見えません』

テレビのレポーターにここまで言われては、君津も無視出来なくなってきた。

「どうしますか、課長。こうしてテレビにバラされたんですから、課長が出て行かないと、何を言われるか」

「判ってる」

君津は顔を強ばらせて、二本目のタバコに火をつけようとした。しかし手が震えて上手く点かない。

何度も百円ライターを擦っていたが、突然キレて、タバコごと投げ捨てた。

「判ってる！　行けばいいんだろう！　現場に行く」

君津は、顔面蒼白で立ち上がると、装備ロッカーからＳ＆Ｗ／Ｍ37リボルバーを取り出し、弾丸を装塡した。

＊

立ち入り禁止のテープが張られた美寿々の自宅の前に、黒塗りの警察公用車が、報道陣や野次馬を掻き分けて到着した。

「課長。お待ちしてました」

現場で君津を出迎えたのは、水野だった。

「状況は？」

「膠着状態です。植園はたびたびこちらに電話してきて、課長はまだかと催促しております。人質は、無事です。先ほど電話で西松美寿々の声を確認しました」

すでに私情を吹っ切ったのか、水野は刑事の顔になっていた。

「水野。お前、銃を奪われるという最低な失策を仕出かしておきながら、いい根性してるじゃないか。この件が片づいたら、首を洗って、待ってろ」

「それは重々覚悟しております。ですが、今は、この事件の解決を第一に頑張りますので」

水野はそう言いつつ、ハンドマイクを手にした。

「すぐ、入りますか？」

「もちろんだ」

そう返事した君津は、用意された防弾チョッキを着込んで、狙撃犯の隊長を呼んだ。

「援護射撃、しっかりやってくれよ。植園が撃ってきたら、即撃ち返せ。おれが許可する」

「それは、向こうが発砲したら無条件に、という意味ですか？」

「当たり前だろ。オレが撃たれて死んでからじゃ遅いだろうが？」

君津は緊張のあまり、イライラを募らせている。

「植園を射殺しても問題になる事はない。世論的にもマスコミ的にも、オレが庇ってやる。だから……判ったな？」

それは事実上の犯人射殺命令に等しかった。

狙撃班長は敬礼して配置についた。

「植園！　今からそちらに行く！」

君津はジャケットの下に吊ったホルスターからM37を抜き、シリンダーに弾丸が装塡されていることを改めて確認した。

「課長。銃は置いていった方が、植園を刺激しないのでは？」

控えめに水野が言ったが、君津はニベもなく撥ねつけた。

「馬鹿者。殺人犯が一人どころか二人も立てこもっている所に、ノコノコ丸腰で行けと言うのか？　いいか。最後に自分の身を守るのは自分しかいないんだ」

係員が、君津の胸に小さなマイクを仕掛けようとした。

「なんだこれは？」

「家の中の様子を知るためです。どこかに小型カメラも仕込めればいいんですが」

君津の身体にマイクとカメラを仕込んで電波で飛ばし、家の中の様子をモニターしようと言うのだ。

「馬鹿者。こんなものが植園に見つかったら、もっと刺激する事になるだろ！　ダメだダメだ」

君津はマイクを毟《むし》り取った。

「だからオレがハナシをつける。余計な事をするな！」

君津は警官隊の輪の中から一歩踏み出すと、両手をあげて、ゆっくりと美寿々の家に近づいた。テレビ局のライトがその姿を照らし出し、無数のカメラが一斉に後を追った。

『今、鳴海署刑事課の君津課長が、両手をあげて、現場に近づくところです』

ひかるは、まるでアメリカのアクション映画のように、と口を滑らせそうになった。それほどまでに君津はヒロイックな、悪く言えばわざとらしい姿で歩を進めている。

足を踏み出す姿が、まるで闇夜を進むかのように、一歩一歩確かめるような歩き方だ。報道陣の物音にも反射的に身を竦ませ、腰が引けるのは、完全にビビっている証拠だ。

だが、西松の家からは発砲はなく、狙撃班との銃撃戦が開始される気配もない。

何が起きてもおかしくない緊迫した空気の中、君津は、西松の家の玄関に辿り着いた。

大きく息をして命拾いした事を悟ると、ドアフォンを押し、「君津だ」と名乗った。

中からは、女の声で「ドアは開《あ》いてます」と応答があった。

この声は美寿々のものか？　しかしどうして人質が……。

疑問を感じつつ、ドアを開けて家の中に入った瞬間、予想もしなかった光景を目にして、君津は言葉を失った。

「……これは……」

目の前で椅子に座らされ、恐怖の表情を浮かべているのは、植園だった。

玄関に続くリビングで、植園はダイニング・チェアに手錠で拘束され、頭には拳銃を突きつけられている。ズボンの前には染みがあり、尿の臭いが漂っている。

そして水野から奪ったシグ・ザウエルＰ２３０を手にしているのは、美寿々だった。

「これは、どういうことだ……」

君津は、考えてもいなかった状況を目の前にして、呆然と立ちすくんだ。

「見ての通りよ。人質にされてるのは、この沼尻、こと植園賢哉クン。私が命じて、文章を書いた紙を見せて、電話でその通りに喋らせたの」

その植園は、蒼白な顔に脂汗を浮かべ、全身を小刻みに震わせている。

「この子、偉そうな事を言うわりにチキンなのよ。この銃で一発撃って見せただけで、オシッコ漏らしちゃって」

美寿々は、ほほほほと高笑いした。植園は屈辱に顔を歪めている。

「植園。お前、逃走中にこの女を人質に取るはずじゃなかったのか？」

君津がとんでもない事を言い出したが、植園は投げやりに笑った。

「……そのつもりだったさ」

植園は、押し殺した声を出した。

「アンタに言われてそうしようと思ったんだけど……この女が一枚上手だったんだ」

自分に腹を立てたのか、植園の口は回り始めた。

「まさかこの女がピストル持ってるなんて、想像しねえだろ、フツー」

「だからって……」

君津は絶句した。

「……しかし、お前、もうちょっとなんとか」

「どうせオレは馬鹿だからよ。ヘンな期待するなよ」

植園は吐き捨てた。

「だいたいお前ら警察もヘンだよな。殺人逃亡犯のオレに、犯罪をそそのかすなんてな」

君津の顔が歪んだ。

「元はと言えば五年前に、オレらのテキトーな訴えをハナから信じ込んだのはお前らだ。それでオレの人生はおかしくなったんだ」

植園は自分勝手な責任転嫁を始めた。

「オレのオヤジって、今オタクで署長をしてるんだよな。オレ、いわゆる隠し子ってヤツだから、オヤジは後ろめたいのと、それと口封じの意味もあって、中学の頃から無免許運転とか飲酒とかいろいろもみ消してくれてたんだよなあ。警察がこんなだから、オレが世の中ナメるようになったのも、まあ当然だよな」

植園は完全に開き直ったが、奇妙な事に美寿々もそれに同調した。

「私もね、警察には愛想が尽きてる。君津さん。アナタに取り調べを受けて、何を言っても無駄だと悟ったのよ。あらかじめ勝手な筋書きを作っておいて、最初から私を、『いたいけな男子高校生を誘惑した淫乱女教師』と決めつけて、何を言っても、聞いてもらえなかった」

「そんなこと、今更言うなよ！」

君津は天を仰いだ。

「オレの取り調べが不満で、嘘の供述を取られたと言うのか？　なら裁判でそう言えばよかったろ。だけどお前は、裁判では最初から罪を認めて、黙って判決を受け入れたんじゃないか。何を今更」

「私はね、このコが知り合いに警察の偉い人がいると言ってたし、その人が動いてるらしいとも聞いたし、君津さん、アナタの一方的な取り調べを受けるうちに、もうダメだなって思ったのよ」

美寿々が構える銃は、植園から君津に狙いが動き、またゆっくりと元に戻った。両方を狙っているという意思表示だ。

しかし君津は、美寿々の顔色を窺いながら、一歩を踏み出した。

「撃つなら撃ってみろ。だが、拳銃はな、テレビの刑事物みたいに簡単には撃てないぞ」

君津は一か八かの勝負に出た。美寿々を素人と見切っての賭けだ。

「そいつは小さくて可愛いが、一発でも撃ったら手首を痛めて終わりだ」

君津は余裕を見せて鼻先で嗤った。

「お前は、結局おれに泣きを入れてきたんじゃないか。あの佐脇の暴走をなんとかしてくれ、昔の事を蒸し返させないでくれと。そんな女が、引き金を引けるのか？」

が、しかし。

美寿々は躊躇なくトリガーを引いた。

ぱん、という乾いた破裂音がして、銃弾が君津の顔をかすめ、すぐ横の壁に穴が空いた。

優れた重心バランスや握り易いグリップが、射撃の素人に予想以上の腕前を与えていた。

「な、なんだ。お前……」

思いがけない美寿々の行動に、君津は動転した。しかし足はすくんで動けない。

「ちょっと甘い顔見せりゃイイ気になりやがって」

美寿々は君津を黙らせようとしたのか、続けて三発、撃った。どれも頭部を狙ったもので、背後の窓ガラスや電球が激しい音を立てて割れた。

「どうした。それで終わりかっ！」

君津は顔を引き攣《つ》らせながらも強気に出、煽ろうとしたのか、さらに一歩踏み出した。しかしその顔は血の気が引いて真っ青だ。

美寿々は能面のような、一切の表情を消した顔のまま、続けて撃った。

三十二口径、7・65ミリの弾丸が、君津の背後の壁や天井にボスボスと穴を空けた。

そして七発目が君津の頬をかすめ、壁に跳ね返ってドアにめり込んだ時。

刑事課長は素早くホルスターから自分のリボルバーを抜き、美寿々の構えるシグザウエルぎりぎりを目がけて発砲した。

「あっ」

腕に当たりはしなかったが、銃をかすった衝撃に、美寿々は構えたオートマチックを床に落とした。

反撃を封じた君津は、黙って歩み寄ると、そのP230を拾い上げた。

「これで、終わりだ。手間取らせるな」

君津の顔には血の気が戻ったが、冷や汗が二筋、額から流れ落ちた。

「やるじゃねえかオッサン。勝負ついたよな。早くこの女、捕まえてくれよ」

急に元気になった植園が、吼えた。

しかし君津は空元気でやかましい植園を無視して、自分のS&Wをホルスターに収め、拾い上げたP230を美寿々に向けた。

「おれの銃を使うわけにはいかないんだ。植園。お前がこの銃でこの女を撃った、ということにしないとな」

「ど、ど、どういうことだよっ！」

植園は目を剝き、予想もしなかった事を言い出した君津に食ってかかった。

「この女が捕まって、一件落着じゃねえのかよ！」

「どうせお前も捕まるぞ、植園。それは困るだろう？」

「冗談じゃねえよ。お前らに捕まってきっちり裁判にかかる方がまだマシだよ。精神鑑定で心神耗弱《こうじゃく》とかなんとか出れば無罪になる可能性もあるもんな。今ここで、この女にぶち殺されるより、ずーっとイイ！」

「植園。お前は死んだほうがいい。それについてはオレもこの女と同感だ」

君津は銃口を植園の顔に向けた。

「うわあっ！」

すぐ撃たれると思ったのか、植園は、またも失禁した。

「バカ。お前なんぞの為に大事な弾は使わないよ。すでに七発撃ってあるから、残りは一発。その最後の一発で、この女を仕留める。植園、お前は、オレに発砲したってことで、オレの銃で処理してやる。正当防衛だ。お前にならオレの銃を使っても、なんの問題にもならない。そもそもお前は、この世にいちゃいけない人間だ」

その言葉に、植園はガクガクと震え始めた。

「まずはこの世にいちゃいけない、真打ちからだな」

君津は銃口を再び美寿々に向けた。

「硝煙反応はどうするの？」

美寿々は、冷たい声で聞いた。

「素人が知った風な口をきくな。そんなものはなんとでもなるんだよ。警察は身内に甘いんだ」

「自分の罪を隠すために、とうとう人殺しまでする気分はどう？」

冷笑するような口調の美寿々には、命乞いをする様子はまったくない。いつもの無感動で無感覚な美寿々のままだ。恐怖など感じていないようにしか見えない。

「失うものがないってのは怖いもんだな」

「すべてを失わせたのはアンタだけどね」

それには返事をせず、君津は美寿々の眉間に照準を合わせた。

「お前さえいなけりゃ、すべて丸く収まるんだ。じゃあな」

君津は左腕を右腕に添えて、美寿々の頭に狙いを定めた。


うず潮テレビの磯部ひかるは、現場の前でマイクを手にしていた。

『あっ……今の音は何でしょうか。銃声？　西松さんのお宅の中から数発の銃声が、連続して聞こえた模様です。繰り返します。犯人が立てこもっている家の中で、連続した銃の発砲があった模様です。最悪の事態も予想されますが、中の状況が判らない限り、警察は踏み込めません』

カメラは警察車両の屋根から美寿々の家を狙っている狙撃班を映し出した。全員がライフルを構えているが、今の段階ではどうしようもない。

『警察は暗視カメラなどで家の中の様子を探っているようですが、家は雨戸が閉められて、中がまったく判らない状況です。話し合いの為に家の中に入った、県警の君津刑事課長からも連絡が入りません。警察は君津課長にマイクを仕掛けようとしましたが、課長に拒絶されたと言うことです。それで……』

ひかるが実況を開始した時、西松家から、またも一発の銃声が響いた。

『えっ？』

銃声はそれを最後に途絶え、あたりは完全な静寂が支配した。

その後、まったくなにも音がしなくなった。

死の静寂。

黙っているのが怖くなったひかるが声を上げたが、それは他の報道陣も同じだった。

『今の音は？』

ひかるを含めた報道陣は、生き返ったように一斉に色めき立った。

西松の家の中では、家の奥を凝視した君津が、がくりと膝を折っていた。

次の瞬間、君津は床にどうっと倒れた。

額《ひたい》からは血がぱあっと噴き出して床に広がった。

廊下の奥から姿を現したのは、銃を構えた佐脇だった。

「この家の鍵をまだ持っていたんでな。雑木林に続いている裏口から入って、しばらく皆さんの、大変貴重なお話を、拝聴させていただいておりましたよ」

「佐脇……貴様、どこまでおれの邪魔をすれば」

床に倒れた君津は呻いた。

「国体なんて面倒なだけだったが、出ておいて良いこともあったな」

佐脇は、愛用の銃をホルスターに収めた。

「陰で聞いてたんだが、君津。貴様、想像どおり、いや想像以上の腐ったデカだったな」

佐脇は、冷笑を浮かべて君津を見た。

「今救急を呼べば、お前は助かる。だが、警察官として重大な犯罪を犯した事もバレて、社会的には葬り去られるだろうな。お前は、いいところまで行ったが、やっぱりダメな野郎だ」

「貴様……何を言ってるんだ?」

「西松美寿々が、やってもいない罪を認めて、黙って刑に服した、真の理由だよ。ご本人は、お前らの取り調べと、身内を庇う汚さに絶望したから罪を認めたと言ってるが、まだ判らないのか? 産廃の池から出てきた白骨死体は、この女の亭主とその両親のものなんだぜ?」

君津が倒れた床には、血がどんどん広がっていく。その量と比例して、君津の意識は薄れていくようだ。

「わ……判らん……何を言いたいのか」

「西松美寿々は、もっと大きな犯罪を隠したいがために、刑が軽くて済む未成年強制淫行の罪を被ったんだよ。そうだろ?」

佐脇が美寿々を見ると、彼女は頷いた。

「そうよ。夫や夫の両親は、最初から悪いのは私だと言っていた。私が、この植園たちに脅されて関係を強要されていたのに、夫やその母親は私を、淫乱とかアバズレとか、口を極めて罵るばかりで……その日も、さんざん玩《もてあそ》ばれて帰ってきたら、いつものように責められて……お前のようなアバズレを育てた親の顔が見たい、いや見てはいるけれど、お前の両親は罰が当たって事故で死んだんだね、と姑に言われた瞬間に頭が真っ白になって……気がついたら、みんな殺してた。死体の骨を詳しく調べたら、刃物の痕が見つかるんじゃないかしら」

「それが、五年前の、六月十四日の未明ってわけだな。裁判で、お前さんが植園を誘ってラブホテルに行ったたっていう……」

「そういうことね。その日、私は家で夫とその両親を殺して死体を始末してたんだから、ラブホなんか行ってるヒマはないの。でも、最高のアリバイをこの子が作ってくれたから、それに便乗したのよ。便乗するためには、淫行も認めなきゃならなくなったんだけど」

美寿々は、あっさりと言った。

「判らないのは、植園、お前がどうして美寿々の替え玉を使って、ラブホの監視カメラに映るような事をしたかって事だ」

「……そ、それは」

滅多な事を言うと撃ち殺されると判った植園は、ぜいぜいと荒い息をしながら、言葉を選んだ。

「それは、あの時、この女が淫行してるってことをハッキリさせる為に……物証がないとさすがにおれらが不利だって、君津のオッサンにも言われて」

「西松美寿々の帽子やサングラスを盗んで、彼女に背恰好が似ている女を用意して、替え玉にしたんだな？」

ああ、と植園は首を縦に振った。

「ラブホの監視カメラに映ってた女は、デリヘルの女だよ」

美寿々は、頷いた。

「殺人で裁かれるより、淫行のほうが軽いでしょ？　実際私は執行猶予がついて、刑務所には行かなかったんだし。それに、夫一家がいなくなって騒がれても、私には裁判で認められた完全なアリバイがあるから」

美寿々は表情をまったく変えずに言葉を続けた。

「あんな最低な連中のために死刑になるなんて、絶対にイヤだったから」

君津は蒼白になっていた。真相を知ったショックではなく、出血多量で生死の境にいるのだ。

「それで五年前のあの夜、柳沢修一に手伝わせて、死体を産廃処理場に運んで、車ごと沈めたんだな?」

美寿々は、佐脇を凝視した。

「産廃の手前にあるコンビニの店員が、アンタと柳沢修一の顔を覚えてたんだよ。それが深夜で、雨も降っていないのに柳沢がずぶ濡れだったってこともな。あの辺で水があるのは、産廃処理場のドブ池だけだから。死体を載せた車を沈める時に手間どって、どうせ足を滑らせて池に落ちたかなんかで、ずぶ濡れになったんだろ?」

「修一君……柳沢君は、たったひとりの、私の味方だったから」

「つーか、あのバカはアンタに本気で惚れてたからな。オレらには、アンタは突っ込んでハメまくるだけの年上女だったけど、アイツだけは」

沈黙に耐えかねたのか、植園が口を挟んだのを、佐脇が引き取って続けた。

「……違ったと。それで柳沢修一とアンタは一蓮托生、言わば腐れ縁になってたんだな。淫行の罪で有罪になって教師の職を失い、周囲の目もあって自宅を離れて、流れ流れて、ああいう仕事をするようになったが、柳沢修一だけは、アンタを本気で想い続けていたと」

「彼にだけは、悪いことをしたと思ってる。彼への罪はきちんと償いたいわ」

「それじゃあ、今からでも投降したほうがいい。きちんと、今話した事を公にして、償うべき事は償って、汚名は雪《そそ》ぐべきだろう」

「だから私は……夫とその両親の為なんかに、死刑になりたくはないのよ！」

美寿々は激しくかぶりを振った。

「佐脇さん。あなたにさえ出会わなければ、私の筋書き通りだったはず。今までのどんなお客も、こんな話、誰も本気にしなかったし、同情してもそれっきりだったけど、佐脇さん、あなただけは違ってたのよ。それが、私の最大の誤算だった」

「愚痴を吐き出して男の気は惹きたい……だが本気で冤罪を晴らそうとすると、本当にやっちまった事までバレるから、現状維持で良かったんだな、あんたは」

佐脇には、ようやくすべての合点がいった。

「それで、君津に泣きついたのか。おれをなんとか止めてくれと。だが、おれは君津の言う事なんか聞くタマじゃねえからな」

美寿々は大きく頷いた。

「それも私の見込み違いね。とにかく、これで全部判ったでしょう？ 判ったのなら佐脇さん。あなたはここから出ていって。私は短かったけれど、幸せな時を過ごしたこの家で、両親との思い出の残る、この家で死ぬつもり。植園君、あなたも連れてってあげるわ」

美寿々の憑かれたような表情に自らの運命を悟った植園が、狂ったようにわめき始めた。

「おい。この女をなんとかしろ！　あんた、デカだろ？　おれを助けてくれよ。こいつは……この女は狂ってる。おれを道連れにする気だ！　市民を見殺しにするのか？」

「お前なあ、こんな時にこんなことは言いたくないが、お前だって人殺してるし、余罪もどっさりある以上、どうせ死刑だぞ？」

「だからさあ、精神鑑定ってもんがあるじゃねえかよ！」

植園は見苦しく食い下がった。

こいつを逮捕してすべて吐かせれば、県警での自分の立場は安泰だ。

佐脇はそう思ったが、植園を言いなりに助けてやる気には、どうしてもなれない。

「うるさいわね！　この期に及んでみっともない」

美寿々も同じ心境だったようだ。いつの間にか美寿々は、床からＰ２３０を拾い上げていた。

「おおお、おれが悪かった。間違っていたよ先生。一緒に自首しよう！　自首してやりなおそう。お互い罪を償おうじゃないか」

恐怖を忘れたいからか、ぺらぺらと紙に火がついたようにわめき続ける植園に、美寿々がついにキレた。

「うるさいッ！　黙れ」

そう言いざま、銃の台尻で思いっきり植園の口元を殴りつけた。

殺人逃亡犯はぎゃっと悲鳴をあげ、続いてうげうげと、血まみれの折れた歯を数本、吐き出した。

「その汚らわしい口で、もう一生喋るなっ！」

P230で顎を殴りつけると、植園は血まみれのまま、気絶した。

そうだ先生、もっとやれ！　と言いたいのを佐脇は我慢して、なるべく穏やかに、美寿々を刺激しないように話しかけた。

「あんたがこいつとここに残るのはいい。心中したいのなら好きにしな。だが、こいつや、この……」

佐脇はもはや虫の息の君津の身体を、爪先で軽く蹴った。

「県警、いや全国でも有数の、この腐ったデカが、今まであんたにしてきた、ひどい事のオトシマエはつけなくていいのか？　あんたを陥れて、植園を利用してあんたを始末して、自分のミスを完全に葬ろうとしたこいつらの悪事を、ご親切に、このまま墓場まで持っていってやるつもりなのか？」

「そう……そうだったわね。大事なことを忘れるところだった」

美寿々は薄く笑うと、着物の胸元から、細長いスティック状のものを取り出した。

「うず潮テレビの、磯部ひかるって人と、電話で約束したの。これを渡してあげて」

それはＩＣレコーダーだった。

「今までの事を、これにすべて録音してあるから……。警察とか裁判にはもう興味はないの。ただ、これをテレビで流してもらって、こんな駄目な刑事や署長がいるって、みんなに知って欲しいと思ってね」

美寿々は手首を返して、腕時計を見た。

「そろそろ七時ね。磯部ひかるさんには、これを渡すって言ってあるから。もちろん佐脇さん、あなたが警察の一員としてこれを押収して、握りつぶすのも自由だけどね」

「そんなことはしない。警察の一味だからって、おれを一緒に見ないでくれないか」

佐脇は受け取ったＩＣレコーダーを懐にしまった。

「磯部ひかるには、おれもいろいろ世話になってる。あいつのお手柄を邪魔するつもりはない。ところで、おれは出てってどう言えばいいんだ？」

佐脇さんらしくもない、と美寿々は笑った。それが冷笑ではなく、普通の笑顔であることに、佐脇は、彼女が今までどれほど緊張していたかを思い知り、切なくなった。

「あったことを、そのまま言えばいいでしょう。今さら庇ってほしいなんて思わない」

無駄と知りつつ、佐脇はもう一度、説得を試みた。

「なあ。おれと一緒に出て行こう。おれは喜んで証言するぜ。あんたが植園たちから、いや世間と警察から、この集落の連中から、そしてあんたの糞亭主とその親から受けてきた仕打ちを考えれば、多大な情状酌量で、死刑にならなくて済むかもしれないじゃないか」

「ありがとう、佐脇さん。でも、私はもう、二度と、この家から外に出て行く気はないんです。たぶん、私なんかが外に出て、人並みに就職したり結婚したりしようとした、それがそもそもの間違いだったんです」

妙な事を言うなと思った佐脇だが、それ以上のどんな言葉も虚しいと悟った。

美寿々は、キッチンに行ってガスレンジを捻った。ぼっという音がして点火したが、彼女はケトルの水をかけて火を消してしまった。

レンジの三口と、オーブンのガス栓が全開になり、ガスが勢いよく噴き出すシューシューという音がし始めた。

キッチンに白いポリタンクが幾つか置いてあるのが気になった。

「時間が経てば経つほど、ガスが溜まってくるわ。さあ、早くここから出ていって！」

マガジンに銃弾が一発だけ残ったシグザウエルを、美寿々は佐脇に向けた。

ここで隙をついて飛びかかれば……いや、美寿々の足か手を撃てば……。

佐脇は瞬時に考えをめぐらせた。

だが、ガスの勢いは強く、次第に強い臭いを感じるようになってきた。

だが、最近の都市ガスはガス中毒を防ぐ為に成分を変えてある。

「なあ。オレはプロだから言うけれど、今、ガスじゃ自殺出来ないぜ。柳沢修一みたいに硫化水素でも使えばともかく」

「ご心配なく。もっと端的な手段を考えています。私に関する事は全部、この世から消してしまいたいから。まあ全部、というのは無理かもしれないけれど……」

キッチンで冷蔵庫が作動する音がして、佐脇はドキッとした。このままだと、何かの火花が引火して、ガス爆発が……。

「さあ、佐脇さん。私の最後のお願いよ。早くここから出ていって！」

美寿々は、凛《りん》とした表情で佐脇を正面から見据えた。もう、どんな説得にも応じないと言う強固な意思が、その目にはあった。

「判った……このレコーダーは必ず、磯部ひかるに渡すから」

なんとかこの女を救ってやりたい。だがもはや事ここに至っては、本人の願いをかなえてやるしかないだろう。

佐脇は、不気味なガスの音を背中に聞きながら、ドアを開けて玄関から外に出た。

「早く閉めなさい！」

美寿々の声が飛んできた。

佐脇はそれに従ってドアを閉め、ライトとフラッシュの集中砲火の中を、全速力で建物から離れた。

目で磯部ひかるの姿を探すと、マイクを持って驚いた顔のまま、棒立ち状態のひかるが見つかった。

ひかるも、佐脇の姿を見つけると立ち入り禁止ラインを越えて走り寄ってきた。

「佐脇さん！　どうしてここに？」

「危ない！　近寄るな！」

そう言った瞬間だった。

家の中から不気味な振動と轟音がしたかと思うと、すべての雨戸とドアが吹き飛び、中から火の玉が大きく盛り上がった。

次の瞬間、それは激しい炎となって、家を包み込んだ。

あのガスの溜まり具合では、こんな爆発にはなるはずがない。

逃げながら佐脇は悟った。

美寿々は、この日の来ることを覚悟していたのだ。キッチンにあったポリタンクには、ガソリンが入れてあったのではないか。それを銃で撃てば、ガス爆発を誘発して……。

「課長は？　君津課長はどうした！」

「人質も中にいるんだろう？」

「植園ですか？　犯人がこれをやったんですか？」

怒濤《どとう》のように質問を浴びせてくるマスコミと警察に、佐脇は答えた。

「君津課長は死んだ。西松美寿々も、植園を道連れに自殺した。これは焼身自殺だ」

佐脇が手にしたICレコーダーには、ほぼすべての真実が記録されている。約束としてこれは磯部ひかるに渡す。けっして握り潰す事はしない。だが、それで本当に西松美寿々の復讐は達成されるのか？

復讐？　これを果たして復讐と呼ぶべきなのだろうか？

すっぱり割り切れる答えが見つからないまま、佐脇は激しく燃える西松の家を見つめた。

急遽、消防車が呼ばれ、警官隊も消火器や水のバケツを持って消火しようとしたが、炎の勢いが激しすぎて、家に近寄ることすら出来ない。

この段階では、美寿々はもう生きてはいないだろう。

植園はどうでもいい。炭になってこの地面に擦り込まれてしまえばいいのだ。

強い火勢に手をこまねいているうちに、家のすべてに火が回り、さながら崩壊するアッシャー家のように、西松の家は高く炎をあげながら、がらがらと瓦解した。

エピローグ

うず潮テレビは、美寿々が録音した音声を元に報道特番を組んだ。

県警の強引な見込み捜査、そして美寿々が被《こうむ》った冤罪の全貌が全国ネットのニュースで放送され、白日のもとに晒された。捜査の誤りを認めるどころか、隠蔽して誤魔化そうとしたうえ、逃亡犯を利用して美寿々を殺させようとまでした君津と、その上司の望月、そしてT県警に、激しい非難が集中した。

主な関係者は死んでしまい、生き残った佐脇はマスコミに対して沈黙を守ったが、ICレコーダーに残された彼らの死の直前までの肉声の応酬は生々しく、大きな反響を呼んだ。

『県警の刷新』を公約していた県知事は、うず潮テレビのスクープと世論を無視出来ず、手を打った。

鳴海署長の望月は、過去の誤った捜査指揮の責任を問われ、更迭されるのを察知して辞表を出した後、遺書も残さずに自殺した。湯ノ谷温泉近くの森の中で首を吊ったのだ。

植園賢哉が実は望月の隠し子であることが週刊誌の取材で暴露され、派手なスキャンダルになった。少年時代から犯罪を重ねていた実子の罪を揉み消し、殺人犯となった後の逃亡まで陰で手助けしていたという疑惑が出た以上、観念しての死なのだろう。

君津についても、捜査中に不測の事態に巻き込まれたことによる公務中の事故死として処遇される段取りだったが、急遽、公文書偽造ならびに殺人教唆《きょうさ》などの容疑で、被疑者死亡のまま書類送検される結末となった。

逃亡殺人犯の植園の追及をわざとサボタージュしたうえ、植園とひそかに取引をして、君津と望月にとって邪魔な西松美寿々を始末させようとした、ヤクザまがいの極悪非道ぶりが明るみに出て、さすがの県警も庇《かば》い切れなくなったのだ。

佐脇はといえば、過去の県警の誤捜査を正し、さらに一家三人白骨死体事件を解決して「結果的に手柄を立てた」事を評価されたため、転属取り消しの上、現状維持で、鳴海署刑事課に復帰できる事となった。

佐脇が君津を撃った事は不問に付された。ほとんど炭化してしまった君津の遺体からはS&W／M37の弾丸が見つかっていたが、美寿々のICレコーダーに記録された君津と佐脇のやり取りから、やむを得ない発砲とされて問題にはされなかったのだ。

佐脇はまたも、自分の地位を守る形になった。

「その節はいろいろと有り難うございました」

署内のゴタゴタが一段落したあと、美寿々の家の隣人、ヨシコが鳴海署に挨拶にやって来た。

「佐脇さんに言ってもらった事で勇気を出して、夫の両親との同居を解消したんです。今は鳴海市内のアパートで、一家三人、水入らずで暮らしています」

「ああそう。そりゃよかった」、
佐脇にとっては、はるか昔の出来事のように思える。

「おかげさまで今は幸せにやってます。なので、『離婚に強い弁護士』は当面必要ないみたいですし……あの時みたいに佐脇さんに抱いてもらう必要もないみたいです」

警察署の食堂で口にするにはそぐわない事を、ヨシコは、さばさばと喋った。

「ホントにお世話になりました。あの一晩のおかげで、女としての自分に自信が持てたんですよ。だから夫にも強く出て、別居を勝ち取ることが出来たようなもんです」

そう言われると、佐脇はヨシコの肉体を思い出した。夫婦関係が良くなって、もう抱けないのかと思うと、ちょっと惜《お》しい気がする。

「それと……知ってました？」

地獄耳のヨシコは、本領を発揮するように身を乗り出した。

「美寿々さんは、いろいろと気の毒なことになりましたよね。人間、巡り合わせが悪いと、トコトン悪い方に転がっていくって感じで……それが怖くて」

たしかに、美寿々の人生には幾つかの転機があった。そのポイントポイントで、悪い方に舵《かじ》を切ったとしか思えなかった。オレに出会ってしまった事も悪かったんだろうと、佐脇は自嘲気味に思い返した。

「燃えてしまったあのおうちの事なんですけど……美寿々さんは中学高校時代といじめられて、不登校になって引き籠《こも》ってたんだそうですよ。それで、ご両親があの家を建てて街中から移り住んできたんです。美寿々さんをなんとかしようとして」

ともすると野次馬的な、興味本位な口調になってしまうヨシコだが、気の毒そうな表情でそれをカバーしている。

「だから、美寿々さんは、どこか無理してたんじゃないかと思うんですよね。付き合いとか、人間関係とか……。この間のテレビで、警察の冤罪を取り上げた番組を、やってたでしょう?」

食堂とは言え、警察署内でその話題はタブーだ。幾人かの警官が二人を睨みつけたが、ヨシコはまったく気づかず、佐脇もわざと無視した。

「うず潮テレビのアレだろ? 巨乳の姉ちゃんがやったやつ」

磯部ひかるが取材して、君津が関わった冤罪事件を洗い出し、さらに過去の有名な冤罪事件についてもまとめた労作だった。

「冤罪って、たとえば私みたいな、まーったくなーんにも関係ないヒトが突然、捕まって無理やり犯人に仕立て上げられるって事もありますけど、他の事で警察にマークされていたり、もっと軽い罪でそれまでに前科のある人が嵌められる事が多いそうじゃないですか。弱みのある人……っていうか」

「……まあ、そうだな。警察だってバカじゃないから、狙うならイケそうなやつを選ぶ。あんたのいう『弱みのあるやつ』だな。前科《まえ》があれば世間も弁護士も偏見の目で見るから、守ってもらいにくい。本人も諦めてしまうことが多い。たとえ弱みがなくても、取り調べ室と言う密室の中で毎日何時間も厳しく追及されれば、たいがいの人間は落ちる。耐え切れずに相手の言うままに『自供』してしまうんだよ。なんせ厳しくやらないと口を割らない悪党が多いから、こっちもつい、やってしまうんだが……」

直観が正しいか、それとも誤った予断なのか。それを分けるものは長年の勘しかない。佐脇は幸いその勘が外れたことはなかったが、君津はかなり外していたのだ。

「そうか。西松美寿々は前科こそないが……まあ、『弱い人間』だったんだな。対人関係的に問題を抱えていたから、君津も取り調べに予断を持ったし、教え子のワルや、亭主や、その両親にまで付け込まれる一方で、やり返すことも出来なかったんだなあ……」

佐脇はヨシコの話を聞いて、『この家から外に出ようとした、それがそもそもの間違い』

という美寿々の最後の言葉の意味が、ようやく判ったような気がしていた。

柄にもなく花束を買った佐脇は、鳴海市郊外の山中にある、与路井《よろい》ダムのダム湖に向かった。

静かな湖面にいつまでも浮かんでいる花束を黙って見つめていると、背後から何者かが近づく気配があった。

その人物は佐脇と並んで、湖面を見つめた。

「今日は、月命日《つきめいにち》ですよね？　石井さんの」

「……知ってたのか」

ええ、と答えた人物は、水野だった。

事件の捜査中に殺された部下、石井をこうして弔《とむら》いに来るのは、佐脇の習慣だ。

「おれはまだ、佐脇さんの相棒だと思ってますから」

佐脇は、毎月ここに来ると石井に問いかけるのだが、今回は特に、これでよかったのか、石井よ、と意見を聞きたくて仕方がなかった。

「お前、君津にナニを吹き込まれたんだ？　二条町でおれを襲ったのは、お前だろ？」

「……知ってたんですか」

水野は静かに言った。

「お前の首を見れば真っ赤な痕がハッキリ残ってたんだから、馬鹿でも判るだろ」

「……死んだあの人の事について、いろいろと、聞きたくない事ばかり聞かされて」

「ヤクザが鉄砲玉に因果を含めるのと同じ手口だな……まあ、おれがマジに動き出して、ヤバイと思った美寿々が、君津と内通したんだ」

水野がスミマセンと身体を二つに折って深々と頭を下げようとしたところを、佐脇は下から拳を振り上げた。

不意打ちされた水野は、たまらずふっ飛んでひっくり返った。

「おれも、お前が惚れた女だと知ってて寝たんだから、イッパツで勘弁してやる」

おれを殺せたのに殺さなかったのは、こいつのまともさだろう、と佐脇は理解した。

「ここしばらくの間に起こった事は、なかった事には出来ないが、お前は、篠井由美子とヨリを戻せ。そして、真っ当なお巡りになれ。石井の前でそれを誓え」

「はい……」

花束のまわりで、大きく広がっていた波紋はだんだんと小さくなって、やがて湖面は、いつものように静かになった。

一陣の風がダム湖を囲む森をざわめかせ、二人の男を包み込むように吹き抜けていった。

この作品はフィクションであり、登場する人物および団体は、すべて実在するものと一切関係ありません。

一〇〇字書評

切り取り線

購買動機（新聞、雑誌名を記入するか、あるいは○をつけてください）	
□（　　　　　　　　　　　）の広告を見て	
□（　　　　　　　　　　　）の書評を見て	
□ 知人のすすめで	□ タイトルに惹かれて
□ カバーがよかったから	□ 内容が面白そうだから
□ 好きな作家だから	□ 好きな分野の本だから

●最近、最も感銘を受けた作品名をお書きください

●あなたのお好きな作家名をお書きください

●その他、ご要望がありましたらお書きください

住所	〒				
氏名		職業		年齢	
Eメール	※携帯には配信できません	新刊情報等のメール配信を希望する・しない			

あなたにお願い

この本の感想を、編集部までお寄せいただけたらありがたく存じます。今後の企画の参考にさせていただきます。Eメールでも結構です。

いただいた「一〇〇字書評」は、新聞・雑誌等に紹介させていただくことがあります。その場合はお礼として特製図書カードを差し上げます。

前ページの原稿用紙に書評をお書きの上、切り取り、左記までお送り下さい。宛先の住所は不要です。

なお、ご記入いただいたお名前、ご住所等は、書評紹介の事前了解、謝礼のお届けのためだけに利用し、そのほかの目的のために利用することはありません。

〒一〇一-八七〇一
祥伝社文庫編集長　加藤　淳
☎〇三（三二六五）二〇八〇
bunko@shodensha.co.jp

祥伝社ホームページの「ブックレビュー」からも、書き込めます。
http://www.shodensha.co.jp/bookreview/

祥伝社文庫

上質のエンターテインメントを！　珠玉のエスプリを！

祥伝社文庫は創刊15周年を迎える2000年を機に、ここに新たな宣言をいたします。いつの世にも変わらない価値観、つまり「豊かな心」「深い知恵」「大きな楽しみ」に満ちた作品を厳選し、次代を拓く書下ろし作品を大胆に起用し、読者の皆様の心に響く文庫を目指します。どうぞご意見、ご希望を編集部までお寄せくださるよう、お願いいたします。

2000年1月1日　　　祥伝社文庫編集部

悪漢刑事《わるデカ》、再《ふたた》び　長編サスペンス

平成20年12月20日　初版第1刷発行
平成22年5月30日　第8刷発行

著者　安《あ》達《だち》瑶《よう》

発行者　竹内和芳

発行所　祥《しよう》伝《でん》社《しや》
東京都千代田区神田神保町3-6-5
九段尚学ビル　〒101-8701
☎ 03（3265）2081（販売部）
☎ 03（3265）2080（編集部）
☎ 03（3265）3622（業務部）

印刷所　萩原印刷

製本所　ナショナル製本

ISBN978-4-396-33467-3　C0193

祥伝社のホームページ・http://www.shodensha.co.jp/

祥伝社文庫

安達 瑶
ざ・だぶる
一本のフィルムの修正依頼から壮絶なチェイスが始まる！ 男は、愛する女のためにどこまで闘えるか!?

安達 瑶
ざ・とりぷる
可憐な美少女を巡る悪の組織との戦いは、総理候補も巻込み激しいチェイスに。エロス＋サスペンスの傑作

安達 瑶
ざ・れいぷ
死者の復讐か？ 少女監禁事件の犯人たちが次々と怪死した。その謎に二重人格者・竜二＆大介が挑む！

安達 瑶
悪漢《わる》刑事《デカ》
犯罪者やくざを食い物にし、女に執着、悪徳の限りを尽くす刑事・佐脇。エロチック警察小説の傑作！

安達 瑶
悪漢《わる》刑事《デカ》、再び
最強最悪の刑事に危機迫る。女教師の淫行事件を再捜査する佐脇。だが署では彼の放逐が画策されて……。

安達 瑶
警官《サツ》狩り 悪漢《わる》刑事《デカ》
鳴海署の悪漢刑事・佐脇は連続警官殺しの担当を命じられる。が、その佐脇にも「死刑宣告」が届く！

祥伝社文庫